드래곤
킹덤

BBULMEDIA FANTASY STORY

드래곤 킹덤

BBULMEDIA FANTASY STORY

②

공작과 공작, 마주치다

SWORD OF DRAGON LOAD

강유 판타지 장편 소설

뿔미디어

드래곤킹덤
SWORD OF DRAGONLOAD 2권 공작과 공작, 마주치다

1판 1쇄 찍음 2006년 12월 23일
1판 1쇄 펴냄 2006년 12월 27일

지은이 | 강 유
펴낸이 | 정 필
펴낸곳 | 도서출판 뿔미디어

출판등록 | 2002년 9월 11일 (제1081-1-132호)
주소 | 부천시 원미구 심곡2동 163-2 3층 (우)420-822
전화 | 032)651-6513,6092,6093 / 팩시밀리 032)651-6094
E-mail | BBULMEDIA@paran.com

값 8,000원

ISBN 89-5849-367-4 04810
ISBN 89-5849-365-8 04810 (세트)

제2권

공작과 공작, 마주치다

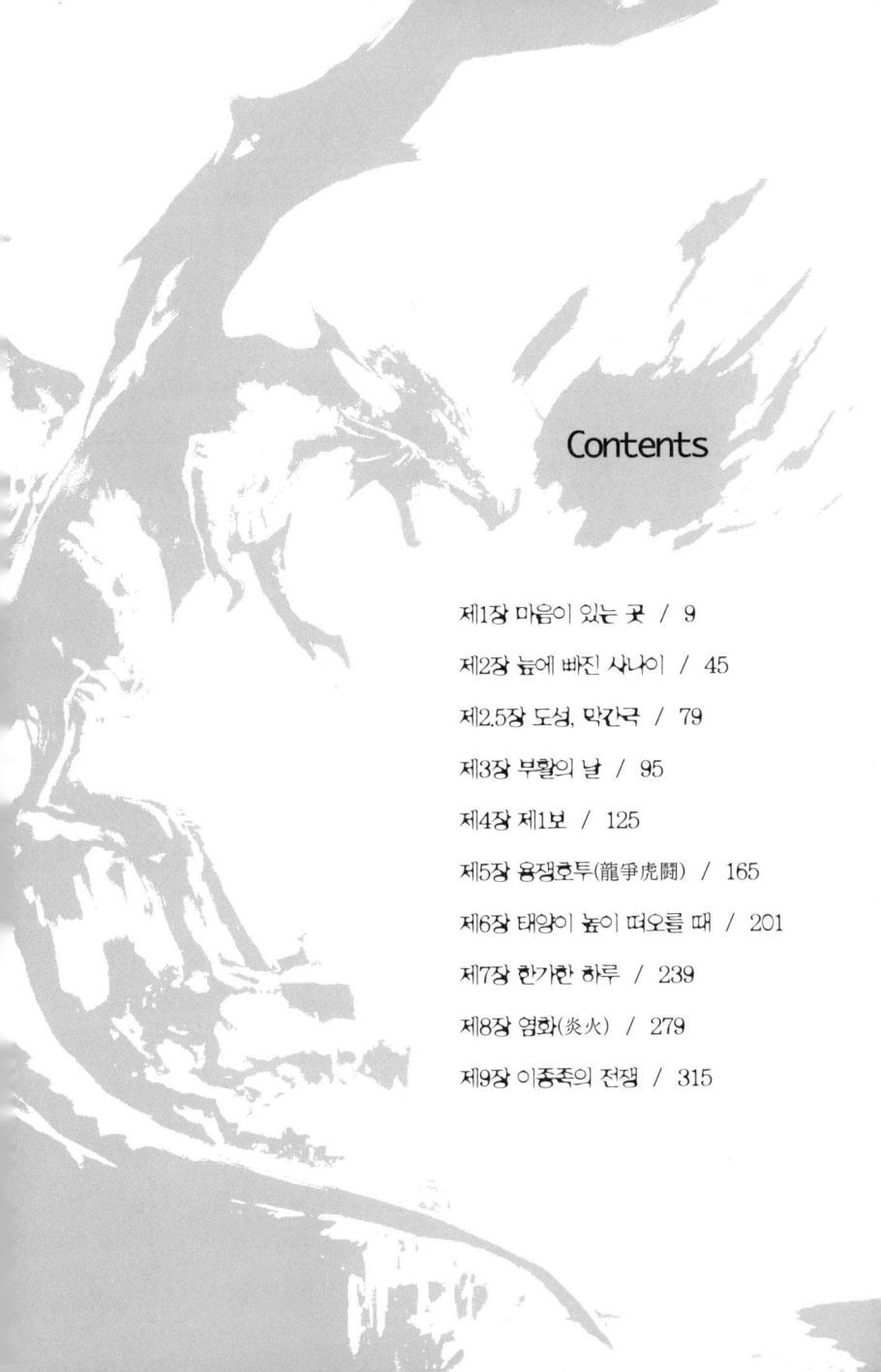

Contents

SWORD OF DRAGONLOAD

제1장

마음이 있는 곳

드래곤의 일생은 길게 잡아 만 년. 그러나 드래곤에게 주어진 하루도 인간의 하루와 똑같다.

요새 들어 테엘은 하루가 마치 1초처럼 느껴졌다. 새로운 태양이 밝으면 그때마다 새로운 일이 생겼다.

정확히는 새로운 인간들이 나타났다.

"사제님이시다!"

"우, 우왓! 인사 올립니다!"

신전 앞의 넓은 공터에 들어찬 지긋지긋한 인간들.

'정말이지, 인간 따위…… 인간 따위……!'

이대로 브레스 한 번이면 나가떨어질 인간들이 바글바글, 그것도 아침이 되면 새로 나타나는 것이었다.

테엘은 정신없이 바빴다.

공터를 일정한 구간으로 나눠서 인간을 수용한다. 그리고 그들이 체력을 회복할 수 있도록 음식과 물을 분배한다.

'어떻게 살아남은 거냐?'

드래곤이라 해도 그렇게 오래 음식과 물을 먹지 못하면 생명이 위태로울 터였다. 그런데 이 지독한 인간들은 어디서 어떻게 살아 있었는지 꾸역꾸역 나타나는 것이었다.

그 수가 수천 명을 넘어 만 명을 가뿐하게 넘었을 때, 테엘은 정말 미칠 것 같았다.

'대체 어떻게 살아남는 거냐고!'

그러면서도 사제로서의 그는 문득 생각했다.

인간의 이러한 끈질긴 생명력이야말로 신의 축복을 받았다는 증거라고.

오크보다 새끼는 적게 낳는다. 낳아도 기껏 20년 가까이 보살펴 주어야 한다. 엘프에 비하면 정령이나 자연과의 친화력은 바닥을 기고, 드워프에 비하면 기술이 뛰어난 것도 아니다.

그러나 인간은 대륙을 장악했다. 100년도 못 살면서 그들 종족은 대륙 너른 곳 모든 곳에서 뿌리를 내렸다.

인간은 정말 소중한 종족이었다. 생명이라는 창조신의 의지를 가장 잘 물려받은 것이다.

"그래도 카이 따위, 카이 따위이이이—!"

하루에도 몇 번씩 드래곤은 포효했다.

"정말이지 얄미운 녀석 같으니—!!"

"모든 로인의 영지민은 들어라! 용의 신전으로 와라! 그대들에게 물과 음식을 줄 것이다! 그대들에게 새로이 일굴 땅과 할 일을 줄 것이다! 그대들에게 인간의 삶이라는 것을 되찾아 주겠다!"

카이는 당당하게 외쳤다.

그의 목소리는 마법을 타고 로인 전역으로 퍼져 나갔다.

"영주로서 그대들에게 명령하는 바이다! 로인의 모든 영지민은 용의 신전으로 모이도록!"

"엥?"

테엘은 고개를 갸웃거렸다.

"어쩌려고?"

카이는 자신의 앞에 무릎 꿇은 영지민들을 향해 가볍게 손을 흔들어 보인 후, 테엘에게 다가왔다.

테엘은 그에게 걸어 놓은 확성 마법을 사라지게 했다.

"음식은 어떻게 마련할 거냐? 사람들은 왜 모아?"

"일단 몇 명이나 있는지 알아내야 하니까. 그리고 이 땅에 도시를 어떻게 세울 건지, 어떻게 할 건지……. 처음부터 황무지를 개간한다 치고, 그런 점을 생각해 봐야 할 것 같다."

테엘은 눈앞이 깜깜해지는 것 같았다.

"몇십 년은 족히 걸리겠군."

"몇십 년……."

카이는 입술을 꾹 다물었다. 그 말이 몹시 마음에 들지 않은 것이다.

"일단 다른 맹약의 드워프들의 행방을 찾아봐야겠어."

"드워프? 땅의 종족? 걔네는 왜?"

카이는 그렇게 되묻는 테엘을 노려보았다.

테엘은 엘프를 학살했다. 그가 드워프들을 몽땅 죽이지 않았다고 는 말할 수 없는 것이다.

"맹세니까. 다시 그들에게 도와 달라고, 그리고 우리 가문이 잘못 했었다고 사과를 해야겠지."

"순순히 돕겠냐?"

"그들이 맹세를 잊지 않았다면 걱정할 필요 없잖아. 건물이며, 이 곳의 모든 것이 그들의 손을 거쳐 만들어졌는데."

맹세.

드래곤을 중간 맹세의 수호자로 내세운 로인의 맹세는 신성한 것 이었다. 맹세를 어길 시에 드래곤의 저주를 받아 모든 종족이 학살 당해도 할 말이 없는 것이다.

"……그렇지. 맹세를 잊지는 않았을 거야. 200년 전에도, 지금도. 문제는 어디에 숨었는지 전혀 알 수 없다는 거지만."

"그러니 찾으러 가겠다는 거다. 아마 그들이 대륙에 남은 최후의 종족일 테니까."

테엘은 고개를 끄덕였다.

그러다가 그는 문득 하나를 떠올렸다.

이곳에 남는다면 그는 로인에서 살아남은 수많은 인간들을 돌봐 야만 한다. 형편없이 무너진 신전 뒤처리도 아직 못했다.

거기에 인간 꼬마들이 우르르 몰려다녔고, 엘프들도 벽화를 해석 한다고 신전 안에 너저분하니 탁본 재료들을 펼쳐 놓았다.

다른 말로는 개판 난입 5분 후였다.

테엘은 입을 다물지 못한 채 카이에게로 천천히 고개를 돌렸다.

"……드워프 찾는 거, 힘들지 않을까? 내가 같이 가 주지."

"괜찮다. 호위라면 벨하임이 있으니까."

카이는 깔끔하게 잘라 대답했다. 테엘의 얼굴에 경련이 일었다.

"드워프의 흔적을 찾으려면 내가 더 편할 거야."

"벨하임을 여기 둔다고 뭐가 도움이나 되겠어? 여기는 테엘 사제가 맡아 주셔야지. 신전 사제께서 신전을 오랫동안 비울 수도 없지 않으신가."

'……필요할 때만 사제라고 부르지 마!'

테엘은 절규를 간신히 참고는 카이에게 물었다.

"그, 그래서 뭘 하라는 거냐? 인간들이 더 모인다면……."

"3개월 정도는 잘 먹여야 될걸, 어차피. 지금 저게 인간인가. 스켈레톤 위에 가죽 한 겹만 씌워 놓은 것 같아."

카이는 씁쓸하게 내뱉었다.

"나보고 저 녀석들을 다 먹이고 재우라고? 내 자식 새끼조차 낳아 기른 적이 없는 나보고, 지금, 인간 떼거지로 모여든 거나 보살피라는 거냐?"

"당연히 기른 적이 없겠지, 사제니까."

"그러니까 필요할 때만 사제라고 부르면서 드래곤 부려먹지 말란 말이다!"

그러나 어쩌겠는가. 할 일은 태산이고 그건 절대 인간의 힘으로는 해치울 수 없는 것들뿐.

태연하게 여행을 떠나는 두 사람을 배웅하면서, 테엘은 피눈물을 흘렸다. 그에게 남은 것은 고난의 시작이었다.

＊　　　＊　　　＊

"드워프를 찾아서 무얼 하시려는 겁니까, 공작."

여행길에 나서자마자 벨하임은 진지하게 물었다.

"인간이라는 종족이 드워프를 찾아 나설 정도면 다른 목적이 있던가? 당연히 건물 지어 달라는 거지."

'너무 뻔뻔하다!'

아니, 공작이 저렇게 행동하면 당당한 거라고 해야 하나. 벨하임은 속으로 말을 삼켰다.

그의 생각을 읽은 건지, 카이가 웃음을 흘렸다.

"반은 농담이다. 그들에게 사과를 해야 하고, 당연히 모시러 가는 게 마땅한 일이다. 어쨌든…… 어떤가, 벨하임? 자네는 드워프가 있다는 걸 믿는가?"

"옛."

벨하임은 잠시 깜짝 놀랐다.

"물론…… 말씀은 그리 하시지만, 대륙에서 드워프들이 나타나지 않은 지 시간이 꽤 흘렀다고 들었는데요."

"꽤?"

"……200년 정도."

벨하임은 자신이 말해 놓고는 자신이 놀라선 화들짝 뛰었다.

"또 200년이로군요! 하긴, 그전에도 드워프는 몹시 드물었다고 들었습니다만!"

"그전에는 엘프들도 숲 속에서 평화롭게 살았지. 하지만 그 날……."

엘프들이 떠나던 날이라 해야 할까, 아니면 엘프들이 학살당한 날이라 해야 할까.

카이는 말을 고르느라 잠시 생각했다.

"엘프들은 로인을 등졌고, 드워프들은 로인으로 들어왔지."

"에에……."

"왜?"

벨하임은 고개를 갸웃거리며 물었다.

"그러니까, 엘프들에 대한 인상이 몹시 달라서……. 좀 이상합니다. 주공은 엘프를 싫어하십니까?"

"당연하지. 숲의 신이 낳은 이상한 녀석들!"

카이는 거칠게 말했다. 그의 눈빛이 약간 날카롭게 빛났다.

"태양이나, 물이나, 자신들에게 유리한 것을 쫓아가는 데에는 변함이 없지. 인간보다 더 땅의 구역을 논하는 주제에 인간을 보고 욕심이 많다고 덮어씌우는 간악한 것들! 살아남기 위해 배신을 일삼는 종족!"

"그럼 은빛의 엘프 님은요?"

벨하임은 정말 궁금해서 물은 것이었지만, 그 한마디에 카이는 퍼붓던 욕설을 멈췄다.

벨하임은 카이를 빤히 바라보았다.

"이르엘 님은요?"

카이는 이어지는 질문에 입술을 꾹 다물었다.

그 후로 거의 세 시간 동안 둘은 조용히 길을 걸었다.

이윽고 해가 저물 무렵, 벨하임은 노숙을 준비하다가 퍼뜩 깨달았다.

"그런데 지금 대체 어디로 가는 겁니까!"

길을 떠난 지 반나절 만에야 벨하임은 가장 중요한 질문을 떠올린 것이었다.

카이는 그제야 입을 열었다.

"신의 정원."

"옛? 신의 정원? 처음 듣는데요?"

벨하임이 되묻자 카이는 천천히 덧붙였다.

"북쪽 산맥, 잉루벤의 한복판을 말하는 거다."

로인 영지의 북쪽, 잉루벤 산맥. 신전의 무덤에 들어오기 전, 한가한 노년을 보내는 드래곤의 땅이었다. 매우 험준했고, 자연의 마나가 그 어느 곳보다 꽉 차 있는 곳이었다.

수백 년 전, 로인 공작의 초대로 이곳을 방문했던 시인은 잉루벤을 이렇게 노래했다.

'살아 낙원을 보고 싶다면 잉루벤으로 향하라. 그대가 마족이라 해도 정령을 볼 것이며 자연 속에 충만한 그 정령들의 춤에 저도 모르게 눈물을 흘리게 될 것이다. 신이 이 세상에 남겨 놓은 그들의 마지막 정원이 바로 잉루벤이라는 것을 깨닫는 데는 시간이 오래 걸리지도 않으리니…….'

그러나 그가 읊은 '신의 정원'은 잉루벤 산맥 중에서도 극히 일부 지역이었다.

과거 드래곤 로드들이 그 수명을 다해 몸을 깃들였다는 장소. 사시사철 내내 봄의 볕과 여름의 호수, 가을의 하늘과 겨울의 경치를 지녔다는 곳.

카이가 향하는 곳은 바로 그곳이었다.

당연히 가는 길은 없었다. 용의 신전에서 멀지 않은, 산등성이를 타고 보통 사람이라면 석 달 정도는 걸어가야 하는 곳이었다.

살아 도착한다면 석 달이요, 길이 없어서 산속에서 얼어 죽거나 혹은 굴러 떨어져 죽을 고비가 수없이 산재한 곳.

그나마 카이와 벨하임, 소드마스터급의 전력인 두 사람이었기에 살아 도착한 것이었다. 그것도 겨우 한 달밖에 걸리지 않았다.

"사막 다음에는 얼음굴……."

벨하임은 그렇게 발발 떨면서 직각의 절벽 위에 올라서자마자 원망스러운 눈으로 카이를 바라보았다.

여행이라고 해서 따라왔더니 사막 아니면 만년설 한복판이요, 튀어나오면 코모도다. 여기서 뭔가 튀어나온다면 대체 어떤 괴물일지 알고 싶지도 않았다.

"나중에 가면 이런 때가 즐거워지는 날이 올 걸세."

카이의 말에 벨하임은 저도 모르게 중얼거렸다.

"퍽이나……."

"전쟁 한복판에서 갈증을 느낄 때면 사막 한복판의 갈증이 차라리 그리워질걸?"

카이의 목소리가 묘했다.

"전쟁 한복판……."

벨하임은 얼음판 위에서 주저앉아 체력을 회복했다. 카이는 주변을 둘러보면서 방향을 잡고 있었다.

그런 카이가 한곳에 시선을 우뚝 멈춘 채로 천천히 중얼거리는 것이었다.

"떠나기 전에도 그랬겠지만, 잘 알잖나? 파벌이 심화되고 황제의 권위는 약화되고. 무엇보다 5대 공작 중 한 사람을 본격적으로 밀어내 버린 셈이었고."

카이는 그렇게 대답하다가 피식 웃었다.

"만약 우리 가문의 재산이 그들이 생각한 것보다 훨씬 압도적이지 않았다면……그땐 정말 다 죽었을지도 모르지. 암흑 공작이니 하는 쓰레기 같은 새끼가 재산에 욕심을 내서 집안을 말아먹은 덕분에 그나마 지금껏 구차하게 목숨을 연명해 온 셈이었군. 그래, 사람의 일이란 정말이지 알 수 없는 거라지만……."

카이는 숨을 깊게 들이마셨다.

"정말이지 아름답군. 평범한 공작이었다면 절대 와 보지 않았을 거야."

"다 온 건가요?"

벨하임은 카이가 바라보는 곳으로 냉큼 고개를 돌렸다.

얼음으로 첩첩이 둘러싸인 파란 하늘 아래, 연녹색의 고운 공간이 눈에 들어왔다. 보고만 있어도 눈앞이 황홀해지는 느낌이었다. 마치 자신들에게 손짓을 하는 것도 같았다.

어서 와요, 어서 와요. 여기에서 쉬어요.

우리가 그대들을 위해 노래를 불러 줄게요.

일시에 뿜어져 나와 겨울 산을 금세라도 녹이고 산아래로 굽이쳐 흘러내릴 것처럼 생명력이 사방에 충만했다.

"가자, 벨하임."

카이의 목소리가 살짝 떨려 나왔다.

감히 입을 여는 것조차 불경하게 느껴질 정도로 아름다운 광경이었던 것이다.

두 사람은 허겁지겁 걸음을 옮겼다.

그들이 신의 정원에 도착할 듯 가까워진 것은 그 다음날 오후가 되어서였다.

카이는 블루 드래곤에게서 심장을 물려받던 순간을 떠올렸다. 아름다운 골짜기 사이에서 조용히 잠든 블루 드래곤의 모습은 이제껏 본 적이 없을 정도로 아름다웠다고 그는 느꼈었다.

그러나 지금 이곳은 그곳의 장면을 깨끗이 밀어낼 정도로 아름다웠다. 신의 정원, 정말로 완벽한 풍경이 그들 앞에 펼쳐진 듯싶었다.

그곳으로 들어가기 위해서는 어쩔 수 없이 산을 하나 더 넘어야
했다. 그 위에 올라서자 신의 정원이 확실하게 눈에 들어왔다.

햇빛에 반짝거리는 호수, 그 위에서 정령들이 노니는 곳. 산속에
있는 작은 정원이 아니라 마치 산속의 또 다른 나라와 같은 곳.

두 사람은 멍하니 언덕 위에서 그 장면을 내려다보았다.

생명력이 너무나 넘쳐흘렀다.

"우, 우리가 저기 들어가도 괜찮은 겁니까, 공작님?"

벨하임은 몸을 떨며 물었다.

"들어갔다가 천벌이라도……."

"천벌 따위, 얼마든지 내리라지."

카이는 의외로 기운찬 목소리로 말했다.

"……인간으로 태어나 언제 또 저런 곳을 볼 수 있겠나!"

호수를 끼고 너른 풀밭에 온갖 정령들이 뛰노는 곳. 모든 생명체
가 어우러져 노래 부르는 곳. 신성하다는 표현이 어울릴 정도로 아
름다운 곳.

카이는 성큼 발을 옮겼다.

벨하임은 주춤거리며 그의 뒤를 따랐다.

경계선을 넘어서자 바로 공기가 변했다. 몸속의 노폐물을 모두
몰아내는 듯 깨끗하고 상쾌한 공기였다.

정령들이 까르르 웃으면서 그들 옆을 스치고 지나갔다.

벨하임은 황홀한 듯 그들을 지켜보며 정신이 완전히 팔렸다.

카이는 성큼성큼 너른 들판을 향해 지나갔다. 그는 들판 저쪽 산

등성이에 자리한 동굴로 향했다.

드래곤들이 버린 레어는 드워프가 가장 애용하는 은신처였다.

그래서 카이는 이곳에 온 것이었다. 로인 영지 내에서 유일하게 생명체가 먹고 살 수 있는 곳일 테니까. 인간들은 쉽사리 오지 못해도 드워프들은 인간보다 몇 배나 체력이 좋지 않은가.

거기에 그들이 애용하는 빈 드래곤 레어가 있는 곳이었다.

그 때문에 북쪽 산맥이라는 이야기를 들었을 때에 카이가 가장 먼저 떠올린 곳은 이곳이었던 것이다. 카이는 커다란 동굴이 있는 바위산으로 걸음을 옮겼다.

그러는 동안 카이의 입가에 천천히 미소가 떠올랐다.

동굴에서 누군가가 나와 그를 향해 걸어오고 있었다. 작달막한 키, 그리고 수염이 더부룩한 얼굴.

카이는 환희로 소리를 지르고 싶은 걸 간신히 억눌렀다. 그는 대신 천천히 상대와 거리를 좁힌 후 한쪽 무릎을 꿇었다.

드워프의 나이는 원체 구분하기가 어려웠다. 그렇지만 자신의 앞에 있는 드워프의 분위기를 보니 알 것 같았다.

자신을 바라보는 눈빛에 분노라곤 없었다. 연륜이 느껴졌다.

"새로운 로인 공작인가."

카이는 고개를 끄덕였다.

그와 시선을 마주치자 그의 마음을 알 수 있었다. 적대감은 없었다.

"얼마나 시간이 흘렀는지도 모르겠군. 이곳이 보다시피, 드워프

살기에 썩 좋은 곳은 아니라서 말야."

그 말에 카이는 저도 모르게 웃고 말았다.

드워프가 그렇게 말한 뜻을 카이는 알 수 있었다.

주변 험준한 산맥으로 둘러싸인 이 낙원! 그러나 드워프가 본래 있어야 하는 곳은 이곳이 아니었다.

바로 로인, 그 땅인 것이다.

"100년이 훌쩍 지났습니다. 너무나 늦어 죄송할 뿐입니다."

"100년이 지난다고 약속이라는 말이 깨지는 건 아니지. 도움이 필요한 순간에 자리를 비워 미안하군."

"작은 일로 맹세를 위태롭게 해서 죄송할 따름입니다."

늙은 드워프는 고개를 끄덕였다.

그리고는 이윽고 기억났다는 듯 자신의 가슴에 한 손을 대고 말했다.

"모드 니세흐라고 하네."

"카이젤 아민 라 로인이라고 합니다."

"시선을 맞출 필요 없어. 일족의 거처로 안내하겠네. 일어나게나."

카이는 그제야 일어섰다.

둘은 마치 100년은 사귄 친구처럼 나란히 동굴로 향했다.

"아 참, 벨하임의 자식도 왔습니다."

"뭐야, 그 녀석도 인간들이 말하는 소드 뭐시깽인가?"

"그렇게 키웠지요. 저기에……."

뒤를 돌아본 순간 카이는 하얗게 굳어 버렸다.

벨하임은 완전히 넋이 나간 듯 정령들 사이에서 미친 녀석처럼 뛰어놀고 있었다. 나비라도 된 양 두 팔을 퍼덕거리면서 우하하하 웃는 그 꼴은 아무리 봐도 제정신이 아니었다.

"……소드마스터라."

"그, 그냥 가시죠."

"그러지."

모드의 태평한 얼굴로는, 그가 무슨 생각을 하는지 알 수가 없었다.

카이는 모드의 뒤를 따라 재빨리 동굴로 들어섰다.

동굴 안은 오히려 밖보다 더 카이의 관심을 끌었다. 드워프의 손길이 구석구석 닿아 있었기 때문이다.

과연 땅의 족속 드워프다웠다. 동굴은 어딘지 용신의 신전과 흡사한 분위기를 풍겼지만, 그보다 더 정갈하면서도 자연스럽게 '아름답다'는 것을 느끼게 해 주었다.

"이번 로인 공작은 꽤 정신이 없으시겠구먼."

"예? 무슨 말씀이신지……."

"어째 주변에 정신없는 사람들이 많은 것 같아서 하는 말일세. 보자, 아직도 용신의 사제님이 계시던가?"

모드의 목소리는 태평했다. 카이는 그 말에 킥 웃고 말았다.

"그렇습니다. 아직 테엘 님이시지요."

"그분이 인간으로 변한 모습으로 저택을 태울 때에는 정말 크게 놀랐지. 아무리 레드 드래곤이라 해도 공작의 저택을 자기 손으로 철저히 박살 낼 줄은 몰랐거든. 성격이 정말 레드 드래곤의 그것에 딱 맞는 분이었는데, 아직도 그러신가?'

카이는 정말 놀랐다.

'태워? 자기 손으로? 오호라…….'

어째 그동안 고분고분하다 했더니 다 나름 이유와 과거가 있었던 것이다.

엘프 학살이야 배신자 처벌이라 쳐도, 저택을 태운 건 테엘의 잘못이라고밖에 해석되지 않는다.

'여태까지는 내가 몰랐으니까 테엘, 자네가 자발적인 봉사를 해 준 걸로 생각하지. 그나저나 저택을 태운 빚은 뭘로 받아 낸다…….'

같은 시각, 테엘은 이유 모를 한기에 몸을 부르르 떨었다.

"얼라? 레드 드래곤의 일족이 한기를 느낀 건가?"

테엘은 혼잣말로 중얼거렸다.

"역시 카이 녀석이 날 너무 부려먹은 거야. 이거 설마, 드래곤 일족 최초로 몸살이라도 나는 건 아니겠지."

*　　　　*　　　　*

카이와 모드가 되돌아온 것은, 2개월 반 정도가 흐른 후였다. 드워프의 살아남은 일족은 대략 400명이었다.

과거 로인에서 살던 드워프가 수천을 헤아린 것에 비하면, 그야말로 참혹한 결과였다.

그러나 인간 쪽도 비슷했다.

수백만의 인구가 겨우 수만으로 줄어 있었던 것이다.

테엘은 몸이 반쪽이 되어 그들을 맞이했다.

"돌아왔구나아……."

"사제님의 노고가 크시었소."

카이는 놀리듯 말했다.

그러나 테엘은 대꾸조차 할 수가 없었다.

마나가 무한이면 무엇 하랴! 그야말로 진이 쪽 빠져서 체력이 떨어질 정도로 허덕거린 몇 개월이었다.

카이와 테엘은 나란히 신전 쪽으로 향했다.

"몇 명이나 있지?"

"사천 명은 넘어……. 제길, 망할 인간들! 할 줄 아는 거라곤 새끼까서 꾸역꾸역 모여드는 것밖에 모른다니까! 더 모여들면 나도 이젠 몰라! 내 헤츨링도 아닌데 꾸역거리며 몰려드는 버러지 같은 것들을 먹일 책임 따위 나한테 있을 턱이 없잖아!"

"정말 그렇게 생각하시는가?"

카이가 정색하곤 물었다.

테엘은 움찔했다.

"뭐, 뭐가."

"지금 그 말이 드래곤의 진심이냐고 물은 거다. 아니면 그냥 억울해서 해 본 말인 건가?"

카이의 눈빛이 싸늘했다. 테엘은 있는 자존심, 없는 자존심 억지로 구기면서 대답했다.

"……다, 당연히 억울해서 해 본 말이지. 그, 그런데 어떻게 되셨는가, 공작? 드워프들은?"

카이는 말없이 손가락으로 그들의 뒤를 가리켰다. 수백의 드워프가 테엘의 뒤쪽에서 공손히 따르고 있었다.

테엘은 자신의 허리 아래에서 얼쩡거리는 드워프들을 눈치 채지도 못했던 것이다.

"하, 하하……. 그래, 빨리 찾았네."

테엘은 머리를 긁고는 일행을 둘러보았다.

"400 정도 되는군. 여자에, 애들도 꽤 있는 편이고……."

"위대한 창조주의 아들이신 붉은 일족의 테엘 님을 뵙습니다. 땅의 피조물 모드 니세흐가 감히 인사 올립니다."

"모드……. 뭐, 일단 알아서들 얌전히 쉬시게나."

모드는 일족에게 뭔가를 외쳤다. 드워프족의 언어라 카이는 알아들을 수가 없었다.

일족이 모두 테엘에게 꾸벅, 그리고 신전 안으로 쑥쑥 들어갔다. 줄지어 이백 명이 꾸벅, 쏙 들어가는 모습은 어딘지 귀엽기까지 했다.

"좋으시겠어. 레. 드. 드. 래. 곤. 테엘 님."

"응? 아하하하……. 그, 그러게."

두 사람의 눈빛이 허공에서 교차했다. 테엘은 식은땀을 흘리면서 카이의 시선을 피했다.

"일단 드워프들 푹 쉬면 알아서들 신전 고치고 일할거리 찾을 종족이니까 내버려 두고……. 인간들은 어떻게 할 건지 생각해 봤냐?"

"당연히."

카이는 자신만만하게 대답하곤 절벽 위로 향했다.

광장에는 사람들이 꽉 차 있었다. 물을 중심으로 누리는 그들의 모습은 지난 기아가 마치 전설 속의 이야기였다는 듯 평온해 보이기까지 했다. 군데군데 어린아이들이 뛰어노는 것이 보였다.

그것을 본 순간에는 카이의 얼굴에 잠시 미소가 스쳤다.

"군대를 만들 거다."

카이는 주먹을 불끈 쥐었다.

군대를 키우는 데 가장 필요한 것은 우선 돈이다.

그 다음으로는 머릿수.

카이에게야 돈은 많다. 드래곤의 레어에 쌓여 있는 것은 몽땅 카이의 것이라고 볼 수 있으니까. 드래곤의 유일한 유산 상속자인 셈이었다.

물론 창고지기인 테엘의 허락이 있을 때에만 꺼내 쓸 수 있다는 단점이 있었지만. 그러나 테엘은 카이 잘되라고 붙어 있는 용신의 사제였다.

세상 부족할 게 무엇이겠는가!

바로 그것은 쪽수였다.

카이는 어디에 가더라도 '로인, 로인!' 그렇게 칭송하는 소리를 듣고 싶었다. 지금처럼 '죽음의 땅이래. 미쳤어, 거기 가게?' 라는 소리가 아닌.

그러나 겨우 사만 명으로 할 수 있는 게 무엇이겠는가?

농사를 지어 차근차근 번영? 그런 것은 애당초 생각해 본 적도 없었다.

카이가 바라는 것은 당장 황도로 돌아가서 로인 공작의 부흥을 알리는 것이었다.

드래곤의 보물을 약간만 풀어도 그 정도는 간단하다. 그러나 카이는 과거 그의 조상들이 당한 일을 잊지 않았다.

200년 전! 엘프들이 배신하고 나가 버리고 어쌔신과 소드마스터까지 저택과 영지를 지키게 적은 계략을 꾸몄다. 그리고 로인 공작을 암살했다.

그것도 마치 시궁창 쥐처럼 뒷골목으로 끌려가 사체가 갈가리 찢겼던 것이다!

카이는 자신이 쓰러진다고 로인이 쓰러지지는 않는다는 것을 보여 주어야 했다. 그것은 바로 영지의 자립이었다.

그러나 사만 명 중에 당장 군사 훈련이 가능한 자는 얼마 되지 않았다. 2개월 정도 놀고 먹게 내버려 뒀는데도 워낙 기아 중에 살아온 사람들은 쉽사리 체력이 붙지 않았다.

"저것들이 검을 들고 뒤로 나자빠지지 않으려면 적어도 2년은 먹여야 할 거다! 지금 내가 저것들 먹이는 것 때문에 얼마나 힘든지 알기나 해!"

"흠."

"흠이 아냐!"

테엘은 광분했다.

모드는 레드 드래곤이 다시 미치는 건 아닐까 내심 기대하면서 그들을 바라보고 있었다.

이르엘은 안절부절하며 주변을 서성거렸다. 드워프 족과 인사를 나누지도 못한 채, 그렇다고 카이와 테엘 사이에 끼어들지도 못하는 이 어영부영한 모습에 테엘은 더욱 심기가 거슬렸다.

"넌 노래나 불러!"

"하, 하지만⋯⋯."

"아니면 도로 신전으로 처박혀 있든가! 그것도 아니면 드워프들 앞에서 빌어야 하는 거 아냐?"

모드는 그 말이 옳다는 듯 고개를 끄덕였다. 카이는 이르엘에게 안으로 들어가라고 눈짓을 보내곤 테엘을 마주했다.

"테엘, 그럼 저들을 어떻게 하자는 거냐? 어차피 뭘 하게 하려 해도 당분간 먹이는 건 각오해야 할 텐데."

"크흑⋯⋯."

테엘이 인간들을 먹인 방식은 간단했다.

이틀에 한 번씩 큰 도시로 나가서 식량을 사 온 것. 워프 정도는 아무것도 아니지만, 그걸 두 달 내내 계속하자 아무래도 힘든 것은 사실이었다.

"너 말야, 드래곤에 대해서 너무 많은 환상을 가지고 있는 거 아냐? 아무리 드래곤이라고 해도 죽는다고!"

"만 년 만에 말이지."

카이는 무심히 대꾸했다.

"마, 마나도 무한이 아냐! 단지 무한에 가깝도록 운용할 수 있을 뿐이지!"

"드래곤 하트와 드래곤 본에 새겨진 마나를 생성하는 고대 마법어에 의해서 말인가. 아홉 클래스로 인간을 나눈다면, 드래곤의 마법은 그 클래스를 넘어서는 클래스 오버 클래스라고 부른다고 들었는데?"

카이는 흥미진진하게 대꾸했다.

테엘의 이마에 잠시 힘줄이 돋았다.

그에게 남은 마지막 무기는 하나.

"사제직 때려치운다!"

"……그러시든가."

카이는 재미있다는 듯 그를 바라보았다.

"그런데 사제직 처음 들어올 때에 용언으로 용신과 직접 사제직 수행을 완수하겠노라고 말하지 않았어?"

"크, 크훗……."

마지막 협상의 여지조차 없는 셈이었다.

모드가 신기하다는 듯 물었다.

"로인 공작, 어찌 그런 사실을 다 아시는가?"

"인간 사회가 어떻게 돌아가는지는 알지 못해도 과거의 맹세에 관해서는 철저하게 공부했지요. 드래곤과 로인, 로인과 황제의 1차 조약. 그리고 엘프와 로인, 로인과 드워프의 3차 조약, 그리고 벨하임과 로인, 로인과 멕의 2차 조약에 대해서도."

카이의 대답에 모드는 수염을 길게 쓸어내렸다.

"그렇지만 로인 공작, 이 늙은 드워프가 담금질하는 것처럼 보이 겠지만 감히 끼어들자면…… 무릇 협상이란 상대방이 빠져나갈 구멍이 있는 것이 정석 아니던가? 특히 인간들은 그런 여지를 잘 빼놓는 것 같던데……."

테엘은 자신 용생(龍生) 일생에 드워프가 이렇게 고마운 존재라고 생각한 적은 처음이었다.

카이의 눈이 빛났다.

"그렇지만 협상에 거짓말로 허풍 치는 사람은 가차 없이 숨통을 조여야지요."

"쿠, 쿨럭."

테엘은 헛기침을 하며 시선을 돌렸다. 카이는 빙그레 웃으면서 화제를 바꿨다.

"당분간 인간들은 먹이되, 동시에 군사를 모집하겠습니다. 일부……지만 체력이 있는 사람들도 분명 있으니까요."

"음?"

모드는 그 말에 고개를 갸웃거렸지만, 카이는 그에게 식인종에 대해서 설명하고 싶지 않았다. 이종족에게 말하기에는 다소 치욕스러운 일이었다.

"저택 근처에서 군대를 모집할 겁니다. 훈련하기에는 좋은 녀석들이 있을 겁니다. 그리고 어쩌면……."

카이는 잠시 언덕 아래를 내려다보았다.

"뭐, 엘프를 대신할 궁수는 구하지 못해도 쓸 만한 전투견은 얻을 수 있을 겁니다."

그리고 잘하면 기적을 볼 수도 있을 것이다. 용의 피가 희석된 자신의 피가 어떤 기적을 불러왔는지를.

카이와 벨하임은 불타 버린 로인의 저택으로 이동했다. 모드는 쉬라는 만류에도 불구하고 그 둘을 따라나섰다.

그는 도착하자 아쉽다는 듯 저택의 곳곳을 쓰다듬으며 돌보았다.

"저택은 어떻게 할 건가?"

"시간이 되면 다시 쌓을 겁니다. 테엘의 말로는 드래곤 본의 일부를 갈아 저택에 섞으면 어느 정도의 마법과 물리적 방어력이 갖춰진다고 하던데요."

카이의 질문에 모드는 고개를 끄덕였다.

"우리 종족에 전해지는 드래곤 본의 가공 방식에 대한 방식을 이용하면 그 정도는 간단하네."

"그리고 그 드래곤 본 가루는 좀 더 중요한 곳에 써야지. 관문을 짓는 데 먼저 도움을 구하고 싶습니다만……."

"우리야 파고 들어갈 산맥, 연구할 거리, 가공할 재료, 그리고 살 만한 땅과 영역만 보장해 준다면 불만 없네."

"그렇게 말씀해 주시면 감사하지요."

모드는 평화로운 표정으로 고개를 끄덕였다.

"그렇지만 엘프와의 계약은 어찌하실 건지, 묻고 넘어가지 않을 수가 없군."

"엘프와의 계약……."

이르엘이 희생을 치렀다 하더라도 엘프들은 분명 계약을 배신했다. 이대로 그들을 받아들이는 것은 드워프에 대한 예의가 아니었다.

"그들에게는 당분간 무조건적인 봉사를 지시할 생각입니다."

"약하군."

모드의 대꾸였다.

벨하임은 뒤에서 그런 모드를 보고는 입을 턱 벌렸다. '저게 그 맘씨 좋던 드워프 할아버지 맞아?' 하는 눈빛이었다.

"즉각 이 땅으로 회복할 엘프에 대해서는 그 명예를 보존하겠지만, 그렇지 않을 시에는……."

카이 역시 아무렇지도 않게 대답은 하고 있었지만, 모드의 평온하면서도 냉정한 질문에 약간은 어리둥절한 상태였다.

'헛늙은이는 아니로군, 그 누구처럼…….'

"그렇지 않을 시에는?"

모드는 말을 재촉했다.

"그렇지 않을 시에는 배신을 깬 자로 간주하고 죽여 버릴 겁니다."

카이는 굳은 목소리로 말했다. 벨하임은 뒤에서 '정말 주공이 엘프들을 죽일 수 있을까?' 하는 눈빛으로 고개를 갸웃거렸다. 모드는 다행히 그걸 보지 못하곤 고개를 끄덕였다.

그렇게 일행이 저택을 둘러보면서 재건에 대해 이야기를 나누던 중이었다.

갑자기 카이가 예리한 시선으로 한쪽을 노려보았다.

"누가 왔군."

모드는 그렇게 말하며 옆구리에 차고 있던 배틀 액스를 뽑았다. 작달막한 키에 허리까지 올 정도의 도끼가 무서울 정도의 예기를 뿜어냈다.

벨하임은 주변을 경계하며 노려보았다.

"어서 나와라!"

"키힛킷킷킷……."

기괴한 웃음소리가 퍼졌다.

벨하임은 순간 자신의 감각을 믿을 수가 없었다.

분명 사람이 하나 있기는 한데, 그건 자신의 감각으로도 따르기 힘들 정도로 재빨랐다.

바윗돌과 타 버린 건물 잔해 사이에서 빠르게 움직이던 인간은 멈춘 순간이었다.

"저긴가!"

모드가 중후한 목소리로 외치면서 그의 발목에서 작은 도끼를 꺼내 집어던졌다.

허공에서 휙휙 돌아가면서 매서운 소리를 울리며 날아간 도끼! 그 도끼가 찍힌 벽 뒤에서 검은 인간이 번개처럼 다른 쪽으로 뛰었다.

"모드 님, 잠시만!"

카이는 재빨리 그의 다음 공격을 멈추게 했다.

그리고 그는 사내가 뛰어간 곳을 바라보며 씩 웃었다.

"정말로 되살아난 건가?"

벨하임과 모드는 그를 빤히 바라보았다. 무슨 소린지 그들은 이해할 수가 없었던 것이다.

"내가 한 말은 생각해 봤나? 살아나면서 먼저 그 생각부터 하지 않았는가 말이다!"

카이가 다시 묻자 건물 잔해 사이에서 찔끔거리며 한 사내가 모습을 드러냈다.

"……개가 되라고?"

사내는 비릿한 웃음을 흘렸다.

"개가 되란 말이지? 응? 이런 힘을 갖고도 내가!"

힘의 희열에 넘친 사내의 외침. 그러나 카이는 미동도 하지 않고 사내를 바라보았다.

"당연히."

카이는 씩 웃으면서 돌멩이 하나를 집어던졌다.

퍽! 이마에 정통으로 맞은 돌멩이에 사내는 채 피하지 못한 채 뒤로 기절했다.

벨하임이 자신의 정체성—수호기사라고 하는—에 대해 심각하게 고민하고 있을 때, 카이는 조용히 명령했다.

"벨하임."

"……예."

"저 녀석, 깨어나거든 버릇 제대로 들여라."

"예……."

벨하임은 고민 중이었다.

퍽! 퍽퍽! 퍼퍼퍽! 그의 주먹과 발이 쉴 새 없이 움직였다.

카이는 태연하게 모드와 나란히 앉아 이야기를 하다가도 벨하임의 손발이 느려질 때를 어떻게 알았는지 그를 바라보며 충고하는 것이었다.

"더 열심히 해라, 벨하임."

열심히 하는 건 좋다.

문제는 그 이상한 인간이었다. 깡마르면서도 다른 인간보다는 체력이 좋다는 게 눈에 들어왔다.

그러나 무서운 건 아무리 때려도 이상이 없는 그의 신체였다. 사실 벨하임은 주먹이 꽤 얼얼하게 아팠다.

보통 인간이었으면 맞아 죽었다.

그러나 이 인간은 끄떡도 하지 않았다. 아직도 반항적인 눈으로 벨하임을 노려보고 있었다.

마침내 시간이 어느 정도 지난 후.

카이는 물었다.

"이름은?"

"크히히히힛! 쿠, 쿨럭……! 왜, 궁금하냐?"

카이는 냉정하게 사내를 바라보았다.

"웃지 말고. 대답은?"

"내 이름 따위 알 필요 없어, 로인! 네 피를 더 마시겠다! 네 살을 뜯어먹겠어!"

그리고 그가 덤벼들기 직전, 벨하임이 얼른 그 앞을 막아섰다. 그리고 처음부터 다시 시작했다. 한 대, 두 대, 세 대…….

카이는 놀라지도 않은 채 모드와 이야기를 다시 시작했다.

"예전과는 전혀 다른 곳이 되겠군, 이 로인도."

"전과 같은 허약한 로인 공작 따위, 이제 다시는 없을 겁니다. 없도록 할 겁니다."

"그래, 그래야지."

모드는 크게 웃었다.

한쪽에서는 사람을 패 대는데 한쪽에서는 늙은 드워프가 허허 웃는다. 어딘지 평화롭기까지 한 장면이었다.

카이는 저택의 잔해를 바라보았다.

"그럼, 모든 걸 부탁드리겠습니다."

"일단 쉬고, 재료를 모두 확보한 이후에는 곧장 로인 재건에 착수하도록 할 테니 걱정 말게나. 자네는 어떻게 할 건가? 테엘 님의 말씀도 무리는 아니라 생각하는데. 군사훈련보다는 땅을 일구는 편이 좋지 않겠는가?'

카이는 고개를 흔들었다.

"저는 곧 도성으로 올라갈 생각입니다."

"혼자 올라가려는 건가?"

모드는 걱정스럽게 물었다.

"벨하임과 그리고…… 리슨이 곧 나올 겁니다. 그 누구보다 믿음직스러운 사람이지요."

"제가 더 믿음직스러워요!"

한쪽에서 억울하다는 목소리가 터져 나왔다.

벨하임이 축 늘어진 사내를 질질 끌고 다가왔다.

"헤르크랍니다. 이 녀석 이름."

카이는 헤르크를 찬찬히 살폈다.

"좋아, 헤르크"

헤르크는 카이를 노려보다가 벨하임이 한 걸음 다가서자 움찔하면서 시선을 내리깔았다.

카이는 그에게 친절히 물었다.

"어떠냐? 이제 로인 재건을 시작할 건데, 언제까지 그렇게 살 수는 없지 않겠는가? 로인 재건을 위해 네 한 몸 투신하는 게 어떻겠느냐?"

"……킥……. 네가 아무리 안간힘을 써 봤자 사람들이 마음속으로 무슨 생각을 하는지는 너도 알 거다……."

사내의 독기는 여전했다. 죽었다 살아났는데도.

그래서 카이는 이 사내가 마음에 들었다.

"그래. 사람들의 생각을 쉽게 바꿀 수는 없겠지. 하지만 그렇다고 무작정…… 전처럼 살 건가? 다른 살 길이 있는데도?"

"크훗훗…… 그거야 내 마음이지."

카이는 눈을 빛내며 사내를 바라보았다.

"너를 대장으로 임명하마. 로인의 첫 번째 군대장이 되는 셈이겠군."

"……뭐?"

"나는 너에게 군대를 주겠다. 사람들을 거느리는 일이지. 네 마음대로 해라. 네가 원하는 만큼."

"그래서 너는 모른다는 거다……."

"아니, 나는 알고 있다."

카이는 냉정한 말로 사내의 말을 잘랐다.

"너는 다르지? 다른 녀석들은 인육을 먹고 싶어 했을 뿐이다. 남을 먹고 자신이 사는 일에 양심의 가책 따위는 없었어. 하지만 너는 다르다. 너는 네 아버지의 말에 따라서, 자신이 살아가는 이유를 찾아서였어."

헤르크는 몸을 흠칫 떨었다. 카이는 손을 뻗어 헤르크의 목줄을 움켜잡아 자신의 앞으로 끌어왔다.

"네가 아무리 덤벼 봤자 너는 나에게 상처 하나 낼 수 없었을 거다. 그러나 그때 나는 네 원한을 감안해 관대한 조치를 내렸지. 그리고 나는 다시금 네게 명령하는 거다. 살려 줄 테니 군대를 이끌라고."

"……!"

"원한 따위는 잊어라, 이제."

"우리 아버지는……!"

카이는 약간 짜증이 나기조차 했다. 다음 순간 그는 손을 휘둘렀다.

찰싹! 하는 소리를 기대하게 하는 장면이었는데, 다음 순간 헤르크는 추왁! 하는 소리를 내면서 메마른 땅 저편으로 나가떨어졌다.

"영주로서 말하는 거다! 내가 이 땅에 되돌아온 것은 너희를 죽이려는 게 아니라 살리기 위해서다! 더 이상 피 보기 싫으니까 개기지 말고 들어!"

헤르크는 비틀거리면서 몸의 균형을 찾으려 애썼다. 카이는 그가 다시 자신을 노려볼 때까지 기다렸다. 그리곤 벨하임에게 가볍게 턱짓을 보냈다.

벨하임이 다시 헤르크를 끌고 오자, 카이는 그에게 거만스레 물었다.

"자, 이제 영주님이라 부를 준비가 되었는가."

헤르크는 고집스럽게 입술을 꾹 다물었다.

"네가 잘 짖는 개라는 것 외에 존재감을 증명하든가, 아니면 죽든가. 둘 중 하나다. 선택해."

카이는 냉정하게 잘라 말했다.

헤르크는 눈을 굴렸다. 그는 필사적으로 생각해 보았다. 그러다가 결국 질문을 하나 던졌다.

"그, 그렇다면 억울하게 죽은 우리 영지민들은……."

"그것 역시 억울하게 죽은 우리 아버지 탓을 하든가."

카이는 냉정하게 대꾸했다.

"자네가 그렇게 로인을 생각한다면 지금 당장 엎드려서 영주에게 절을 하는 게 도리라고 보는데……."

모드도 느긋하니 끼어들었다.

헤르크는 잠시 더 생각에 잠겼다. 자존심은 꺾기 싫지만 카이의 제안은 분명 합당한 것이었다.

아니, 가장 바라던 형태이기는 했다. 영주가 돌아와서 자신들에게 손을 내밀어 주는 것…….

헤르크는 입술을 삐죽 내민 채로 생각에 잠겼다.

그때 모드가 웃으면서 조용히 멘트를 날렸다.

"역시 인간이란……. 옳다는 걸 알면서도 쓸데없는 자존심 때문에 고민하곤 하지. 그러나 옳은 걸 거부하는 것이 어째서 자존심을 살리는 길인지 이해할 수가 없군. 나이 들어 후회하는 걸 자초하는 종족이야, 인간이란……."

"제, 제길!"

헤르크는 머리를 감싸 쥔 채 무릎을 꿇었다.

"노인네 잔소리라니……! 제길! 제길! 내가 왜 이런 소리까지 들어야 하는 거야?"

"……."

모드는 눈에 살기를 띠면서 도끼를 쥐고 있던 손에 우드득 힘을 주었다. 그러나 그것뿐. 입가에는 여전히 허허로운 웃음을 띠고 있는 이, 모드.

카이와 벨하임은 오늘 모드의 진면목을 보았다.

'조심해야지……'

'조심해야겠군.'

나이, 종족의 수장, 거기에 능구렁이 댓 마리는 삼킨 듯한 마음씨.

모드는 어느새 로인의 강자로 부상하고 있었다.

SWORD OF DRAGON LOAD

제2장

늪에 빠진 사나이

다섯 엘프 장로들은 이르엘에게서 노래를 배웠다. 이르엘의 노래는 일종의 언령이었다.

엘프들은 인간들처럼 문자 체계를 갖고 있지 않았다. 그들의 기억력은 인간보다 뛰어나며 지성 역시 뛰어났다. 그들은 중요한 일을 문자로 남기는 것이 아니라 서로에게 입에서 입으로 전했다.

엘프들의 노래 덕분에 그들의 노래가 들리는 범위, 적어도 신전 앞의 광장은 크게 자연이 회복되어 가고 있었다.

주변 산으로는 허리까지 이르는 초목이 자라났고, 수맥이 회복되면서 광장을 크게 가로지르는 옛 강물이 다시 흘러가고 있었다.

'과거로 되돌아온 느낌이로군.'

모드는 느긋한 심정으로 그곳을 바라보았다.

과거에도 이랬다. 한 달에 한 번 신전 앞에서는 축제와 노천시장이 벌어졌다.

항상 로인의 영지민들은 부에 젖어 있었고 향락에 젖어 있었다. 그러나 그들은 현명하게도 그 향락과 부가 누구 덕분인지 잊지 않고 있었다.

그들의 삶에 드래곤과 엘프, 드워프는 항상 가까이에 있었다.

엘프들이 정령의 조화를 노래해 주고, 드워프들이 기술자로 그들의 땅을 정비해 주며, 드래곤이 그들에게 축복을 내리는 곳.

과거 로인은 그랬다.

엘프들의 배반이 그 망조(亡兆)의 시작이었다면, 이제 엘프의 노래로 부활의 시작이 있는 것은 당연하지 않은가.

모드는 흐뭇한 마음으로 주변을 둘러보았다.

일족이 기력을 찾으면 그는 당장 일에 착수할 생각이었다. 지난 200년 동안 그는 너무 오래 기다려 왔다.

로인을 회복하는 망치질 소리! 자신의 손끝에서 찌르르 울리는 번영의 망치질!

그러나 지금 당장은 이 사람들이 정말 죽지 않고 살아남은 비결이 궁금하긴 했다.

사만 명의 영지민들은 겨우 치부만 가리는 누더기를 걸치고 있었다. 두 달 전보다는 꽤 살이 붙어 있었지만, 그래도 뼈다귀가 그대로 드러나 있었다.

그들은 카이가 그들 한가운데를 지나가자 주춤거리면서 옆으로 비켜서기만 했다.

인사를 건네는 건 아니었지만 그렇다고 돌을 던지는 것도 아니었다.

화는 났지만 '그래, 이러면 됐지. 앞으로 잘하겠지. 못하면 두고 보자'라는 그런 눈빛.

카이는 그 눈빛에 오히려 심기가 불편하다는 표정이었다.

일행이 조용히 지나가던 중이었다. 천막 한가운데서 비명 소리가 울려 퍼졌다.

카이는 조용히 되돌아보았지만, 벨하임은 단박에 검을 뽑아 주변을 경계했다. 별다른 힘을 기울이지 않았는데도 그 검에는 단단한 붉은색 검강이 하늘로 쭉 치솟았다.

벨하임의 뒤에는 헤르크가 비척거리며 따라오고 있었다.

"저자예요! 내 아이를 잡아먹은 자가!"

소리를 지른 여인이 사람들 앞으로 비틀거리며 나섰다.

여인의 눈에는 불꽃이 활활 일었다.

"우리 땅에 들어와서 아이들 넷을 잡아갔다고요!"

사람들이 웅성거렸다.

그때 다른 곳에서도 비명 소리가 들렸다. 이어 사람들 사이로 한 사내가 뛰쳐나왔다. 깡말랐지만 역시 눈빛에는 원한이 철철 넘쳤다.

"네 이놈! 내 자식 어쨌어!"

카이는 한숨을 내쉬면서 이마를 짚었다.

"헤르크."

"크크크크⋯⋯. 그러고 보니 이렇게 살아 있는 것도 댁한테는 복수가 되는군! 크하하하하하핫!"

퍽!

"으윽······."

벨하임이 헤르크의 뒤통수를 세차게 내리쳤다. 일반 사람이라면 가히 죽을 수 있는 강도였다.

헤르크는 뒤통수를 문지르며 벨하임을 노려보았다.

"야, 이 자식아······!"

"그렇군. 벨하임, 잘했다."

카이가 느긋하게 말했다.

"이, 이봐. 영주!"

"벨하임, 가서 나무를 구해 와라. 이 녀석 매달 만한 걸로."

"고, 공개처형이라도 하려는 거냐!"

모드는 그 말에 어떤 처형대가 좋을지 구상하면서 중얼거렸다.

"그거 꽤 좋겠군. 영지민들의 불만을 적절한 방식으로 달래 주는 것이야말로 좋은 영주로서의 첫 출발이지."

헤르크는 황당하다는 눈으로 모드를 바라보았다.

"야, 이 땅딸보 늙은이야! 죽으려면 댁이나······."

모드는 허허 웃었다. 그는 도끼를 휘두르거나 일체 살기를 띤 행동은 하지 않았다.

할 필요가 무엇 있겠는가. 곧 헤르크는 매달릴 텐데.

벨하임이 나무를 구해 오자, 영지민들은 신난 듯 살기에 넘쳐 주변으로 모여들었다.

헤르크는 카이가 자신을 가만히 바라보자, 황당하다는 듯 바라보았다.

"어, 어이. 날 군대장으로……."

"아, 걱정 마. 이 정도로는 죽지 않아. 벨하임에게 맞아 봐서 알잖아?"

카이는 대수롭잖다는 듯 대답했다. 그리곤 약간 놀란 듯 되물었다.

"뭐야, 헤르크. 너 설마 나한테는 우리 조상의 죄를 들이대더니만, 네 죄는 아무것도 아니라는 듯 넘길 생각이었던 거냐?"

헤르크는 입만 뻐끔거렸다.

"그, 그건 아니지만……."

"먹고살려고 지은 죄니까 죽게 하지는 않으마. 하루만 버텨라."

'말이 하루지…….'

벨하임과 헤르크, 모드는 동시에 같은 생각을 떠올렸다.

영지민들이 주변으로 개미떼처럼 모여들었다.

벨하임이 어디서 말라비틀어진 나무를 하나 구해 오자 모드는 득달처럼 달려들어 나무를 정성껏 손질했다.

나뭇결을 깎아 내고 사람 매달기 좋게 홈을 넣는 모드의 손길이 얼마나 빠른지 잠시 카이, 벨하임, 헤르크는 멍하니 보기만 했다.

무섭다고 생각하면서.

모드는 이윽고 나무를 보면서 만족스러운 듯 씩 웃었다.

"이거 참…… 잘 매달리게 생겼군. 좋은 나무야. 착한 것 같으니."

모드는 이어 세 사람의 눈길을 눈치 챘다.

"음? 핫핫……. 뭐 하시는가, 로인 공작. 영지민들에게 멋들어진 축사를 하셔야지."

'축사라니!

벨하임과 헤르크는 무의식중에 서로를 바라보았다.

"그렇군. 모드 님 말씀이 옳소이다."

카이는 슬쩍 고개를 끄덕였다. 이어 모드는 나무껍질을 재빨리 꼬아서 밧줄을 만들었다.

모드는 벨하임에게 그걸 툭 던졌다.

"묶어라."

벨하임은 군말 없이 밧줄을 탱탱 당겨 강도를 재 보면서 헤르크에게 다가섰다. 얼기설기 만들었는데, 그 짧은 손가락 어디에 그런 재주가 있는지 쇠사슬처럼 탄탄했다.

카이는 영지민들을 바라보며 섰다.

"이자를 아는가!"

그의 목소리는 높으면서도 맑았다. 분명한 발음이 광장 구석구석으로 퍼졌다.

"살인자요!"

"식인범이야! 당장 죽이겠어!"

"죽여라! 죽여라!"

"죽여라! 죽여라!"

성난 영지민 한가운데 있으면서도 카이는 전혀 위축되지 않았다. 그는 오히려 부드럽게 고개를 끄덕이곤 한 손을 들어 올렸다.

사람들이 하나 둘 입을 다물었다.

"이자를 죽이길 원하는가!"

"그렇소!"

"당장 죽이시오! 당장!"

"저자를 갈기갈기 찢어 버려!"

하나 둘 외치자 사람들이 일시에 다시 입을 모아 소리치기 시작했다. 그자에게 가족을 잃고 자식을 잃은 자들이 원망에 차서 앞장섰다.

헤르크는 벨하임 손에 붙들려 묶이면서도 주변에 대고 히죽거리며 으르렁거렸다.

"제길, 옛날 같았으면 쥐새끼처럼 숨을 새끼들이 쪽수 믿고 개기긴……!"

"너도 참…… 입으로 무덤을 파는 녀석이구나."

벨하임은 헤르크를 나무에 묶으면서 고개를 흔들었다.

"내가 충고하는데…… 곧 이분들보다 더 무지하게 엄청난 분이 오실 거거든?"

벨하임은 헤르크를 묶은 줄을 확인하고는 씩 웃었다.

"그분 앞에서 혀 잘못 놀리면 정말 죽는다."

"내 이야기를 하는 건가, 벨하임 군?"

벨하임은 뒤에서 들린 익숙한 목소리에 식은땀을 흘렸다.

"테, 테엘 님……. 오셨습니까?"

벨하임은 테엘을 보고는 단번에 허리를 90도로 꺾었다.

테엘은 영지민들에게 연설을 해 대는 카이를 보면서 이상하다는 표정으로 그들을 바라보았다.

"어떻게 된 거야?"

"아, 일이 좀 있었습니다. 이자가 식인으로 먹고산 놈이라서요."

"아······. 그래서 지금 처형하려는 거냐?"

"저기, 그게······."

벨하임은 직감적으로 깨달았다.

헤르크는 드래곤의 피를 마셨다. 벨하임은 그 사실을 알고 있었다.

그 사실을 테엘에게 말한다면 카이가 자신을 괴롭힐 것이다.

그렇다고 테엘에게 거짓말을 했다가 들통나면 그는 자신을 죽여버릴지도 모른다.

'어, 어떻게 해!'

벨하임이 할 수 있는 일은 하나였다.

"으, 으읏. 갑자기 장이 비비 꼬이는 게 아무래도 괄약근이······!"

"응? 뭐라는 거야?"

테엘이 어리둥절해 하는 사이, 벨하임은 군중 사이로 뛰어들어 신전을 향해 도망치기 시작했다.

영지민에게 '이 사람의 죄를 용서하기 싫은 자는 돌을 던져 돌무덤을 만드시오. 단 이자가 다음날까지 살아 있다면 그때는 영지의 번영을 위해 전투에서 가장 앞에서 목숨을 바칠 때까지 싸우게 하겠소!'라는 취지의 연설을 마친 카이는 벨하임을 바라보며 어처구니가 없다는 표정을 지었다.

"왜 저러는 겁니까, 모드 님?"

"어허허허······ 그걸 이 늙은이에게 묻는다고 알겠는가. 허허허……."

드워프는 드래곤을 두려워한다. 모드는 슬쩍 늙은이라는 걸 강조하면서 무리 사이로 사라졌다.

헤르크만 나무에 묶인 채 몸부림칠 뿐이었다. 주변에서 영지민들이 있는 돌 없는 돌 다 주워 와서 눈을 불사르고 있었다.

"이봐, 카이. 저놈을 굳이 이렇게 죽일 이유가 있나?"

테엘은 조금 과한 처형법이 아닌가 싶었다. 그러나 카이는 느긋했다.

"얼렁뚱땅 넘겨서 영지민끼리 서로 싸우는 씨앗을 남기고 싶지는 않아서."

"그래서 죽이려는 거야? 허긴, 제 손으로 돌 던져 죽이는 것도 괜찮지. 원한 푸는 정도로는……."

"음? 왜 죽어. 헤르크는 안 죽어."

"왜?"

"일단 위로 옮기지. 사람들 돌 던지기 쉽게."

테엘은 여전한 카이의 태도에 한숨을 내쉬었다. 테엘은 가뿐하게 카이를 한 팔로 감싸고는 위로 떠올랐다.

"시작해도 좋다! 그대들이여, 원한을 떠올려라!"

"우와와와와와!"

"저 새끼 죽여!"

흙이며 모래, 돌, 손에 잡히는 게 뭐든 상관없었다. 바짝 마른 나무까지 헤르크를 향해 던져졌다. 헤르크는 눈을 질끈 감았다.

"이 망할 영주야아아아아······!"

테엘은 언덕 위에 오른 후, 혀를 내둘렀다.

"······아예 불에 기름을 퍼부어라, 퍼부어. 뭐 하는 짓······."

돌이 던져지기 시작한 지 5분이 지났다. 그런데도 헤르크는 꿈틀거리고 있었다. 죽어 가는 몸짓이 아니라 따끔따끔 모기한테 물리고 있는 듯한 몸짓이었다.

테엘이 눈을 크게 떴다. 마침내 그는 뒤를 홱 돌아보았다.

카이는 이미 아이작의 안내를 받아 안으로 들어가고 있었다.

"야, 이 귓구멍에 솜 틀어막은 멍청한 영주야!"

테엘은 단숨에 그를 향해 덤벼들었다.

"너 당장 이리 와!"

"······사제님, 체통을 지키시게나."

"체통이고 뭐고! 너 저 녀석한테 뭐 했어!"

테엘은 카이를 버럭 돌려세웠다. 카이는 어깨만 으쓱였다.

테엘은 흥분해서 숨을 다듬질 못했다.

"너, 너 지금······ 저 녀석한테 먹인 거냐? 응?"

"뭘?"

"이런 뻔뻔한 것을 봤나······! 네 피 말이다!"

"모르고."

"모르고 했다니!"

"죽으면서도 저주를 하기에 원한 풀고 가라고 그냥 피 한 방울 먹였어. 오래 전 일이야. 아이작 데리고 온 그 다음에 바로 벌어진 일이라서 몰랐다고. 모르고 한 일인데 지금 와서 나한테 따질 일이 아니잖아."

카이는 냉정하게 대답하고는 테엘의 손을 잡았다.

"이것 좀 놓으실까?"

"제, 제길……."

테엘은 맥이 풀린 듯 그 자리에 털썩 주저앉았다.

"너, 무슨 짓을 하려는 거야? 설마 군대라도……."

"미쳤나. 내 피를 아무 데나 뿌릴 수는 없어. 저건 어디까지나 우연의 결과물이었고, 하나라도 충분해."

"그래서 지금 저 미친 짓을 두고 볼 거냐?"

"내일 정리할 테니 걱정 말게나. 그런데 리슨은 왜 이렇게 안 나오는 거야? 설마 안에서 잘못된 건 아니겠지?"

카이는 화제를 돌릴 겸 물었다.

테엘은 귀찮다는 듯 손을 흔들어 댔다.

"아냐, 그건 아냐. 정말이지……. 앞으로 너, 정말……. 모르겠다. 드래곤으로 오래 산 건 아니지만, 정말 머리 아프다, 네가 해 나가는 거 보면……."

"과거에 얽힌 일을 한꺼번에 치우는데 당분간 먼지가 풀썩거리는 건 참아 줘야지. 그 후에는 깨끗하고 단순한 삶을 누리게 해 줄 테니까."

"뒷정리나 깔끔하게 잘해, 카이."

카이는 진지하게 대답했다.

"그래. 절대 어수룩하게 하지 않겠습니다, 테엘 사제님!"

"그래…… 허허허. 이제 네 영지민은 네가……."

"아, 좀 쉬고. 테엘 사제님, 당분간 다시 수고 부탁드립니다. 아이작, 들어가거라. 어서 씻을 준비와 새 옷을."

카이는 테엘의 말을 중간에 끊고 잽싸게 안으로 들어갔다.

"야, 이눔아……! 드래곤 과로사시킬 셈이냐아아!"

테엘의 절규를 뒤로한 채.

*   *   *

깊은 어둠, 이따금 그 어둠은 바람에 흔들리는 안개처럼 일렁거리곤 했다.

어디가 땅이고 어디가 하늘인지도 분간이 가지 않았다. 그러나 리슨은 자신이 어디에 있는지 알고 있었다.

암, 알고말고. 너무나 잘 알고 있어서 문제였다.

피와 살이 무수하게 쌓이다 못해 시체조차 문드러져 바위처럼 굳어 버린 곳.

그의 환상이기도 했고, 마법진 속의 세상이기도 했다.

입구가 사라진 곳이자, 어디로 향해야 할지 막막한 곳.

리슨은 그 속을 가만히 들여다보다가 어딘가를 손가락질하는 것처럼 한 손을 뻗었다.

이제는 그의 뜻에 따라 자유롭게 움직이는 참월도(斬月刀)가 순식간에 뻗어 나가며 어둠 속을 갈랐다.

그렇지만 어디에도 빛은 없었다.

어째서일까.

어둠이 그에게 요구하는 것. 참월도를 다루는 방법은 완벽하게 익혔다. 암살의 극의라 불리는 방식은 그의 몸속에 완전히 저장되었다.

그런데도 그는 여기에서 나갈 수가 없었다.

시간을 되돌릴 수만 있다면······.

카이의 아버지, 그러니까 전의 공작은 매우 상냥한 남자였다. 어쩌면 그가 권력 없이, 부귀 없이 지냈던 것은 그나마 다행이랄 수도 있었다.

상냥하면서도 착한 성격, 단지 성실하다는 것만으로 제국의 공작이라는 작위를 감당할 수는 없었을 테니까.

그러나 그는 공작이었다. 비록 모든 것을 잃었다고는 해도 그 자리가 요구하는 품위 같은 것은 많았다.

공작이 외출하던 날.

벨하임을 데리고 외출하고, 내성 한복판에서 마차에 치이는데도 그 일에 책임진 사람은 아무도 없다.

"······공작님."

리슨은 중얼거리면서 참월도를 휘둘렀다.

참월도는 그 모양이나 다루는 방법이 몹시 독특했다. 마치 주먹 관절 보호대처럼 손등 위에 끼우게 되어 있었다. 그러나 사실 그것은 몹시 얇은, 작은 칼날이 무수히 겹친 모양으로 되어 있었다.

양손의 참월도가 마치 채찍처럼 허공을 가로지르면서 교차했다. 마치 리슨의 마음을 읽고 그 뜻에 따라 움직이는 것 같았다.

"대단하군."

"……보여 드리고 싶었습니다."

갑자기 뒤에서 카이가 나타났지만 리슨은 놀라지 않았다. 그는 서글픈 표정으로 고개를 수그렸다.

"매우 날카로운데? 변칙적인 공격이야. 누구라도 피하기 쉽지 않겠어."

"감사합니다, 공작님."

카이는 주변을 둘러보았다.

드래곤의 고대 마법진은 그에게도 몹시 익숙한 것이었다. 지난 10년 동안 드래곤의 검술을 익히기 위해서 머무른 곳이니까.

"드래곤에게서 뭘 배운다는 건…… 그야말로 미친 짓이지. 그야말로 몸을 다 바쳐서 죽든가 배우든가. 그런 면에서 리슨, 잘했다. 살아 있어서 다행이다."

카이는 새삼스럽게 리슨을 바라보았다.

카이는 벨하임이 당연히(!) 소드마스터가 될 것이라 생각했다. 10년 전에 사막과 그 많은 몬스터들 사이에서 살아남은 벨하임이 아닌가?

그렇지만 리슨은 나이도 많은 데다가 따로 검술을 배운 적조차 없었다. 적어도 살아남기를 기대한 것이 전부였다.

때문에 그가 참월도를 자유자재로 다루는 것을 보는 카이는 마냥 흡족했다. 그렇지만 가장 중요한 문제가 남아 있었다.

"그런데 왜 나오지 않는 건가? 아직 더 배울 게 남아서? 그런 것 같지는 않은데."

카이의 질문에 리슨은 고개를 흔들었다.

"저도 모르겠습니다. 단지…… 입구가 보이지 않아서……."

"흠……."

카이는 이마를 찡그렸다.

"뭔가 중요한 것을 익히지 못하고 있는 건가. 그게 무엇인지 모르겠지만……. 마법진을 억지로 깨도록 할 수도 있다."

리슨은 고개를 흔들었다.

"이대로 나간다면 주공께 틀림없이 도움이 되지 못할 겁니다. 드래곤이 설정한 가장 중요한 것을 익히지 못한 것이라면……."

"그런가."

10년 동안 저택을 묵묵히 지켜 온 이 고집 센 자신의 집사는 여기에서 또 고집을 피울 모양이었다.

그것이 대견하기도 하고 믿음직스럽기도 해서 카이는 그를 억지로 끌어내야겠다는 생각이 들지 않았다.

카이는 묵묵히 생각에 잠겼다. 마법진에 대해서였다.

드래곤의 힘을 빌려 용신의 땅을 지켜라. 드래곤 밸리를 지키고 용신에게 경배를 바쳐라.

드래곤 로드는 사랑하는 인간 이자벨에게 영원을 주고 싶어 했다. 그러나 인간의 업이랄까, 수명만큼은 기껏 120살까지 살게 하는 것이 전부였다.

그리하여 위대한 드래곤 로드 하이르 아미드라흐는 자신의 자손이자 사랑하는 여인의 자손에게 위대한 힘을 약속했다. 그 결과물이 바로 이 마법진이었다.

로인 공작에게는 드래곤의 신전과 이어지는 통로이자 드래곤의 검술을 익히게 해 주는 마법진이었다.

동시에 가장 친한 친우이자 전우인 벨하임에게는 검사로서 최고의 힘인 소드마스터로의 깨달음을. 또한 리슨에게는 어쌔신으로서 최고의 기술과 지식을.

이자벨을 지키겠노라 약속한 두 남자에게 드래곤이 내린 선물이었다.

"제가 어느 정도로 강한지 모르겠습니다. 제 생각에는 그게 나가지 못하는 이유가 아닐까……."

문득 리슨이 주저하며 말문을 열었다.

카이는 놀라 그를 바라보았다.

"무슨 뜻인가?"

"제가 과연 소드마스터를 이길 수 있을지, 그런 경우가 되었을 때에 공작님을 지켜 드릴 수 있을지 자신이 없습니다."

리슨은 카이를 똑바로 바라보았다.

그의 그 충직한 눈을 보는 순간, 카이는 문득 깨달을 수 있었다.

"……자네의 책임이 아니다."

카이의 목소리가 가볍게 떨려 나왔다.

"책임을 물을 상대는 따로 있다……."

"그렇지만 저는 또 그런 경우가 닥쳤을 때……."

리슨은 말을 채 끝맺지 못한 채 입을 다물었다.

카이는 로인의 마지막 공작이었다. 그는 아직 결혼을 하지도 않았고 아들을 낳지도 못했다.

그가 죽는다면 로인은 이대로 끝.

드래곤의 힘과 지식, 엄청난 보물이라 해도 죽은 자를 살려 낼 방도는 없다.

"그 말은 곧 나를 의심하는 것이기도 하군."

카이는 생각에 잠긴 채 중얼거렸다. 리슨은 그 말에 몸을 흠칫 떨었다.

"그런 말씀은 아니었습니다. 죄송합니다, 공작님."

"아니, 아니다. 나도 가끔은 궁금했다. 기술의 연마가 완벽하지 않기도 하지만……. 좋아, 이렇게 하도록 하지."

리슨은 무슨 이야긴가 싶어 눈을 크게 떴다.

카이는 품속에서 뭔가를 꺼냈다. 통신용 수정구였다.

"테엘."

─뭐냐!

"벨하임도 들여보내."

─셋이 뭐 하려고?

"시험."

─……기다려 봐.

어둠의 장막이 흔들렸다.

다음 순간 두 사람이 모습을 드러냈다. 테엘과 벨하임이었다. 난데없이 잡혀 온 벨하임은 어리둥절한 표정으로 주변을 둘러보았다.

"어, 어디냐, 여긴."

"그 기생오라비 녀석이 머무는 곳. 어이, 카이. 뭐냐, 그 시험이라는 건?"

테엘의 눈이 반짝거렸다. 또 색다른 게 나올까 잔뜩 기대하는 그의 눈초리에 카이는 어깨를 으쓱이곤 말없이 한 손을 내밀었다.

"……?"

"검."

"내가 무슨 전당포야? 검 장수냐고!"

테엘은 그러면서도 이공간을 홱 열어서 검을 하나 찾아내 카이에게 쑥 던졌다.

카이는 검을 뽑았다.

"벨하임."

"……예?"

"너도."

벨하임은 좋아라 검을 뽑았다.

"오, 드디어 기생오라비 집사 녀석을……."

그의 눈빛이 번득이는 것을 보면서 리슨은 천천히 일어났다. 그리고는 두 주먹을 가볍게 쥐었다.

테엘은 고개를 갸웃거렸다.

"재미야 있겠지만…… 뭐 하는 건데?"

"나도 궁금했거든."

"뭐가?"

"소드마스터와 그에 준하는 어쌔신을 상대로 내가 얼마나 버틸 수 있을 것인가."

카이는 씩 웃었다.

벨하임은 저도 모르게 카이를 바라보았다.

"……에?"

"나를 상대로 둘이 한번 공격해 봐."

"허?"

"주, 주공. 저는…….."

"자, 잠깐만요! 어떻게 저 녀석이 소드마스터에 준할 수 있단 말입니까? 어쌔신이 그렇게 강한 건 사기입니다!"

"너 따위가 그렇게 말할 수 있던가? 일반인이라도 소드마스터는 쉽게 될 수 있어."

'어이어이……. 쉽게는 아니지…….'

테엘은 차마 그 말을 꺼내지 못한 채 이 기묘한 삼파전을 바라보았다.

카이는 두 사람을 경계한 방향으로 서 있는데, 벨하임과 리슨은 서로를 향해 당장이라도 달려들 듯 투기를 발산하고 있었다.

'뭐, 재미만 있으면…….'

저 밖의 복잡한 일 따위는 한 천 년 쯤 미뤄 둔 채, 테엘은 여기에서 놀았으면 좋겠다고 생각했다.

"10년이었다! 네가 소드마스터가 되어 돌아오겠다고 큰소리치고 나간 게 10년! 결국 주공을 따라와 염치없이 소드마스터 되고 나서는 지금 주공 앞에서 검을 빼겠다는 건가?"

리슨은 냉기가 팍팍 퍼지는 듯 차가운 목소리로 말했다.

벨하임은 그 말에 입술을 꾹 깨물었다. 얼굴이 붉게 달아오르는 것이 지금이라도 당장 폭발할 것 같았다.

"나는 10년 동안 노력했어! 오러를 좀 더 다듬고, 다듬고, 다듬기 위해서 적 아래에서 별 시답잖은 짓을 다했단 말이다!"

"그럼 계속 거기서 사랑 받는 강아지로 살 것이지, 어디 감히 주공을 따라와서 꼬리를 흔드는 거냐?"

"……이…… 기생오라비가아아아아아!"

벨하임의 검을 휘감싸고 검강이 생겼다.

검을 완전히 감싸고도 남아도는 듯, 검 끝에서 1미터는 더 넘게 솟구쳤는데도 리슨은 그것을 보고도 피식 웃기만 했다.

리슨의 두 주먹을 감싼 작은 철갑을 자세히 살펴본 사람이라면 방심할 수 없으리라. 그의 두 주먹에도 금빛에 가까운 오렌지색의 오러가 단단하게 형태를 갖추고 있었다.

카이의 눈빛이 반짝였다.

그의 검에는 별다른 오러가 치솟지는 않았다. 그러나 이미 그의 드래곤 하트에서부터 온몸에 오러를 두른 상태요, 오러를 내뿜을 준비를 마친 상태였다.

벨하임은 리슨을 노려보았다.

"……좋아, 기생오라비! 와라!"

그렇게 외치면서 벨하임이 한쪽 발을 막 내딛던 순간이었다.

동시에 리슨이 한 손을 내뻗으려던 때.

두 사람은 순간 자신들의 옆에서 엄청난 투기가 뿜어지는 것을 깨달았다. 그들은 서로를 향해 달려들던 자세 그대로 멈춰 섰다.

카이가 그들을 보며 한 손을 까닥 흔들었다.

"둘 다 죽여 버리기 전에 이쪽으로 오시지."

"주, 주공……."

"저, 저기. 공작님. 죄송한데 그쪽은 저희가……."

"좋아, 그럼 간다! 용보월……!"

카이의 검이 크게 곡선을 그리는 순간.

"으, 으아아아악!"

둘이 동시에 소리 지르면서 무의식중에 몸을 수그렸다.

그러나 카이가 당장 달려오는 기적은 없었다. 리슨과 벨하임은 잠시 후에야 조심스럽게 고개를 들어 올렸다.

카이는 그 자리에 그대로 선 채 황당하다는 눈빛으로 두 사람을 바라보고 있었다.

카이는 쯧쯧 혀를 차고는 고개를 흔들었다.

"너 정말 소드마스터 맞냐?"

벨하임에게 던진 물음에 그의 얼굴이 새빨개졌다.

"리슨, 그동안 뭘 한 거냐?"

"……."

리슨 역시 할 말이 없는 듯 고개를 수그렸다.

"죽어도 원망하지 않을 테니 걱정 말고 덤벼라!"

"……."

리슨과 벨하임은 서로를 바라보았다.

카이가 아무리 그렇게 말한다고 해도 어떻게 그에게 덤벼들 수 있단 말인가. 자신들의 주인에게.

게다가 마법진의 수련이 혹독한 덕분에 그들은 카이의 실력을 잘 알 수 있었다.

무한한 오러에서 뿜어져 나오는 자연스러운 투기와 살기! 마치 잘 다듬어진 드래곤의 이빨이나 발톱을 보는 듯 무서울 정도였다.

드래곤 피어처럼 의지만으로 생물체를 죽일 정도는 아니어도 그와 비슷한 힘을 갈무리하고 있는 인간!

"어이어이, 카이. 애들 갖고 장난치지 마라."

테엘은 느긋하니 말했다.

드래곤인 그에게는 카이의 기세라는 게 어느 정도일지 빤히 보였다. 그래서 카이의 지금 짓이 시험이 아닌 장난질로밖에 보이지 않았다.

카이의 눈이 번쩍 빛나면서 테엘에게 향했다.

"드래곤과 한판 붙어 볼까, 그럼?"

"……살살 해. 애들 죽이진 말고."

테엘은 냉큼 한 발 물러났다.

카이는 투기와 한 판 붙고 싶다는 호승심을 마음껏 풀고 있었다. 그야말로 진드기처럼 귀찮은 상대였다.

'구경이나 하자는 거지 누가 귀찮게 싸우고 싶겠냐.'

리슨과 벨하임은 그야말로 호랑이 소굴에 뛰어든 하룻강아지가 된 기분으로 카이를 바라보았다.

"주, 주공…… 저는 아무래도 기술을 더 연마하기 위해……."

"그, 그러게. 헤르크가 또 사고치지 않았는지 아무래도 나가 봐야 할 것 같은데……. 주공, 저도 이만……."

"잔말이 많다. 좋아, 공정하게 하기 위해 드래곤 마나는 사용하지 않지."

"저, 정말요?"

벨하임은 그 말에 반색하고 달려들었다.

카이는 씩 웃었다.

"역시 한판 붙어 보고 싶었던 거지, 벨하임?"

"아, 아니, 저는 그게 아니라, 공작님……."

벨하임은 당장 깨갱 꼬리를 내렸지만 카이는 오늘만큼은 받아 줄 생각이었다.

리슨을 위해서도, 자신을 위해서도.

"괜찮다, 오늘은. 검사 대 검사로서 서로의 실력을 가늠해 보고 싶은 건 당연한 일 아니냐?"

"……그, 그렇다면……. 정말 용이니 하는 기술은 하나도 쓰지 않기입니다!"

벨하임은 검을 들고는 한 발 앞으로 나섰다. 카이는 고개를 끄덕였다. 그러자 슬쩍 리슨도 한 발 앞으로 나섰다.

"좋아. 한번 해 볼까."

"주, 주공. 저는 아직 미숙해서……."

리슨은 슬쩍 말을 얼버무렸다. 카이는 웃었다.

"괜찮다. 포션은 넉넉히 있을 테니까."

"응……?"

테엘의 표정이 묘하게 일그러진 가운데, 리슨과 벨하임이 드디어 카이를 향했다. 둘은 결의에 찬 모습으로 각자의 무기를 가다듬었다.

"그렇다면, 감히 실례를……!"

선공은 리슨이었다.

카이는 저도 모르게 그의 공격에 감탄했다.

리슨의 공격은 어디에서 튀어나올지 계산이 불가능했다. 순식간에 작은 칼날이 연결된 채찍 전체에 오러를 실어 자신의 의지대로 움직이는 것을 볼 수 있었다.

'대단하다!'

놀란 것은 벨하임 역시 마찬가지였다.

'잘생긴 주제에 힘까지 손에 넣겠다는 거냐! 남자의 공적 같으니!'

질 수 없다는 듯 벨하임 역시 자신의 모든 힘을 쏟아 냈다.

카이를 향해 뿜어내는 엄청난 두 사람의 투기!

그러나 카이는 그것을 대하면서도 눈 한 번 깜빡하지 않았다. 오히려 즐기는 듯 미소를 지은 채로 한 발을 내디뎠다.

흠칫.

벨하임은 순간 저도 모르게 걸음을 멈췄다.

카이는 검으로 동시에 두 사람을 겨누고 있음에도 빈틈이 한 군데도 없었다.

리슨 역시 마찬가지인 모양이었다. 두 줄기의 검을 다시 주먹으로 끌어당긴 후 리슨은 신중하게 카이를 바라보았다.

둘은 잠시 서로의 눈치만 살폈다.

카이는 검을 비스듬히 치켜들었다.

"오지 않을 작정이냐?"

"……어디로 가란 겁니까, 대체."

벨하임이 투덜거리면서 대답한 순간이었다.

아주 잠깐 한눈을 판 것이었고, 벨하임이 즉시 집중했는데도 카이는 벌써 그들의 앞까지 달려들었다.

"크헉!"

카이의 검이 번득이며 가슴팍을 파고들기 직전, 벨하임은 반사적으로 검을 맞받아쳤다.

채캉! 카이의 두 눈이 반짝거렸다.

그리고 다음 순간 그는 바로 한 발을 뒤로 내밀고는 이어 크게 검을 돌리며 리슨을 향해 공격을 바꿨다.

그러나 리슨은 그 자리에 없었다. 카이는 고개를 위로 올렸다.

그곳의 어둠이 바위벽처럼 변해 있었다. 동굴 속에 있는 것처럼, 혹은 신전 구석인 듯싶은 벽의 모양이 눈에 들어왔다.

리슨은 거기에 마치 박쥐처럼 달라붙어 있었다.

"어딜!"

카이는 주저 없이 검을 휘둘렀다. 그의 검에서 검강이 치솟으면서 일시에 폭발하듯 리슨을 향해 날아갔다.

"허, 헉? 그, 그건 뭐야!"

벨하임은 입을 떡 벌렸다.

"놀랄 틈이 있더냐, 벨하임!"

리슨이 제자리에서 펄쩍 뛰어 내려오는 것을 시선 끝으로 확인하면서 카이는 몸을 낮추어 들개처럼 사납게 벨하임을 향해 달려들었다.

그림자가 언뜻 보였다 싶은 순간이었다.

벨하임은 입술을 질끈 깨물었다.

"제기랄! 갑자기 이게 웬 봉변이란 말입니까!"

테엘은 그 말에 배꼽을 잡고는 뒤로 쓰러졌다.

"크하하핫! 정말 그러네! 날벼락 맞았구나, 벨하임!"

신전 앞에서 사내들 훈련하는 거 보다가 카이가 오래서 왔더니 갑자기 숨 돌릴 틈도 없이 검 끝에 몰리고 있었다.

벨하임은 간신히 검을 비껴 들어 자신의 심장과 주요 부위를 막아섰다.

"댁도 나을 거 없잖수!"

그 소리에 테엘은 눈에서 순간 불꽃을 튀었다.

그러나 끼어들면 귀찮은 일이 벌어질 게 뻔했다. 카이는 진심으로 검술을 펼치고 있었으니까.

게다가 가만히 생각해 보니 벨하임의 말이 사실이었다.

'……헤르크는 난데없이 자신의 무리를 끌어 모아서 정예 100명의 훈련을 하고 있는 중이고, 아리준 녀석도 다를 바가 없잖아? 거기에 이르엘은 밤낮없이 자연의 복귀를 노래한답시고 난리고, 엘프 포로 다섯도 마찬가지.'

드워프들은 아직 일에 착수하지는 않았지만, 벌써 설계도를 그린다고 난리였다.

그리고 자신은?

'……카이.'

테엘은 카이를 바라보았다.

소리도 내지 않고 순간이동을 하는 것처럼 검을 놀리는 사내, 공작. 갓 소드마스터의 경지에 오른 벨하임을 삼류 검객이라도 되는 것처럼 몰아붙이는 저 방만한 자세에, 간간이 퍼부어지는 최고의 어쌔신 공격 따위는 아무것도 아니라는 듯…….

"우워워워워!"

레드 드래곤이 더 이상 성질을 참는다면, 레드가 아니다. 우울함에 코가 석 자나 빠진 블루나 도도한 줄 착각하는 실버라면 모를까.

테엘이 나서자 리슨과 벨하임은 놀랐다. 2 대 2의 무한 배틀이라도 되는 건가 싶었던 것이다.

그러나 테엘이 양손에 스토미 피스트(Stormy Fist)를 씌운 채 달려들자, 리슨과 벨하임의 눈이 반짝 빛났다.

"아자아아아아아아앗!"

벨하임의 검이 검강을 번쩍 빛내기 시작하자 리슨 역시 사정 봐 줄 것 없이 카이를 향해 짓이겨 두 개의 참월도를 날렸다!

"이런! 대체 뭐야!"

둘을 상대하면서는 여유만만했던 카이지만, 테엘이 가세하자 상황이 달라졌다.

처음으로 카이가 공세를 멈춘 채 방어로 전환했다.

"카이이이이이이이!"

그것을 테엘은 놓치지 않고 바로 카이를 향해 달려들었다.

"미쳤냐, 드래곤!"

"너는 드래곤의 정신까지 붕괴시킬 녀석이야!!"

테엘의 두 주먹에 어린 폭풍이 점점 커졌다.

스토미 피스트는 정신력의 상태에 민감하게 반응하는 공격 기술이었다. 그만큼 테엘이 그간 얼마나 울분을 쌓아 왔는지 보여 주는 기술이기도 했다.

두 주먹에서 치솟은 폭풍이 이제는 아예 트위스터가 되어 사방의 공기를 찢으면서 카이를 향해 뿜어졌다.

"흐엇! 용보월강참!"

"안 쓴다고 하셨잖아요!"

리슨의 참월도가 채찍처럼 내뻗어지면서 카이의 검 끝을 감쌌다.

용보월강참을 휘두르기 위한 제1보가 막히자 순간 마나가 사방으로 둔감하게 퍼지면서 공기가 퍽퍽 밀렸다.

벨하임이 그 사이로 뛰어들었다.

"크허허허헛!"

그의 눈에는 숫제 광기가 감돌고 있었다.

"소드마스터 벨하임 제1보!"

"그건 대체 또 뭐야!"

"나도 몰라요! 이허허허허엇!"

힘찬 기합과 함께 몸 안에서 솟구치는 오러를 순간 검에 실어 낸다.

검강의 위에서 슈르륵 흘러내리는 기술이 일순간 카이의 것과 엇비슷하게 사방으로 날아들었다.

카이는 순간 정말 각오한 채로 드래곤 하트를 자극했다.

그의 의지에 따라 그 풍부한 오러가 마치 폭포가 거꾸로 솟구치듯이 그의 몸을 감쌌다.

벨하임의 오러는 그 정도로 풍부하지 못했다. 검에 기운을 실어 보낸 첫 시도치고는 그 결말이 허무하게도 오러는 마치 용아구폭이라도 시현한 것처럼 푸스스스 땅으로 떨어졌다.

순간 공격 측의 삼인방은 허무하다는 눈으로 그것을 바라보았다.

"저, 저건 뭐야……"

"……시든 풀이냐?"

"……하여간 하는 것치고 딱 부러진 데가 없다니까……."

그리고 두 사람과 드래곤은 일시에 카이를 바라보았다.

카이의 얼굴에는 득의양양한 미소가 떠올라 있었다.

"용보월—강참—!!"

앞으로 한 발을 내디디면서 크고도 부드러운 호를 검이 그려 낸다. 한 줄기의 부드러운 바람이 얼굴을 스친다 싶은 순간에는 벌써 검이 다음 곡선을 그리고 있었다.

"용조퇴참!"

사방의 공기가 두두두두 울리면서 땅에 통곡하는 듯 힘찬 검줄기를 따라 사방이 막히려던 참이었다.

테엘이 주먹의 기운을 끌어올려 두 사람의 앞을 가로막았지만, 그 주먹에서 맴도는 바람의 줄기조차 카이의 검 앞에서 마구 베어 나갔다.

"이런, 제기랄! 실드!"

실드와 맞부딪친 검이 기긱 하는 불쾌한 소리를 냈다.

테엘은 실드 너머의 연속공격을 각오하면서 그가 할 수 있는 강한 기술을 떠올리려 했다.

순간,

"이 녀석들아……!"

실드와 카이의 공격권 사이의 공간에서 한 노인이 숨을 헐떡이고 있었다.

카이와 테엘은 동시에 공격을 퍼부으려다가 멈췄다.

"……모드 님?"

"드워프? 어이, 비켜!"

테엘이 그렇게 외친 순간이었다.

모드는 두 사람을 노려보았다. 그의 손에 들린 도끼가 시뻘겋게 빛을 내뿜었다.

모드는 거침없이 외쳤다.

"감히 여기가 어디라고 싸움입니까, 싸움이!"

"어디긴, 마법…… 헉! 어떻게 드래곤의 고대 마법진 속으로 드워프가 감히……!"

하고 외치면서 주변을 본 순간.

넷은 깜짝 놀랐다.

어느새 어둠이고 뭐고 할 것도 없이 사라지고, 그들은 신전 한복판에 서 있었다.

신전의 일부는 다시금 이 봉변(!)을 맞이해서 살짝 무너져 있었다.

"……."

테엘의 얼굴이 하얗게 질렸다.

드워프들은 일제히 좌절한 모습으로 땅에 쓰러져 있었다.

"이걸 언제 다 고쳐……."

모드조차 이윽고 털썩 무릎을 꿇었다.

그 상황을 멍하니 보고 있던 리슨은 느닷없이 펼쳐진 현실세계에 놀라고만 있었다.

벨하임은 문득 뭔가를 깨닫고는 리슨의 어깨를 정겨이 두드렸다.

그 손짓에 동정이 담겨 있는 걸 깨달은 리슨은 불쾌하다는 눈으로 그를 노려보았다.

"기생오라비."

"……뭐냐, 허풍쟁이."

"애도를 표한다. 앞으로 힘내."

그 뜻 모를 말에 리슨은 그를 힘주어 노려보았다.

벨하임이 머리를 긁적이면서 어디론가 사라진 사이, 카이는 아이작을 데리고 와서 리슨에게 건넸다.

"……?"

"이 아이를 시동으로 삼았다. 앞으로 잘 가르치도록."

"아…… 알겠습니다, 주공."

"아 참, 그리고 곧 도성으로 가도록. 테엘이 텔레포트시켜 줄 거니까 걱정할 건 없다."

"도성으로 말입니까?"

"저택 말이다. 손볼 데가 꽤 많지. 곧 주인을 맞이할 준비를 끝내 놓도록."

"……."

리슨의 얼굴이 하얗게 질렸다.

"아 참, 가문의 비기를 익힌 걸 축하한다, 리슨. 그리고 나와서 기쁘다."

순간 다시 들어가고 싶다는 생각이 강하게 든 리슨이었다.

SWORD OF DRAGON LOAD

제2.5장

도성, 막간극

"미, 밀지 마!"

"헹! 막스! 너도 사실은 무서운 거지?"

"누, 누가 무섭다고 그래!"

막스 체스터는 소리를 빽 질렀다.

"울 아버지가 소드마스터야! 나도 내년부터는 아버지한테 직접 검을 배운다고! 그럼 나는 바로 소드마스터가 될 거야!"

"헷! 너희 같은 녀석이 배운다고 될 것 같아?"

"조용히 해, 알!"

꼬마 사내아이 다섯이 꾸물거리면서 제 머리보다 높게 치솟은 수풀 한가운데를 탐험하고 있었다.

"그, 그런데 그 얘기 정말이야?"

가장 뒤에서 따라오던 아이가 겁먹은 목소리로 물었다.

"그, 그래도 여, 여기는 도성 한가운데구……."

"쉿! 너도 들어 봤지? 빈곤 공작 이야기!"

끄덕끄덕.

막스가 신이 나서 이야기했다.

"어제 아버지가 그러셨어. 아무래도 한번 저택에 가 봐야겠다고. 그러니까 밀테이너 백작님이 그러시던걸? 그 공작은 미라가 돼서 말라비틀어진 시체로 발견될 거라고."

아이의 목소리에는 의기양양한 기색이 가득했다.

다른 아이들은 입을 헤 벌린 채 그 이야기를 들었다.

"그러니까 우리가 먼저 미라를 발견하는 거야! 자, 가자! 서두르지 않으면 아버지가 오실지도 몰라! 그러면 혼난다고!"

"그, 그래도……. 전에 들었는데, 공작 가문의 소유지에 함부로 들어가면 사, 사형이라고……."

"이 겁쟁이야!"

막스는 경멸조로 외쳤다.

"여긴 빈곤 공작 집이라고!"

"아, 아버지한테 들었는데……."

"펠릭! 너 자꾸 그럴 거면 돌아가!"

막스가 꽥 소리 지르자 펠릭은 어쩔 수 없이 입을 다물어야 했다.

막스는 펠릭이 조용해지고도 한동안 숨을 씩씩거렸다.

"앞으로 뭐라고 떠드는 녀석은 무조건 추방이다! 알았어?"

"아, 알았어, 막스."

"알았어……."

아이들은 찍소리도 못한 채 입을 다물었다.

막스는 의기양양하게 아이들을 돌아보고는 저택을 향해 조심스러운 탐색을 계속했다.

저택에 거의 이르렀을 때.

아이들이 저택에 들어온 것은 거의 망가진 뒷문을 통해서였다. 부엌 물품이나 하인들이 드나드는 문이어서 그 문을 통해서는 곧장 부엌 뒷문으로 이어졌다.

그곳의 문은 나무로 되어 있었는데, 거의 썩어서 으스스한 냄새와 분위기를 풍겼다.

아이들은 그 앞에서 우뚝 멈췄다.

꿀꺽.

누가 침을 삼켰는지 그 소리가 유난히 크게 주변에 울렸다.

"드, 들어간다!"

막스는 소리 지르면서 한 걸음 앞으로 내디뎠다.

끼이이이익— 쿵!

나무문은 아이가 슬쩍 밀었는데도 문고리에서 떨어져 큰 소리를 냈다.

아이들은 펄쩍 뛰었다. 당장이라도 좀비와 미라, 마족들이 뛰어나와 자신들의 심장이라도 파먹을 듯했기에 겁을 먹은 것이었다.

그러나 당연하게도 저택은 고요했다.

아이들은 하나 둘 멈칫거리면서 저택 안으로 발을 들여놓았다.

이따금 거미와 쥐만이 저택의 어두운 복도를 지나치면서 아이들을 흠칫거리게 했다.

아이들은 더듬거리면서 겨우 1층 홀에 도착했다.

'크다…….'

펠릭은 저택의 내부를 보면서 황홀해질 지경이었다.

겨우 자작의 아들인 그는 체스터 백작의 아들인 막스나 다른 백작의 아들 등과는 사실 어울리기 힘든 사이였다.

그러나 그의 아버지가 누군가. 사벤 알 미네드 자작.

당대 희대의 천재라 불리는 역사학자로, 근래 들어 사교계의 떠오르는 별 중 하나였다.

그런 아버지에게서 그는 누누이 로인 공작에 대해 듣지 않았던가? 인간의 부귀를 넘어선 부귀를 지녔으며, 제국 5대 공작의 수장이었던 때가 있었다고.

비록 아이들은 그 이야기를 들으면 비웃곤 했지만, 그래도 이 저택에 들어온 순간 펠릭은 아버지의 이야기가 사실이라는 걸 알 수 있었다.

펠릭은 딱 한 번 막스를 따라 밀테이너 공작의 저택에 들어가 본 적이 있었다. 그 저택의 규모에 비하면 이 저택은 그야말로 황궁이라 해도 믿을 만큼 컸다.

아이들은 2층으로 올라갔다. 2층은 그래도 깨끗했지만, 사람이 없으면서 느껴지는 스산한 분위기는 다름이 없었다.

그 2층 한가운데 홀에서 일행이 잠시 멈칫한 사이.

복도 저편에서 빛이 번쩍 빛났다. 사방을 고요히 감싸는 빛에도 막스는 놀라서 펄쩍 뛰었다.

그리고 그 빛을 뒤로한 채 그림자 하나가 길게 늘어졌다.

"조, 좀비다!"

막스는 있는 힘껏 소리 지르고는 냅다 뛰기 시작했다.

"으, 으아아아악!"

아이들이 모두 뛰어가는 사이.

펠릭 혼자 그 그림자를 멍하니 지켜보았다.

빛은 잠시 후 사라졌다. 그러나 펠릭은 꼼짝도 하지 않았다. 겁에 질린 때문이기도 했지만, 그 정체가 좀비는 아니라고 확신했던 것이다.

잠시 후 그림자의 주인은 펠릭을 발견했다.

"넌 누구냐?"

그림자의 주인, 아이작이 물었다.

"나, 난…… 페, 펠릭……. 너는…… 누구야?"

펠릭의 물음에 아이작은 한참이나 요모조모 살피고는 판단했다.

"여기는 내 집이다!"

아이작은 당당하게 외쳤다.

딱콩!

"건방진 녀석 같으니……."

리슨은 이를 갈면서 어린 시동을 노려보았다.

"이 녀석은 시동이다. 넌 누구냐!"

어두운 가운데 마치 빛나는 듯한 하얀 얼굴과 금발.

펠릭은 틀림없이 그가 공작이라고 생각했다.

"고, 공작님이세요? 로인 공작님?"

리슨은 어처구니없다는 표정을 지었다.

그 후 보름 동안, 도성은 발칵 뒤집혔다.

소문의 진원지는 내성 바로 한가운데 거대한 저택이었다.

처음에는 아무도 주의를 기울이지 않았다.

내성의 입구에서 경계를 서는 호위병들은 백여 명의 청소 전문 업체가 들어올 때만 해도 생각했다.

'또 어느 집에서 대청소라도 하려는 모양이야.'

물론 그런 것치곤 인원이 꽤 많다고 생각했지만, 보통 대청소가 일주일가량 걸리는 걸 한꺼번에 해치울 건가 생각한 정도였다.

그러나 오후 들어서는 보조인원이 다시 100명이 들어왔다.

그때가 되자 상황이 조금 이상하다는 소문이 돌았다.

그것도 그 인원이 하루 이틀 들어온 정도가 아니었다. 그들은 무려 나흘 동안 내성에 들어왔다. 게다가 그 인원이 모조리 향한 곳이 단 한 곳의 저택이라는 걸 알게 되자, 내성은 발칵 뒤집혔다.

로인 공작 가문!

다음은 귀족들의 저택에서 가장 많이 오간 이야기였다.

"돈은? 임금은 어떻게 지불했다던가?"

"선불, 게다가 성과급은 후불로 지불한다고 하는데 벌써 그에 대한 지불도 끝났다고 합니다!"

"200명 인원에 대한 인건비를 선불로? 거기에 성과급을 내걸었다니, 그게 무슨 소린가!"

게다가 그 공사가 시작되기 전날 내성에 드나든 인물 중 한 사람의 이름이 밝혀지면서 내성 안의 소문은 더욱 부풀어 올랐다.

발렌티 포르코. 귀족을 대상으로 하는 보석가게 주인 중 가장 많은 재산을 가진 사람이었다. 그런 사람이 내성으로 직접 출장을 왔다는 것은 그만큼 규모가 큰 거래를 했다는 이야기였다.

모두의 눈길이 저택으로 향했다.

나흘 후 저택은 꽤 깨끗해진 모습이었다.

닷새째 되는 날. 이번에는 엄청난 수의 건축 인부들이 들어왔다. 거기에 페인트를 비롯한 수리 도구들.

모두의 눈이 휘둥그레질 정도의 고급 자재들이 내성으로 쏟아져 들어왔다.

수백 년 동안 제대로 손질하지 않은 저택을 한꺼번에 뒤집는 것은 거의 새로 짓는 것이나 마찬가지였다.

그 다음에는 정원사들이 대거 들어왔다.

내성 한가운데에 정글이라도 옮겨 놓은 듯 황폐하던 정원은 며칠 사이에 싹 달라졌다. 최신 유행에 따라 화초가 배열되고 나무가 심어졌으며 연못이 새로 만들어졌다.

이제 떠오른 화두는 하나.

로인 공작이 되돌아오는 것인가!

그들의 엄청난 부가 아직도 남아 있었던 것일까?

귀족들의 눈이 탐욕과 음모로 번득이기 시작했다.

"정말 로인 저택이 수리에 들어갔다는 건가?"

"오늘은 엄청난 수의 가구들이 들어갔습니다. 도성 내 가게들을 수소문해 보니 내일은 샹들리에를 들일 계획이라던데요. 이제껏 발주 받은 물건 중 가장 고가의 샹들리에라고 합니다."

"……."

밀테이너 공작은 창밖을 바라보았다. 그의 저택은 황궁 동쪽에 있었다.

밀테이너 공작 가문과 로인 공작 가문은 제국의 양대 산맥이었다. 물론 200년 전까지는 로인이 항상 앞섰지만.

그러나 지금은 밀테이너의 세상이었다.

'로인이 부활한다……?'

밀테이너 공작은 눈을 빛냈다.

"왜! 왜 하필 지금 와서 또 발악이라는 건가! 게다가 그 지불은 대체 어떻게 했다는 거야!"

공작은 초조한 듯 방 안을 서성거렸다. 서재를 빙빙 돌던 그는 문득 생각났다는 듯 옆의 거실로 향했다.

거실은 따뜻했다. 아니, 지나치게 덥기조차 했다. 마치 한여름의 열기를 방불케 할 정도로 불이 사정없이 때어져 있었다.

방의 창문이며 벽 쪽에는 빽빽하니 남쪽의 이국적인 식물들이 화분에 담겨 장식돼 있었다.

그 방 한가운데, 실내용 가운을 걸친 사내가 소파 위에 나른하니 누워 있었다. 검은 머리가 길고 탐스럽게 사내의 허리까지 늘어져 있었다.

사내는 차가운 얼음이 담긴 잔을 공작을 향해 흔들어 보였다.

"드시겠습니까?"

공작은 고개를 흔들었다. 그는 초조한 듯 좀 전의 기세 그대로 방안을 서성거렸다.

공작의 등이 땀으로 흠뻑 젖은 후에야 사내가 느긋하니 말을 걸어왔다.

"요새 내성이 시끄럽던데……."

"로인이 돌아온다더군."

"헤에, 그 드래곤의 가문 말입니까."

"그래."

밀테이너 공작이 불쾌하다는 듯 내뱉었다.

사내는 나른하니 하품을 하고는 중얼거렸다.

"그게 어떻게 진짜라고 믿을 수가 있죠?"

"세상에 그런 저택을 유지할 수 있는 녀석이며, 한꺼번에 고칠 수 있는 재산을 가진 게……."

"하지만 귀족이라는 인정을 받으면 그 이상의 것도 가능하지요. 가령 로인에 대한 세금을 거둘 수 있는 권리라든가. 초기 투자만 뒷받침된다면야……."

"……!!"

밀테이너 공작은 번개를 맞은 듯 사내를 돌아보았다.

"마지막 로인 공작이 죽은 게…… 언제였죠?"

"……10년 전이었네……."

"아들이 있었나요?"

"공자가 한 명 있었지, 분명. 기억나네."

이상할 정도로 뚜렷한 인상이 남는 아이였다.

10살도 채 되어 보이지 않는 소년이었는데, 유난히 냉정하면서도 이성적인 표정으로 공작을 바라보던 그 얼굴.

그때는 언뜻 가슴이 섬뜩했던 것까지 밀테이너는 기억했다.

"그래요? 지금 돌아올 사내가 정말 그 사내일까요?"

밀테이너는 아주 상식적인 질문을 던졌다.

"하지만 누가 감히 공작을 사칭하겠는가?"

"공작이시라면, 돈이 충분히 있다면? 안 하겠습니까?"

"……."

'돈이 없어도 그 자리를 원하는 사람은 많지.'

밀테이너는 아주 당연하게 납득했다.

제국의 5대 공작 중 한 사람인 로인에게는 온갖 혜택이 주어졌다.

그중 가장 막강한 것이 황제 외의 모든 사람에 대한 살인 면책권이었다.

몇 개월 전, 일찍이 로인 공작이 도성 한복판에서 살인극을 벌인 것도 그 때문에 가능한 일이었다.

다른 공작에 대해서는 허용되지 않는 절대불멸의 신뢰.

그 외에도 당장 원한다면 내성과 외성의 모든 군대를 지휘할 수가 있었다. 물론 황제의 윤허가 필요하기는 하지만…….

"그렇군……."

밀테이너 공작이 납득했다는 듯 고개를 끄덕이려던 참에, 사내는 갑자기 짜증 섞인 목소리로 말했다.

"하지만 그냥 기다리고 계시진 않겠죠, 설마?"

"……음?"

"10년 동안 일도 못하고 재산도 달리 들어오는 데가 없는 꼬마는 과연 어떻게 되었을까요?"

밀테이너 공작은 사내의 말뜻을 단번에 알아들었다.

"그렇겠군. 그래……."

밀테이너 공작은 비로소 활짝 웃었다. 로인이 부활했다는 소문이 나돈 이후, 이렇게까지 속이 확 풀린 것은 처음이었다.

"고맙네, 이프로스 백작."

"별말씀을."

공작은 이 방만한 손님의 어깨를 가볍게 두들겨 주었다. 이프로스는 무표정하게 그를 마주 보았다.

"대, 대단해……."

펠릭은 긴장한 목소리로 중얼거렸다.

저번의 대소동 이후, 그는 저택을 뻔질나게 드나들 수 있는 권리를 얻었다.

아이작은 어깨를 으쓱거렸다.

"그렇지? 울 주인님 대단하지?"

"으, 응……."

펠릭은 전과는 확 달라진 복도를 보면서 고개를 흔들었다.

깨끗해진 벽에는 최고급 패브릭 벽지가 붙어 있고, 복도 곳곳에는 예전과 달리 장식품이 놓여 있었다.

새로 고용된 하녀들이 깔깔거리면서 복도를 지나치는 장면도 이제는 심심찮게 볼 수 있었다.

아이작은 자신의 방으로 펠릭을 데리고 갔다. 그는 로인 공작의 단 하나뿐인 시동이었다. 그도 2층, 풍경이 가장 좋은 곳에 방 하나를 얻을 수 있었다.

집도 없고 먹을 것도 없던 그가 방이라니!

펠릭은 당장 방 창가에 달라붙어 밖을 바라보며 물었다.

"그, 그래서? 로인 공작님은 언제 오셔?"

"몰라. 주인님은 영지에서 너무 바쁘셔."

아이작은 순진하게 대답했다.

사실 그가 보기에도 카이는 그다지 바쁜 것 같지 않았다.

하지만 그의 아랫사람들이 모두 죽어나는 걸 보면 카이 역시 바쁜 것이 틀림없었다.

하지만 강하니까 죽어날 정도로 내색하지 않는 거다! 강하니까! 그는 자신들을 구하지 않았던가!

"하지만 곧 오실 거야. 그래서 리슨 집사님이랑 날 보내신 거구!"

아이작이 조잘거리면서 말했다.

그는 평민이며 시동이고, 펠릭은 귀족의 아들이었다. 때문에 엄밀히 따지면 아이작은 펠릭에게 공손히 대해야 했지만 둘 다 그런 걸 따지기엔 어렸다.

게다가 펠릭은 아이작을 통하지 않고서는 이 '로인의 부활'을 직접 볼 수가 없다는 걸 잘 알고 있었다.

"대단하다."

아이작은 창밖을 내다보았다.

저택의 모든 곳이 공사 중이고, 청소 중이고, 재단장 중이었다. 수백 년간 잠들었던 인기척이 한꺼번에 살아나 움직이는 듯 북적였다.

'로인…… 공작……!'

그가 도착하는 날에는 무슨 일이 벌어질까?

펠릭의 눈이 반짝거렸다.

SWORD OF DRAGON LOAD

제3장

부활의 날

그날은 유난히 맑았다.

"큰 손님이라도 오시려나……."

하셀은 느긋하니 중얼거렸다.

제국의 도성의 성문은 크게 4대문과 4소문, 2개의 사문과 3개의 짐문으로 나뉘었다.

4대문으로 나설 수 있는 것은 귀족, 4소문은 평민들의 문이었다. 2개의 사문(死門)은 평민의 장례식 때 사용하는 문이었고, 3개의 짐문은 큰 짐이 드나들 때 사용했다.

특히 4대문 중 동문으로는 고위 귀족들만이 드나들 수 있는 문이었다.

그곳의 성문지기는 그 문으로 드나들 수 있는 귀족들의 이름과 대략의 신상명세, 그리고 그들 가문이 지닌 문장이 적힌 목록을 갖고 있었다.

하셀은 그 성문을 담당하는 대장 중 한 명이었다.

고위 귀족들은 동문으로 드나들 일이 별로 없었다.

나가더라도 남문이나 서문, 다니기 편한 길로 드나들기 때문에 동문은 그 어느 문보다도 통행량이 적었다.

날씨도 좋으니 외출하는 귀족들이 있을 법도 했다. 하셀이 그렇게 생각하던 중이었다.

북동쪽에서 말 한 필이 달려오고 있었다. 흙먼지가 지평선 위로 확 퍼졌다.

동시에 동쪽 성문 위에서는 경계신호가 떨어졌다.

하셀은 성문 바로 위에 올라섰다.

'외국의 사신인가? 아니면……?

하셀은 고개를 갸웃거렸다.

오늘 동문은 단 한 번도 열리지 않았다. 그들이 동문에 온다면 첫 손님인 셈이었다.

'하지만 누구지?

벨하임은 성문 앞에서 바로 속도를 늦췄다. 말이 맴돌면서 잠시 흙먼지가 주변으로 퍼졌다.

바람이 가라앉자 벨하임은 카이가 건넨 것을 펼쳐 보였다.

드래곤의 문장이 선명하게 그려진 깃발이었다.

"공작께서 입성하신다. 당장 문을 열고 맞이하도록!'

"저 문장은……."

하셀은 선뜻 대답할 수가 없었다.

병사 한 명이 옆으로 다가와서 고개를 삐죽 내밀었다.

"저게 어느 집안 거랍니까?"

하셀은 그의 질문에 대답하지 않고 문지기를 돌아보았다.

"문을 열어라. 내가 직접 내려가겠다."

병사들은 화들짝 놀랐다.

한쪽 문이 조금 열리자 벨하임은 말 머리를 돌렸다.

카이가 뒤따라오고 있었다. 다시 주인에게 돌아가려는 것이었다.

"멈추시오!"

그러나 뒤에서 들리는 소리에 벨하임은 멈춰야 했다.

하셀은 문 사이로 빠져나온 후 바로 그 성문을 닫으라는 신호를 보냈다.

조금 열렸던 성문은 바로 쾅 하고 닫혔다.

벨하임은 하셀을 노려보았다.

"왜 성문을 닫은 건가?"

벨하임은 이해할 수 없다는 목소리로 물었다. 하셀은 침착하게 그의 앞쪽으로 다가섰다.

"그 문장을 다시 보고 싶소이다."

"……? 이거?"

벨하임은 약간 어리둥절해서는 그에게 천을 건넸다. 그리고는 뒤쪽을 힐끗 살폈다.

"공작님께서 곧 도착하실 것 같다. 어서 확인하고 성문을 열어 놓도록."

"……정녕 로인 공작이시란 말입니까?"

"그렇네만."

벨하임은 어리둥절하게 물었다가 다음 순간 그의 말이 무슨 뜻인지 알아챘다.

벨하임의 얼굴에 서서히 분노가 떠올랐다.

"무슨 일이신가?"

"로인 공작 가문의 이름을 사칭하는 것은 중죄라는 걸 알고 있겠지?"

하셀의 말투가 변했다.

벨하임의 얼굴이 붉게 달아올랐다.

그는 자신을 보내면서 카이가 한 말을 떠올렸다.

'무슨 일이 있을 걸세. 절대로 흥분하지 말도록.'

알면서도 자신을 보낸 것이 분명했다.

하긴 벨하임만큼 '일반 사람들이 로인 공작을 어떻게 보는가'를 잘 아는 측근도 없었다.

적인 체스터 백작 휘하에서, 그리고 평민들 사이에 섞여 10년을 보낸 덕분이라면 덕분이었다.

벨하임은 심호흡으로 숨을 다듬었다.

"더 말할 것도 없다. 자네 이름이⋯⋯?"

"하셀 자작이다. 자네야말로⋯⋯?"

벨하임은 얼굴을 찡그렸지만 애써 성질을 가라앉혔다.

"로인 공작 가문의 수석 호위기사인 벨하임 아리준이라 하오. 공작의 명령으로 당장 문을 열고 그분을 맞이할 준비를 갖춰 주길 청하는 바입니다, 하셀 자. 작. 님."

"다시 한 번 로인 공작의 이름을 거명할 시에는 귀족 모욕죄로 자네를 체포하겠다."

"……왜? 로인 공작 본인이라는데 대체 무엇이 문제라는 겁니까?"

"사칭이 아니라는 건가?"

"당연히."

하셀은 고개를 흔들었다.

벨하임은 이마에 힘줄이 돋는 것을 느끼며 어떻게 해서든 문을 열어 놓고야 말겠다고 생각했다.

'이젠 오기다!'

오늘은 귀환의 첫날이었다! 재시작이었다!

영광스럽게 모든 군대가 공작의 귀환을 축하해도 부족할 지경에 오히려 성문을 열지 않는 이유가 무엇이란 말인가!

"자작께서 그리 말씀하시는 정당한 이유를 대지 못할 시에는 내 주공의 앞길을 막은 이유를 물어 결투를 신청할 것이오."

벨하임의 목소리에 어린 살기가 주변 공기를 서늘하게 만들었다.

하셀은 그의 살기에 온몸이 억눌리는 듯싶었다. 그의 안색이 변했다.

'이자……! 보통이 아니다!'

그는 이와 흡사한 압박감을 딱 한 번 맛봤다. 소드마스터 체스터 백작이 성을 냈을 때.

입술을 달달 떨면서 뭔가 말하려고 안간힘을 쓰던 참에 그 기세가 순식간에 사라졌다.

벨하임은 뒤를 돌아보며 한숨을 푹 내쉬었다.

"제기랄, 하여간 난 뭐 되는 일이 없냐?"

"이 정도는 아무것도 아니니 걱정 말도록, 벨하임. 그래, 누구신가?"

카이가 도착했다.

그는 감회가 새롭다는 눈으로 성을 바라보았다.

도망치듯 떠났던 성이었다.

그래도 로인에서의 일이 잘 풀려서 다행이었다.

하긴, 테엘이 협조하지 않을 이유가 있던가. 테엘 자신이 사막을 만들어 놓았고, 때문에 로인의 영지민들이 무수히 죽지 않았던가.

영지를 되살리는 일은 이르엘과 테엘, 모드에게 맡겼다. 이종족인 세 종족이 인간들을 위해 협조하는 것이었다.

그는 인간으로 여기에서 해야 할 일이 있었다.

아주 많은 일이.

'타글라흐가 여기 있을 것이다. 그 외에도 여기에는 많은 것이 있고, 나에게 필요한 것들이.'

카이는 차가운 눈으로 하셀을 바라보았다.

하셀은 젊은 공작을 가만히 바라보았다.

대략 '추정되는 인물'이라고 알려진 것과 흡사하긴 하다. 젊고, 검은색 머리에 짙은 회색의 눈이 마치 성난 폭풍우처럼 힘이 있었다.

단정하면서도 남보다 돋보이는 외모였다. 그렇지만 그를 공작으로 인정할 수 없는 이유가 있었다.

하셀은 조심스럽게 입을 열었다.

"크람 자작을…… 아십니까?"

"음? 크람……. 크람. 아, 내성 치안 담당하던 그 애송이?"

이제 겨우 20살 되어 보이는 카이가 그렇게 말하자, 하셀은 일순 말문이 막혔다.

"……그, 그렇습니다……."

"그자의 이름이 갑자기 왜 나오는 건가? 그자와 내가 무슨 연관이라도 있다는 건가? 아니면, 지금 성문을 열지 못하는 게 그 사람과 관련되었다는 건가?"

카이는 그렇게 연달아 묻고는 문득 생각났다는 듯 아무렇지도 않게 물었다.

"아니면 희대의 살인마를 놓친 죄로 인해서 현재 문책당할 위험에라도 놓였던가?"

카이의 질문에 하셀은 멍하니 그를 바라보았다.

그리곤 천천히 고개를 끄덕였다.

"역시…… 파벌이 없는 녀석은 서글프군. 곧 사형이라도 당하는 건가?"

"무, 무슨 그런……!"

하셀은 크게 놀랐다. 그러나 그게 끝이 아니었다.

카이는 아무렇지도 않은 듯 말을 이었다.

"그래서 지금 나보고 그 녀석을 살려 주도록 움직인다면 인정하겠다, 뭐 그런 협상이라도 벌이려는 건가?"

"……!"

벨하임도 놀란 듯 카이를 멍하니 바라보았다.

"아, 아니 어떻게 그런 걸……?"

"이상한 녀석들이 쫓아왔던 건 잊어버린 거냐?"

"아…… 그 흑기마대."

"그리고 당대의 소드마스터이신 체스터 경의 제자들이라는 쓰레기를 죽였다. 참 좋은 명분이 생긴 셈이지."

카이가 아무렇지도 않다는 듯 말했다.

벨하임은 고개를 흔들었다. 그 현장에 자신도 있었고 두 눈으로 직접 목격하지 않았던가.

"그건 정당한 결투였는데……."

"그렇지만 밀테이너 공작이 그렇게 생각하겠나?"

"그럴 리는 없겠죠, 당연히."

"역시 그때 너무 봐주긴 했군. 지금이라면 한번 가볍게 휘둘러도 녀석들을 모두를 죽여 줄 수 있을 텐데. 용보월강참이 지니는 위력이 아무래도 급수가 다르니……."

카이의 그 태연한 반응에 벨하임은 펄쩍 뛰었다.

"그때 그러셨음 저까지 죽었을 겁니다!"

"그랬겠지."

하셀은 이제는 상대방이 미친 게 아닌가 의심하기 시작했다. 그렇지 않고서는 너무나 태연하게 되돌아올 리도 없지 않은가. 게다가 엄연히 법을 집행할 수 있는 자신 앞에서 더 죽일 수 있네 마네 하는 말을 하고 있다.

"그렇지만 대체 체스터 백작은 제자들에게 뭘 가르치는 건가? 그때 처음 시비를 걸어 오던 녀석은 시중잡배와 하나 다르지 않았다. 소드마스터의 제자라는 이름에 어울리지 않는 녀석이었어."

"뭐…… 아무래도 힘 있는 녀석들 위주로 데리고 왔으니까요."

벨하임은 어깨를 으쓱였다.

"밀테이너 공작은 영감이 하나라도 더 많은 소드마스터를 키워내기만 바랐으니까요."

"자, 잠깐만요! 대체 뭐 하는 겁니까!"

하셀은 정신없이 그들의 대화에 귀를 기울이고 있다가 놀랐다. 그가 대화에 끼어들자 카이는 약간 언짢다는 눈으로 그를 바라보았다.

"뭐 하는 건가, 문 안 열고?"

너무나 당연하다는 듯 되묻는 말에 하셀은 다시 말문이 막혔다.

"그러니까 크람에 대해서는 어떻게 아셨습니까?"

"내가 귀가 막힌 것처럼 보이는가?"

카이가 불쾌하다는 듯 되물었다. 하셀은 용감하게 대답했다.

"대답해 주신다면 저도 순순히 문을 열겠습니다."

"여길 드나들 수 있는 건 공작의 당연한 권리다."

카이는 불쾌하다는 듯 대꾸했다.

"열다면 대답하지."

"……하, 하지만……."

하셀은 그렇게 할 수가 없었다.

변두리 귀족이라고는 해도 그도 도성에서 군밥을 먹는 신세. 그런 위치는 오히려 밀테이너 공작가의 세도가 얼마나 거대한지 경험하기가 더욱 쉽다. 특히 귀족이 드나드는 이 동문이 그러했다.

"애당초 자네는 사실 내게 이 성문을 열어 줄 생각이 없는 게 확실하군."

카이가 하셀을 내려다보며 말했다. 하셀은 몸을 흠칫 떨었다.

"크람 자작을 구하기 위해서라면, 내가 들어갔다는 정보가 있으면 그들은 당장 크람 자작에게 사형을 언도하고 쏜살같이 일을 처리하겠지. 그를 구하고 싶은가?"

"그렇습니다, 공작님!"

"그렇다면 시간 더 끌지 말고 성문을 열어라. 다른 책임자가 와서 로인의 입성이 이루어졌다는 것을 알게 된다면 크람 자작의 생명 따위는 그 순간 날아가게 될 테니까."

카이의 말에 하셀은 당장 열지 못하고 한동안 망설였다.

"당장."

카이는 딱 한 마디를 덧붙였다.

그 말에 압도된 듯, 하셀은 성문 위를 바라보며 한 손을 흔들었다.

괜찮다는 신호였다.

성문이 천천히 열리기 시작했다.

카이는 생긋 웃었다.

그 순간 나타난 천진한 표정에 하셀은 한숨을 푹 내쉬었다. 꼭 속은 기분이었다.

"하셀 자작, 다음에 또 보도록 하지."

"아, 예……옙!"

하셀은 그가 사라진 후에야 멍하니 몸의 긴장을 풀었다.

'몇백 년 만에 로인 공작이 들어섰구나, 동문이여……!'

그는 멍하니 성문을, 그리고 그 너머로 시내 복판으로 들어서는 로인을 바라보며 생각하다가 흠칫 놀랐다.

'아, 아냐. 아직 그가 로인 공작일 리는……. 젠장! 대체 어떻게 돌아가는 거냐!'

하셀은 한숨을 푹 내쉬었다.

'크람, 행운을 비마.'

하셀은 알지 못했다. 방금 자신이 성문을 열고 들여보낸 사람이 황성에 어떤 풍파를 불러오게 될지를…….

그리고 그것은 몹시 명예로운 일이었다.

벨하임은 입을 삐죽이면서도 연신 반갑다는 표정으로 사방을 둘러보았다.

"누가 보면 한 10년쯤 도성을 떠나 있던 걸로 보겠네."

카이가 웃으면서 말을 걸자 벨하임은 연신 고개를 끄덕거렸다.

"한 10년 정도 지난 기분입니다. 워낙 평범한 인간이라면 겪을 수 없는 일을 겪었으니……."

"어떻게 보면 남들보다 10년은 더 번 셈이긴 하지. 소드마스터 벨하임 아리준 군."

"아, 아하하하……."

벨하임은 아이처럼 헤헤거렸다.

카이는 그 얼굴을 보고 가볍게 미소 지었다. 저런 점이야말로 벨하임의 가장 큰 장점이라고 생각하면서.

내성문은 외성에 비하면 경계가 덜한 편이었다. 평상시에는 나가는 사람을 일일이 검사하지는 않는 것이었다.

그러나 요새는 달랐다.

각 귀족들이 내보낸 하인들부터 내성의 입구에 쫙 깔려 있었다.

그들의 관심사는 단 하나.

'로인 공작은 언제 입성하는가.'

게다가 내성문을 수비하는 기사단과 근위병에 직접 입김이 닿는 몇몇 귀족―예를 들면 밀테이너 공작이라든가―들은 더더욱 병사들을 닦달했다.

그래서 기사단은 물론 근위병들, 거기에 감시를 나온 하인들까지 버티고 드나드는 사람들을 뚫어져라 바라보고 있었다.

그런 사람들을 바라보는 카이의 눈빛이 전에 없이 유쾌하게 빛났다.

"우리를 마중하러 사람들이 꽤 많이 나온 모양이로군."

"……허. 어떻게 할까요?"

"왜? 허락이라도 하면 저들을 모두 벨 자신이라도 있는 건가?"

"쳇! 공작님처럼 괴물은 아니지만 저도 꽤 강합니다."

카이는 벨하임을 한번 노려보고는 앞으로 시선을 돌렸다.

근위병들 역시 그 어느 때보다 삼엄한 자세로 그들을 바라보고 있었다.

'처음 보는 사람들이다.'

'귀족 같지?'

'설마…….'

그들의 생각이 허공에서 글자가 되어 붕붕 날아다니는 것 같았다.

벨하임은 여차하면 검을 꺼낼 자세로 노골적으로 사람들을 노려보면서도 소심하게 물었다.

"저, 저기, 공작님, 어떻게 하실 겁니까?"

"왜?"

"아니, 저기요……. 저렇게 사람이 많은데, 아까는 크람을 구한다느니……."

"전에도 드나들던 곳이다."

카이에게는 집이 이곳이었다.

벨하임은 약간 기가 죽었다.

"그렇죠, 공작이시니까."

"……벨하임, 너야말로 공작의 최측근 기사로서 배워야 할 게 많은 것 같구나. 예를 들면 그 말버릇이라든가. 아, 우선 황궁 예절부터 배워야겠군."

카이는 씩 웃으면서 앞으로 나섰다.

벨하임은 입속으로 뭐라 구시렁거렸다.

근위병들은 두근두근하는 가슴으로 서로를 밀치고 있었다.

로인 공작이면 어떻게 하나, 아니면 다른 귀족이면 괜히 앞을 막았다고 호통이라도 듣지 않을까 서로에게 나서서 정체를 물을 것을 미루는 것이었다.

사람들 앞에 이르자, 카이는 말을 멈춰 세웠다.

근위병 중에 책임자가 드디어 앞으로 나섰다.

"아, 저, 저기……."

"내가 로인이다."

카이는 싸늘한 목소리로 말했다.

"오오오오……!"

모든 사람들이 저도 모르게 탄성을 발했다.

단정한 검은 머리에 흔들리지 않는 시선으로 앞을 바라보며 말 위에 앉아 있는 모습은 그들이 생각한 모습과는 많이 달랐다.

사방을 바라보는 그의 눈에는 일찍이 그들이 본 적 없는 힘이 있었다.

카리스마? 그런 것으로는 설명이 불가능하다!

패자(覇者)의 눈빛, 그야말로 황제조차 기를 꺾을 눈빛이었다. 귀족 중의 귀족이자 힘과 권력, 부귀를 손에 넣은……!

로인 공작의 이름에 어울리는 눈빛 아닌가!

어디 하나 못나지 않은 단정한 외모에서 뿜어내는 그 기운에 저도 모르게 고개를 수그리는 사람들도 있었다.

카이는 말을 가볍게 다루어 사람들 한가운데로 당당하게 걸음을 옮겼다.

주춤하던 몇몇 병사들이 저도 모르게 바짝 뒤로 물러나면서 길을 텄다.

카이는 그 앞에서 오만하면서도 가벼운, 잘했다는 눈빛으로 그 병사들과 일일이 눈을 맞췄다.

눈이 마주친 병사들은 저도 모르게 허리를 숙였다.

카이가 앞으로 향할수록 몬스터들이 드래곤 앞에 길을 트며 경배를 바치는 듯한 광경이 펼쳐졌다.

벨하임은 저도 모르게 입을 떡 벌렸다.

'……!'

그리고 지금 자신의 눈앞에 펼쳐지는 광경에 저도 모르게 눈물이 팽 돌았다.

"헤헷."

그는 지금의 광경을 모든 사람들에게 보여 주고 싶었다.

'로인의 영지민들이여……!'

그들도 이 광경을 본다면 틀림없이 울게 되리라.

벨하임은 가슴을 쫙 편 채 카이의 뒤를 따랐다.

'나는 소드마스터, 로인의 제1기사! 영원무결한 충성을 바친 그의 권속이다!

가슴이 터져라 외치고 싶어 미칠 지경이었다.

카이는 이윽고 천천히 말을 멈췄다.

그를 감시하기 위해 내보냈던 사람들의 가장 뒤쪽에서 리슨이 그를 기다리고 있었다.

땅바닥 위에 무릎을 굽힌 채 리슨은 카이를 올려다보았다. 그는 카이에게 깊게 허리를 숙여 인사를 올렸다.

카이는 고개를 가볍게 까닥이기만 했다.

"리슨, 준비는 끝났는가?"

"예, 주공."

리슨은 고개를 들어 카이를 보았다.

그의 눈빛에도 자랑스러운 기색이 감돌았다. 눈물이 거의 흘러내리기 직전이었다.

"돌아오시기만을 기다리고 있었습니다, 주공."

"가자, 리슨. 앞장서거라."

"옛!"

리슨은 힘차게 외쳤다.

카이는 고삐를 리슨에게 넘겼다. 리슨은 고삐를 잡고는 내성을 당당하게 가로질렀다.

카이의 뒤쪽으로는 하인들이며 근위병 일부가 달라붙어서 졸졸 따라오고 있었다. 마치 처음 귀족을 만난 거지 아이들처럼 두 눈 가득 동경하는 빛을 띤 채였다.

카이는 흔들림 없는 자세로 리슨이 이끄는 곳으로 향했다.

카이는 바로 저택으로 향하지 않았다.

대신 그는 내성과 황궁의 중간쯤에 위치한 형법부로 향했다.

리슨이 그곳에서 멈춰 서자 카이는 말에서 내렸다.

"내 방문을 미리 알렸는가?"

"말씀하신 대로 언제 들어온다는 말은 하지 않았습니다. 형법부에서는 방문을 환영하노라고 응답했습니다."

"방문을 환영한다?"

카이는 그 응답에 피식 웃었다.

"그렇군. 들어갈까."

뒤따르던 사람들은 일이 이상하게 돌아간다며 서로 수군거렸다.

벨하임은 히죽 웃었다.

카이는 로인을 떠나기 전에 테엘에게서 몇 가지를 얻어 왔다. 서로 통신이 가능하도록 한 수정구 몇 개, 그리고 도성 근처까지 텔레포트가 가능한 스크립트 몇 개.

리슨은 도성 내부 상황을 알아내 카이에게 수시로 보고했다. 하셀은 그걸 모르고 놀랐고, 지금 여기에서도 사람들이 놀랐지만 사실 사정은 단순했다.

'내가 정말 궁금한 건 그 크람이라는 녀석을 구하려 하는 이유지.'

벨하임은 그렇게 생각하면서도 앞장서 형법부로 들어섰다. 그는 긴장의 끈을 늦추지 않았다.

도성 한복판이지만, 그래서 로인 공작에게는 적이 많았다.

카이도 안으로 들어섰다.

문 안 접수대에 있던 법관이 주춤거리며 자리에서 일어났다.

형법부의 문이 닫히자 그들을 따라오던 사람들은 그제야 정신을 차렸다. 그리고는 각자의 주인들에게 알리기 위해 뛰어 갔다.

카이는 법관에게 물었다.

"크람 자작의 재판은?"

"방금 전 시작했습니다만."

"빠르게 움직이는군."

법관은 놀란 안색을 감추지 않고 그의 앞을 가로막았다.

"공작님께서 오신다는 연락은 미리 받았습니다. 하오나 제국의 법은……."

"로인 공작 가문은 제국의 법에 구속 받지 않는다. 그걸 몰라 하는 말인가?"

법관의 얼굴이 일그러졌다.

카이는 그 얼굴을 가만히 보다가 한쪽으로 고개를 돌렸다.

"저곳인가?"

2층으로 향한 시선을 보고 법관은 잠시 놀랐다.

카이는 법관을 밀치고 앞으로 나갔다.

형법부의 복도는 어두웠다. 복도 위쪽으로 창문이 하나 있을 뿐이어서 거기에서 빛이 한 줄기 들어오고 있었다. 그 빛이 복도에서 떠도는 먼지를 뿌옇게 비출 뿐이었다.

카이는 법관이 자신을 붙들 틈을 주지 않았다. 처음 왔는데도 그는 길을 잘 알고 있는 듯 보였다.

카이는 주저 없이 복도를 걸어 2층으로 올라가고, 이어 한쪽 방문 앞에 섰다.

그 앞에 있던 근위병 둘이 그를 보고는 냉큼 창을 들어 문을 막았다.

"멈추시오! 법이 집행되는 동안은 아무도 들어갈 수……."

"비켜라."

카이가 한 손을 내민 순간이었다.

그의 온몸에서 뿜어진 살기가 순간 공기 중으로 폭사되면서 강한 바람이 되어 두 병사를 밀어냈다.

"큭!"

두 사람은 일순간 불어닥친 기운에 정면으로 맞고는 뒤로 한 걸음씩 물러났다.

두 사람은 물론 법관도 믿을 수 없다는 눈으로 카이를 바라보았다.

여기는 형법부였다! 제국의 800년 역사 중 그 누구도, 즉 로인 공작들이라 해도 이곳에서 이렇듯 안하무인으로 날뛴 적은 없었다.

"이, 이런……!"

"조절을 좀 못했군. 경고하지. 다음부터는 내 앞을 막지 마라."

카이는 무뚝뚝하게 말하고는 리슨에게 턱으로 문을 가리켰다.

리슨은 사내들 옆을 지나 문을 열었다.

이제껏 침입당한 적이 단 한 번도 없는, 800년 형법부 집행실 문이 카이의 눈앞에서 열렸다.

"이 죄를 물어 크람 자작에게……!"

"크람 자작은 무죄다!"

안에서 들려오는 소리에 맞춰 카이는 소리쳤다.

형법부 법관들은 순간 황당하다는 눈으로 문으로 시선을 돌렸다.

크람 자작 역시 자신의 구원자를 찾아 고개를 돌렸다.

그의 시선에 처음에는 놀람이, 그리고 이어 반가운 감정이 떠올랐다.

카이는 크람 자작을 보고는 고개를 가볍게 까닥거렸다.

"오랜만이로군, 크람 자작. 작년의 여름에 이어 올해는 봄에 만나게 되는 건가."

"로인 공작님!"

크람 자작은 비틀거리면서 자리에서 일어났다.

"로인!"

법 집행관들은 일순간 어떻게 대처해야 할지 모른 채 서로를 바라보다가 이윽고 시선을 한곳으로 모았다.

카이 역시 그쪽으로 시선을 돌렸다.

그의 시선이 순간 파랗게 빛을 내뿜는 듯했다.

밀테이너 공작은 저도 모르게 한 발을 움직였다. 뒤로 물러날 뻔한 것이었다.

'저깟 애송이의 기세에 물러날 수는 없지!

그러나 순간 그의 심장이 서늘해진 건 분명했다.

'도둑고양이처럼 뒷골목에서 굶어 죽을 줄 알았는데, 호랑이였던 건가.'

10년 전의 모습이 아직 뚜렷이 남아 있었다. 그러나 그때의 악에 받친 깡마른 소년의 모습만은 아니었다.

양 어깨에 힘이 실려 있었다. 눈빛에는 자연스러운 당당함이 어려 있었던 것이다.

'……이 녀석이 차라리 내 아들이라면……'

밀테이너 공작은 저도 모르게 그런 생각을 떠올렸다.

카이는 천천히 그를 향해 다가왔다. 그리고 아주 가볍게, 거의 눈에 보이지도 않을 정도의 각도로만 몸을 굽혔다.

"밀테이너 공작님."

그의 목소리는 평온했다. 그러나 그 목소리 이면에 이글거리는 힘을 밀테이너는 느낄 수가 있었다.

그의 앞에 무간지옥에서 끌어올린 것처럼 이글거리는 살기!

당장에 자신을 찢어 내고 자신의 피 한 방울조차 용납하지 않으려는 듯, 그렇게 자신만을 향한 살기가 쏟아져 나오는 것 같았다.

"참으로 오랜만에 인사드립니다."

"아……."

밀테이너 공작은 입을 벌렸다가 얼른 입술을 깨물었다.

카이는 눈을 가늘게 뜨고는 그를 바라보았다.

"제가 어릴 적에 한번 인사드린 적이 있지요."

"……무슨 소린가? 자네는, 자네는 누군가?"

둘이 서로를 바라보는 사이 리슨은 거침없이 크람을 묶은 줄을 끊어 냈다.

밀테이너 공작은 간신히 시선을 그들에게 돌렸다. 그제야 카이의 살기에서 벗어난 기분이 들어 밀테이너 공작은 안도의 한숨을 속으로 삼켰다.

"자네들은 뭐 하는 건가! 감히 이 지엄한 형법부의……."

"제국의 공작은 절대로 두 가지 직책을 갖지 못하도록 되어 있다. 그들이 군과 문에 동시에 발을 걸침으로 제국의 안녕을 위협할 수는 없다, 라는 초대 황제의 명령을 어기시려는 겁니까?"

카이의 목소리가 밀테이너의 목소리를 먼저 가로막았다.

밀테이너는 입술을 깨물었다.

'망할 놈의 그 초대 황제의 명령!'

제국의 법체계는 지독히 어지럽게 섞여 있었다. 800년이나 제국이 이어져 오면서 만들어진 필연의 산물이었다.

법은 크게 3개로 나뉜다. 황실에 관한 법, 귀족에 대한 법, 그리고 평민에 대한 법.

평민에 대한 법은 차라리 쉬웠다. 눈에는 눈, 이에는 이. 죽이면 사형, 훔치면 그에 상응하는 돈이나 혹은 신체로.

그러나 귀족에 이르면, 그리고 황실에 대한 법으로 나뉘면 지독히 까다로워진다. 각 작위의 우세 정도와 범죄에 관해서 세세한 적용이 달라지는 것이다.

그러나 가장 골치 아픈 것은 '초대 황제의 명령'이라는 것이었다.

그 내용의 상당 부분이 귀족의, 정확히는 다섯 공작의 지위를 보장하는 내용이라서 밀테이너 공작조차 그 명령을 부정할 수가 없었던 것이었다.

그러면서도 황제의 명령은 제국을 위한 내용도 상당히 포함하고 있었다.

상당한 기간 동안 권력자를 견제하는 도구가 되어 오곤 한 것이 '초대 황제의 명령'이었다.

"난 단지 귀족의 명예를 위한 참관자로 여기 있는 것뿐일세만 자네는 대체 누구란 말인가!"

밀테이너 공작은 애써 불편한 기색을 억누르며 말했다.

카이는 그를 가만히 바라보았다. 눈빛이 서서히 그 누구라도 알아볼 수 있을 정도로 타오르기 시작했다.

"정말 모르겠다고 할 겁니까?"

"허!"

차라리 겉으로 드러나는 살기가 밀테이너 공작은 대응하기 쉬웠다. 자신의 속내를 감출 필요는 없으니까.

"형법부에 침입한 죄와 죄인을 함부로 풀어 준 죄를 물어……."

"로인 공작에 보장된 면책권이 있습니다. 형법부의 법 집행보다 로인 공작 가문에 부과된 초대 황제의 명령이 우위라는 건 아시겠지

요. 그에 따라 나에게 죄를 물을 수는 없을 겁니다. 귀공께서 그걸 모르진 않을 텐데?'

"자네가 로인 공작이라면 보장되겠지. 하지만 자네가 정말 로인이라는 증거는 어디에 있나?'

밀테이너 공작이 그렇게 맞받아치자 카이는 피식 웃기만 했다.

그는 오히려 대꾸도 않고 등을 돌렸다. 그들이 전혀 상관할 필요조차 없는 하룻강아지라도 된다는 양.

밀테이너 공작은 그 순간 모욕감에 몸을 떨었다.

"자네……!'

"날 알면서 모른다고 하지 마라!'

카이가 나지막하게 말했다. 그리고 그는 노한 눈빛으로 밀테이너 공작을 돌아보았다.

"너는 나를 알고 있고, 나도 너를 알고 있다. 너는 나의 아버지를 노상에서 발견하자마자 마차로 깔아뭉갠 바로 그 당사자이자, 지금도 제국의 안위를 위협하고 있는 그 당사자니까……!'

카이의 말이 거침없이 쏟아지자 밀테이너 공작은 순간 말문이 막혔다.

"……무슨, 무슨 무엄한……!'

"제국이 탐나는가? 만인지상의 지위에서 흔들림 없는 권력을 누리고 싶던가?'

밀테이너 공작은 굳은 얼굴로 카이를 바라보았다.

'로인의 영지, 북쪽의 외진 그곳에서 돌아온 것이 바로 오늘이라면서 대체 어떻게……?

카이의 눈을 바라보자 온몸이 오싹해졌다. 인간의 것 같지 않게 느껴질 정도로 흔들림이라곤 없었다.

밀테이너 공작은 정신을 차리고 차갑게 되물었다.

"무슨 소리를 하는 건가?"

그가 그렇게 되묻자 카이는 고개를 천천히 흔들었다.

"당신이 무슨 속셈이든, 그래, 말을 하든 말든 어차피 상관없다. 그러나 분명히 전하지. 로인이 제국을 수호할 것이다."

"네가 로인이라면……."

"가자, 벨하임. 리슨, 크람 자작을 부축하도록."

카이는 그대로 몸을 돌렸다. 그리곤 집행석에 앉아 있는 법관을 노려보았다.

"그대들이 밀테이너 공작을 끼고 이 일을 벌였다는 건 알고 있다. 로인 공작을 확인하고 싶은가? 그렇다면 저택으로 와라! 그대들이 오길 기다리고 있겠다!"

카이는 당당하게 문을 통해 다시 나갔다.

리슨이 크람을 부축한 채 그 뒤를 따랐다.

그들이 빠져나간 후의 집행실은 싸늘했다. 아무도 입을 열지도 못한 채 서로를 바라볼 뿐이었다.

이윽고 밀테이너 공작이 비틀거리면서 움직였다.

그는 형법부를 빠져나와 하인들이 부축하는 대로 마차 위에 올랐다.

마차가 덜컥거리면서 움직이자 그는 비로소 정신을 차릴 수가 있었다.

'이럴 수가!'

방금 전에 벌어진 일이 대체 어떻게 된 건지 그는 이해할 수가 없었다.

분명한 것은 카이가 모든 걸 알고 있다는 점이었다.

게다가 그 뛰어난 인물이라니! 심장이 옥죄이는 듯 숨을 쉴 수가 없을 정도로 자신의 온몸을 뒤덮었던 그의 존재감이라니……!

밀테이너 공작은 입술을 깨물었다.

"감히……! 감히 이 몸에게……!"

그는 마부석을 향해 외쳤다.

"방향을 돌려라! 황궁으로 향한다!"

그리고 그는 하인에게 명령했다.

"지금 당장 이프로스 백작을 모셔와. 황궁에서 보잔다고 전하게!"

밀테이너 공작은 입술을 악물었다.

카이는 저택 앞에 이르자 만족스러운 듯 고개를 끄덕였다.

"모두 기억하고 있었던 건가, 리슨."

"예."

"그래도 생각 이상으로 잘해 놓았군. 잘했네."

카이는 감회 어린 눈으로 저택을 바라보았다.

어렸을 적, 리슨과 얼마나 이야기를 했던가.

'벽 전체는 하얗게 다시 칠할 거야.'

'그럼 눈이 너무 아프지 않을까요? 그리고 때가 많이 탈 것 같습니다만.'

'상관없어. 해마다 다시 칠하면 되니까. 아니면 빨간색으로 지붕을 얹는 게 아니라 금빛으로 빛나게 할 거야. 번쩍번쩍하게. 어디서라도 아, 저기가 로인 공작 집이에요, 라고 말할 수 있게.'

소년 시절에는 그렇게 치기 어린 각오를 다잡곤 했었다.

유치해 보인다는 생각은 한 번도 하지 않았다. 단지 그 누구보다 강하다는 가문을 되살리는, 그것만 생각했었다.

떠날 때에 초라한 모습은 어디에도 없었다. 건물은 눈에 익은 그 모습이었는데, 이제는 한 점 얼룩도 없이 깨끗하고 화려했다.

다행히 지붕은 점잖게 짙은 와인색의 레드였다.

"돌아왔군……."

오랫동안 삐거덕거리면서 간신히 문고리에 붙어 있던 철문이 열렸다.

집사 리슨이 앞으로 나서 카이가 올라탄 말의 고삐를 잡았다.

"주인님이 돌아오셨다!"

리슨의 목소리가 낭랑하게 정원에 울려 퍼졌다.

'……이거야.'

카이는 저도 모르게 눈을 감을 뻔했다. 마음이 흔들렸다.

떨리는 것인지도 몰랐다. 첫사랑의 여인을 만난다 해도 지금처럼 두근거릴 수는 없으리라.

정원 한가운데를 가로지르는, 단정하고 깨끗한 길 양옆으로 하인들과 하녀들이 늘어선 가운데.

"다녀오셨습니까!"

일제히 허리를 굽히며 경의를 표한다.

말발굽이 달그락거리면서 단단하게 새로 다진 길 위를 지났다. 새로 가꾼 잔디밭에서 풍기는 향이 좋았다.

때는 이르지만 벌써부터 활짝 피어난 꽃이 화가의 손길을 거친 듯 화려한 빛을 뿜내지만 주인공은 어디까지나 자신이었다.

카이젤 아민 라 로인, 공작이자 저택의 주인……

그가 되돌아왔다!

SWORD OF DRAGONLOAD

제4장

제1보

"대, 대체……."

크람 자작은 한동안 정신을 차릴 수가 없었다.

한 줄기 광풍이라 해도 카이처럼 빠르게 움직일 수는 없으리라. 그것도 형법부 같은 엄숙한 장소에서는 더더욱.

그렇게 어리버리하니 고개를 흔들어 대는 크람을 보며, 카이는 어깨를 으쓱이며 리슨을 되돌아보았다.

"손님이 당분간 머무실 것 같은데. 다른 방도 준비되었나?"

"예, 주공. 크람 자작님을 위해 본채 3층 방을 준비해 두도록 했습니다."

"간단한 다과를 우선."

"알겠습니다."

카이는 의자에 편하게 기대어 앉았다.

그가 떠나기 전, 서재는 황폐했다. 카펫은 낡았고 빛에 바랜 지 오래였다.

책장의 책 사이에는 한 사람의 손으로는 해치울 수 없는 먼지가 가득했다. 책상 위에는 낡은 종이와 필기구만이 있었을 뿐이었다.

그러나 지금은 어떤가.

마치 마법이라도 써서 300년 전으로 가문의 영광을 되돌려 놓은 것 같았다.

카이가 그렇게 감상하는 눈으로 방을 둘러보는 사이, 크람 자작은 드디어 정신을 차렸다.

그는 카이를 똑바로 바라보았다.

'정말 그 사람이다……'

자신이 떠나기 전에 시장 한복판에서 만났던 바로 그 로인 공작!

크람 자작의 시선을 눈치 챈 카이는 그를 돌아보았다.

"이제 좀 괜찮은가."

"……아, 예."

리슨이 가볍게 문을 두들기고는 들어서서 차를 우려냈다. 그런 가운데 잠시 침묵이 흘렀다.

"오랫동안 자리를 비우는 바람에 본의 아니게 고초를 겪게 한 것 같군."

카이는 아무렇지도 않은 듯 담담하게 말했다.

그 말에 한동안 크람은 어떻게 말해야 할지 알 수가 없었다.

"아, 아니오……."

"저번에는 도성 한가운데에서 추태를 보였고. 그때 일은 잊어 주게나."

"아니, 아닙니다……."

카이가 연달아 직격탄을 던지는 통에 크람은 한동안 뭐라 말을 해야 할지 알 수가 없었다. 그가 자신을 이렇게까지 챙기려는 이유도 알 수 없었다.

일단 벗어났으니 지방으로 도망이라도 치고 싶었다. 그런다고 해결될 문제는 아니지만.

"외성 치안대장 직에서는 이제 사임된 건가?"

"아, 하하하하……."

카이가 다시 솔직하게 묻는 바람에 크람은 헛웃음만 몇 번 흘렸다.

"아무래도 그런 모양입니다. 갑자기 끌려 나갔으니까요."

"일하던 중에?"

"사무실에 앉아 있는데 갑자기 내성 녀석들이 우르르 달려와서 어쩌고 하더니 입을 틀어막고는 끌고 갔지요."

"흠. 과격하군, 내성 녀석들은."

"뭐……."

크람은 따뜻한 차를 마신 김에 뱃속에 힘을 확 주고는 용기를 냈다.

"저, 저기…… 하나만 여쭈어도 되겠습니까?"

"뭔가?"

"……갑자기 이렇게……? 어떻게 하신 건지…… 들을 수가 있겠습니까? 아니, 솔직히 그때 그분이 맞으신 건지……?"

카이는 한동안 크람을 바라보았다.

크람은 야위고 꽤 지쳐 보였다. 우직한 무인의 눈빛으로 카이를 바라보면서 대답을 기다리고 있었다.

귀족들에게 로인 공작의 이름은 어떤 무게를 갖고 있을까?

그리고 앞으로는 어떤 이야기를 듣게 될까?

로인 가문의 명성을 만들어 나가는 일은 이제 카이의 양 어깨에 올라와 있었다.

카이는 불쑥 물었다.

"그게 중요한가? 자네에게는?"

"옛, 아니……."

크람은 어쩔 줄 몰라 한참 동안 말을 잇지 못했다.

"내가 그때 그 사람이 아니라고 의심하는 건가, 그 지경을 자신이 당해 놓고도? 아니면 내 축재(蓄財)가 어떻게 이루어진 건지 비결이라도 묻는 건가?"

"……죄송합니다. 제가 주제넘은 호기심을 가졌습니다."

"알면 되었네."

객(客)은 객일 뿐.

카이가 딱 선을 긋는 바람에 크람은 정작 중요한 걸 물어볼 수가 없었다.

"가서 쉬는 게 좋을 것 같군. 방으로 안내하도록 하겠네."

"……."

말은 좋고 뜻도 좋지만, 명백한 축객령이었다.

크람은 아차 싶다는 듯 한숨을 내쉬면서 자리에서 일어났다. 그러나 방문을 나서기 직전.

"……심기를 불편하게 할 생각은 아니었습니다. 단지…… 아닙니다, 아무것도."

크람은 더 말해 봤자 변명이 될 것 같아 말을 끊었다.

"단지 뭔가?"

카이가 불쑥 묻는 통에 크람은 발을 멈췄다.

"조금 놀랐습니다. 저 하나 정도는 내버려 두셔도 상관없는 일인데 왜……."

"소드마스터 제자들은 죽이고, 파벌에 속하지 않은 귀족 하나는 구했다, 그게 신기하다는 건가?"

카이의 질문에 크람은 고개를 흔들었다.

"아니오. 저는 단지…… 저 하나를 살리기 위해 공작께서 이렇게 급히 귀환하신 게 안 믿겨서 그렇습니다. 말씀하신 대로 저는 파벌도 없는, 말단귀족이니까요."

"재미있는 사람이로군. 왜 내가 자네 때문에 급하게 귀환했다고 믿는 건가?"

카이는 그렇게 되물었다. 크람은 순간 어리둥절했다.

"그, 그렇다면……."

"자네는 미끼였을 뿐이네. 나를 만난 것은 자네가 유일하지, 도성의 귀족 중에는. 내가 되돌아온다는 이야기에 자네를 체포한 거야. 그리고 죽이려 했는데 내가 너무 빨리 돌아온 거지."

"……."

"밀테이너 공작이 거기 있는 걸 보고서도 눈치 채지 못한 건가?"

크람은 쓴웃음을 지었다.

잠시 카이는 가만히 크람을 바라보았다.

"자네도 그 말을 들어 보았나?"

"예?"

"빈궁 공작이라고 부르는 말."

크람은 잠시 망설이다가 고개를 끄덕였다.

생각해 보면 그것도 이상했다. 아무리 사실이라 해도 공작을 비웃는다. 미친 게 아니고선 그럴 수가 없을 터였다.

'그런가. 밀테이너 공작이…… 일부러 헛소문이라도 퍼뜨린 거였나.'

크람은 속으로 혀를 찼다.

'같은 귀족이면서……. 허허…….'

"인간이란 참 신기하지."

카이는 불쑥 입을 열었다.

크람은 그의 말에 조심스럽게 문을 닫았다. 그리고 카이를 바라보았다.

"어떤 때에는 불쌍한 처지의 사람을 동정하는가 하면, 어떤 때는 사정없이 그자를 깔아뭉개면서 웃기도 하지. 그 극과 극의 행동만큼은 설명할 방도가 없을 거야. 자네는 귀족이 무엇이라 생각하는가?"

"운 좋은 사람들……일까요."

크람이 생각하는 귀족은 그랬다.

그는 귀족이었지만 가난했다. 그 시대의 많은 귀족들이 그렇듯이 조상 중 누군가는 백작이었지만 그의 조상 누군가는 간신히 자작의 작위를 이어받은 방계(傍系) 집안이었다.

가계가 그러했고, 외성의 치안을 담당하면서 그는 그나마의 작위를 다행으로 여겼다.

"좋은 집안, 적어도 내성에 드나들 수 있고, 그나마 권력에 다가서기 좋은?"

"……그렇습니다."

"어리석군."

카이는 냉소를 날렸다.

"그렇다면 가장 운이 좋은 나에게 퍼부어진 그 모욕들은 내가 감내할, 일종의 부작용 정도였던가? 아니면 그들이 억울해 하고 평상시 귀족에게 퍼붓고 싶던 조롱을 감내하기 위해 태어난 것이 나의 숙명이라는 건가?"

"그, 그런 건……."

"솔직히 말해 보게나. 그때 나를 보고 있던 자네는, 그것을 보고 무슨 생각을 했는지."

카이는 팔짱을 낀 채 창가에 기대앉아 그를 바라보고 있었다.

한 치의 흔들림 없는, 마치 사람의 머릿속까지 캐고 들어가는 듯한 그 시선이 크람을 붙들고, 그의 몸에서 흘러나오는 기운에 크람의 온몸이 붙들린 기분이었다.

말재주가 있어 아양을 떨려 해도 카이의 눈빛이 그걸 용납하지 않았다. 거짓을 말했다간 죽을 것 같다는 생각이 언뜻 스쳤을 정도였다.

"운이…… 나쁜…… 분이다……."

"허! 그렇겠지. 운이 좋게 공작 집안에서 태어났어야 하는데 하필이면 태어난 것이 로인 공작가다, 그러니 불쌍하고 운이 나쁜 사람으로 봤다는 건가?"

"소, 송구스럽……."

다음 순간 카이는 등을 돌려 정원을 바라보았다. 그의 시선이 사라지자 그제야 크람은 숨을 쉴 수 있을 것 같았다.

"그만 나가 보게나."

"옛……?"

뭔가를 실수한 것일까.

크람은 알 수가 없었다. 그는 카이의 등을 보면서 축객령을 받아들일 수밖에 없었다.

카이는 정원을 바라보며 생각에 잠겼다.

'크람이 보는 게 일반론이겠지.'

그러나 카이의 생각은 달랐다.

'내가 로인 공작으로 태어난 것은…… 그리고 힘을 얻은 것은, 단 하나의 이유가 있기 때문이다.'

카이는 주먹을 꽉 쥐었다.

그리고 이른 봄을 맞이한 자신의 정원, 자신의 저택을 내려다보며 중얼거렸다.

"내가 로인의 공작이 될 수 있기 때문."

자신에게는 힘과 부귀가 있었다. 남은 것은 자신에게 주어진 의무를 완성하는 것…….

"완성해 주마, 권력이라고 하는 것."

그 누구도 무시할 수 없는 이름을 다시 세우기 위해.

정원을 가로질러 저택으로 다가오는 사람이 있었다. 뒤에서 문지기가 당황해 버둥거리는 것이 보였다.

'황실에서 보낸 건가.'

형법부에서 죄인을 빼내 간 것이며, 밀테이너 공작이 꽤나 빠르게 움직인 모양이었다.

'드디어 황실 입성인가……! 가만히 있어도 기회를 안겨 주는군.'

카이는 회심의 미소를 지었다.

잠시 후, 리슨이 문을 조심스럽게 두들기고는 안으로 들어섰다.

"황실에서 입궁하라는 명령이…….."

"예복을 갖고 오도록."

카이는 잠시 후 덧붙였다.

"벨하임도 준비시키고, 자네는 암행으로."

"알겠습니다."

리슨은 간단하게 고개를 끄덕였다.

하인들이 줄줄이 옷을 들고 들어온다. 그중 가장 점잖고 무거운 색으로 골랐다.

부드럽게 빛나는 옷을 걸치고 현관으로 나서자, 마차가 준비되어 있었다. 가문의 문장이 선명하게 찍혀 있었다.

카이는 그 마차를 잠시 바라보며 즐거워했다.

리슨이 문을 열어 놓고 기다리고 있었다.

카이가 한 발을 올려놓았을 때였다. 벨하임이 투덜거리면서 나왔다.

"이거, 쉴 틈도 안 주는군. 이번에는 또 어딜 가는 거냐, 날라리 집사?"

마차에 막 한 발을 올려놓던 카이의 이마에 힘줄이 바락 솟았다.

리슨은 입가에 비릿하니 미소 지었다.

카이는 저택 현관 뒤쪽에서 여자들의 비명 소리를 들었다. 시선을 돌린 그곳에는 하녀들이 서로 에이프런을 움켜쥔 채로 쓰러져 있었다.

"어, 어떻게 해!"

"집사님이 웃으셔!!"

그런 소리를 내뱉으면서.

카이의 이마에 다시 힘줄이 돋았다.

"……"

"허허, 이거 원 참……. 좋겠다, 리슨?"

벨하임도 웃었지만 하녀들은 거기에 반응하지 않았다. 벨하임의 이마에도 힘줄이 돋았다.

"……둘 다."

카이는 두 가신을 바라보며 또박또박 발음을 끊어 가며 말했다.

"지금부터 황궁에 들어가고, 다시 나와서 바로 이 현관에 들어올 때까지 단 한 마디도 꺼내지 말도록. 알겠나?"

"엣?! 화, 황궁이요?"

"국가에 소드마스터가 한 명 늘어나는 건 만 명에 준하는 정예병사가 생긴 것과 똑같다. 당연히 황제께 고해야지."

"그래도 마음의 준비를……."

"따라와."

카이는 그렇게 외치고는 마차 위에 오른 후 마차 문을 쾅 닫았다.

리슨은 마차 앞좌석에 올라탔고, 벨하임은 투덜거리면서 불안한 얼굴로 말 위에 올랐다.

공작들의 저택은 황궁과 가장 가깝다. 마차를 타고 몇 분 가지 않아서 곧 도착할 수 있었다.

"쳇, 이렇게 가까우면 걸어와도 되겠다."

"……걸어오면 누가 황궁 문을 열어나 준대?"

벨하임의 투덜거림에 리슨은 꼬박 말대꾸를 던졌다.

그렇지만 둘 다 긴장한 기색이 언뜻 보였다.

황궁!

제국이 건재한 기간 동안 단 한 번도 침입과 반란을 겪지 않은 황궁!

그야말로 무소불위 황제의 권력을 보여 주는 듯 거대하면서도 아름답고, 당당했다.

거대하고 높은 황궁의 성문을 넘어서면 초원 한복판에 선 듯 넓은 연무장이 펼쳐졌다. 그 너머로는 다시 야트막한 벽이 있었다. 그 너머에 외궁이 있는 것이다.

내외의 공간이 미로만큼이나 복잡하게 펼쳐진 곳.

절대 무소불위의 권력이 샘솟는 곳.

카이는 마차 안쪽에서 창문을 덮고 있는 커튼을 살짝 들춰 황궁을 바라보았다.

어렸을 때에는 마냥 낯설고, 무섭고, 원망스러운 곳이었다. 아버지를 구하지 못한 곳, 그리고 아버지를 버린 곳······.

지금도 반갑지만은 않았다.

'오늘 황궁은 로인을 선택할 것이다.'

어째서일까.

그런데도 황실을 지켜야 한다는 이 책임감은······.

카이의 얼굴에 쓴웃음이 스쳤다.

'천상 로인의 피로 태어났다는 걸까.'

복잡해진 그의 심사를 안은 채 마차는 황궁으로 자꾸만 향했다.

이윽고 황궁 시종장이 마차 앞에 도착해서 황궁의 문을 열며 외쳤다.

"로인 저택에서의 손님이 황궁에 도착하셨습니다."

'로인 저택에서의 손님이라?'

카이는 불편한 심기를 숨기지 않았다.

황궁이 제아무리 음모와 계략이 횡횡하는 곳이라 해도 숨길 수 없는 단 하나의 사실이 있었다.

인간은 작위에 따라 나뉜다고 하는 것.

'공작이라고 인정하지 않겠다는 거냐!'

카이는 황궁의 속내가 궁금해졌다.

공작 가문의 저택에서 온 사람을 일개 손님으로 취급한다.

무슨 꿍꿍이가 있는 것일까?

카이는 당당한 걸음으로 황궁의 중앙 홀을 지났다.

그곳에서 다시 황제가 기다리고 있는 알현실까지는 꽤 먼 거리를 걸어야 했다. 길은 꽤 복잡했지만 카이는 이따금 시종들을 앞질러 걷기까지 했다.

시종들이 마침내는 종종걸음으로 뛰다시피 그의 옆과 뒤쪽에서 따라왔다.

복도 중간중간은 문으로 막혀서 황실근위대가 지키고 있었다.

그들의 인사를 대충 목례로만 받아넘기고 알현실 문 앞에서 카이는 잠시 멈췄다.

시종장이 숨을 헐떡이면서 그의 옆에 도착했다.

"이곳인가?"

"그, 그렇습니다."

시종장은 경악한 눈으로 카이를 바라보았다.

물론 카이는 황궁이 처음이었다. 그러나 카이에게는 황궁의 단면도가 있었다.

800년 전 황궁을 지은 감독이 로인 공작 가문이니 당연한 일이었다.

카이는 그런 시종장을 힐끗 바라보았다.

"밀테이너 공작도 와 계신가? 다른 공작들께선?"

"다른 분은 계시지 않습니다. 단지……."

"단지?"

시종장은 잠깐 더 망설였다.

'이자는 정말 로인 공작이다.'

황제를 오랜 시간 옆에서 모시면서 온갖 귀족을 보다 보면 그런 생각이 들 때가 있다.

이 사람은 정말 귀족이구나, 하는 생각.

카이를 본 시종장은 지금도 그런 생각이 들었다. 이 사람이 정말 로인 공작이 맞을 거라고. 때문에 그는 쉽게 대답할 수가 없었던 것이다.

"……이프로스 백작께서 와 계십니다. 그리고……."

"그리고?"

카이는 대답을 촉구했다. 그러나 다음 순간 이어진 대답에 그는 놀란 표정을 드러내고 말았다.

"로인 공작께서 와 계십니다."

"……나 말고 다른 로인은 없다."

"……그것이……."

카이의 눈이 사납게 번득이는 통에 시종장은 입을 다물었다.

카이는 입술을 꾹 깨물었다.

'가장 치사한 수를 쓰는군.'

황제도, 밀테이너 백작도 아이가 아니다. 그런데도 이렇게도 뻔한 수법을 동원하겠다는 건 분명했다.

너는 로인 공작이 아니다. 알아서 물러나거나 도망쳐라.

아니면 죽이겠다……라고 하는…….

카이는 시종장에게 가볍게 고개를 끄덕였다.

"안내해 줘서 고맙네."

"별말씀을 다 하십니다. 하면……."

"들어가겠다."

카이는 정면을 노려보았다.

분노한 기색은 어느새 사라졌다.

대신 카이의 두 눈빛은 깊이를 짐작할 수도 없을 정도로 진지하게 빛나고 있었다.

시종장은 조용히 문에 손을 댔다.

"로인 저택의 손님께서 드십니다—."

카이의 앞에서 문이 열렸다.

또 다른 거대한 공간, 대알현실의 확 트인 빛이 두 눈으로 들어왔지만 카이는 눈을 찡그리지 않았다.

화가와 공예가들의 손 아래 기기묘묘한 꽃과 여인들의 모습, 신화 속의 장면으로 장식되어 있는 화려한 공간이 펼쳐졌다.

알현실과 황제가 들어오는 출입구까지의 길 양옆 벽은 유리창으로 들어차 사방에서 빛을 받아들였다. 들어오는 사람에게 황제의 축복을 대신해 제국의 햇빛을 쬐는 것이다.

카이는 한쪽 망토를 가볍게 휘어잡았다. 그리고 당당하게 그 안으로 걸음을 들여놓았다.

그는 황제를 똑바로 바라보았다.

황제가 자신을 바라보면서 언뜻 눈가에 놀람이 스친 걸 알아볼 수 있었다.

'빈궁 공작?'

황제가 그 오명을 떠올렸음을 카이는 알 수 있었다. 그리고 그의 시선이 다른 곳으로 향한 것도.

카이는 황제를 향해 정중하게 두 무릎을 꿇고 두 손을 가슴에 올리고는 허리를 숙였다.

"카이젤 아민 라 로인, 폐하께 봄과 더불어 찾아든 환희를 전하고자 입궁하게 되었습니다. 봄의 새싹이 모두 폐하의 은덕을 찬양하오며, 봄의 햇살이 폐하의 은혜를 세상에 퍼뜨리오니……."

"일어나게나."

인사말의 절반도 채 끝내지 않았는데도 젊은 황제는 카이의 말을 끊었다.

카이는 그 말에 지체 없이 자리에서 일어났다.

그리고는 황제의 오른편으로 향했다. 대대로 로인 공작 가문이 서 있던 자리였다.

그 자리에는 검은머리 사내가 서 있었다. 어딘지 유들거리는 분위기가 풍겼다. 겉으로는 완벽하게 황궁 예절을 갖춘 듯 보였지만,

속으로부터 우러나오는 것이 아니었다.

카이의 눈빛이 싸늘해졌다.

"데리고 온 것이 겨우 이런 사낸가?"

카이가 밀테이너를 돌아보며 말했다.

밀테이너의 표정이 약간 창백해졌다. 그러나 예전처럼 방심했던 상태에서 당한 것과 달랐다. 그는 마음의 준비를 철저히 하고 그 자리에 서 있었다.

게다가 황궁은 그의 것이었다. 카이의 것이 아니라.

"무슨 소리신가?"

"이런 녀석을 데려다가 로인 공작이요, 하고 폐하께 인사시켜 놓는 것이 정당하다고 보는 것인가?"

카이는 사내를 돌아보았다. 그 눈빛이 말하는 것이 너무나 분명해서 사내는 순간 저도 모르게 움찔거렸다.

사내를 인간이 아닌 쓰레기로 보고 있었다. 그러나 사람이 발끈할 여지가 없을 정도로 완벽한 경멸이 깔린 눈초리였다.

"폐하, 이 일로 입궁하라 하신 것은 아니겠지요."

"나에게 중재가 들어왔네, 로인……."

제국의 젊은 황제, 헤첸 4세는 말을 채 맺지 못하고 귀찮다는 듯 손을 흔들었다.

서로가 로인 공작이라 우겨 대니 뭐라 불러야 할지 애매했던 것이었다.

"자네가 로인의 저택을 불법으로 점거한 상태라더군."

"제 집에서 제가 사는 것이 불법 점거라고는 생각지 않습니다만."

"그곳이 정말 자네의 집이라면……이겠지. 어디서 왔는지 모르겠지만 빈 집을 고치고 그 집에 산다고 그 집의 주인이 되는 것은 아니다, 라는 게 여기 있는 밀테이너 공작의 주장일세만. 맞는가, 밀테이너 공작?"

"그렇습니다, 폐하."

밀테이너는 기회다 싶었는지 앞으로 나섰다.

"저자가 어디에서 왔는지 신은 알지 못합니다. 그렇지만 한 가지는 분명합니다. 제국의 5대 공작이라는 작위는 절대 돈으로 메우고 가면을 쓸 수는 없는 자리옵니다. 비록 그동안 로인 공작 가문의 이름이 아쉽게도 오명을 뒤집어쓰기는 했으나……."

밀테이너 공작은 보란 듯이 불쾌한 표정을 짓고 말을 이었다.

"그렇다 해도 공작은 공작. 때문에 이 문제는 조용히 넘길 수 없습니다."

"왜 저 나중에 들어온 자가 공작이 아니라고 확신하는 것이오?"

밀테이너 공작의 얼굴에 슬쩍 미소가 스쳤다.

"몇 개월 전만 해도 로인 공작 가문이 시중에서 어찌 불렸는지 들은 바가 있기 때문입니다. 바로 빈궁 공작이라고 말이지요. 저택을 돈으로 치장해 자신의 것이라 주장하는 것부터가 로인이 아니라는 증거 아니겠습니까?"

카이의 이마에 힘줄이 돋았다. 그는 검으로 손을 가져가고 싶은 것을 애써 꾹 참았다.

중간에는 황제가 앉아 있었다. 밀테이너 공작은 그 뒤에서 미소를 짓고 있었고.

카이는 전력을 다해 몸의 기운을 억눌러야만 했다.

"제가 그렇게 불린 건 사실입니다, 폐하."

카이의 뒤에 서 있던 사내가 나름 정중한 목소리로 말했다.

"빈궁 공작이었지요."

사내는 정중하게 말했다.

다음 순간, 공기가 서걱 하고 갈리는 소리가 분명하게 알현실에 울려 퍼졌다.

너무나 빠르게 검이 공기를 가르고 지나면서 그 가른 사이에서 검명이 길게 끌리며 마치 공기가 잘리는 듯한 소리가 난 것이었다.

카이가 검을 뽑는 것은 심지어 벨하임조차 볼 수가 없었다.

그 방 안의 그 누구도 순간 입을 열 수가 없었다.

사내들은 그 넓은 공간이 마치 한 뼘도 되지 않는 상자처럼 비좁게만 느껴졌다.

카이의 살기가 극한에 달한 것이었다.

카이의 검은 사내의 목을 정확하게 겨누고 있었다.

가장 먼저 정신을 차린 것은 밀테이너 공작이었다. 그의 얼굴에는 두려움과 놀람이 떠올랐다.

동시에 그는 쾌재를 부르고 싶은 것을 억지로 누르고 있었다.

'걸렸다!

어느 쪽이 로인인지는 분명하다.

그리고 둘 다 죽어야 한다는 것도 분명했다.

"이 무슨 짓이냐! 감히 폐하 앞에서 검을 꺼내다니!"

카이는 밀테이너를 돌아보지 않았다.

"……너는 꺼내지 말았어야 하는 말을 꺼냈다."

카이의 목소리는 너무나 사무적이었다.

그 목소리를 듣는 순간 사내는 자신이 죽을 것임을 직감하고는 있는 힘껏 외치기 시작했다.

살기 위한 발버둥이었다.

"무, 무슨 짓이냐! 밀테이너 공작님, 이자를 말려 주십시오! 폐, 폐하!"

황제 역시 놀란 것은 마찬가지였다.

카이는 눈앞의 사내를 무표정하게 바라보았다.

"너는 공작을 모욕했다."

그리고 카이는 검을 비스듬하게 내리그었다.

너무나 정확하게 사내의 목을 스치고, 이어 가슴 한복판을 가르고 지나갔다. 검 끝에 걸리는 소리 하나 들리지 않았다.

넓은 알현실에 시체가 가득 들어찬 듯 한동안 아무도 입을 열지 못했다. 사내의 몸에서 피가 울컥거리면서 솟아나는 소리가 들릴 정도였다.

"대, 대체 무슨 짓이냐!"

밀테이너 공작이 외쳤다.

카이는 황제를 향해 정중하게 허리를 굽혔다.

"방금 귀족 모욕죄를 저지른 자를 처단하였습니다. 흉한 꼴을 보여 드려 황송할 따름입니다."

"로, 로인……. 이 일은……."

황제는 피를 보고는 오히려 흥분한 듯 옥좌 손잡이를 꽉 움켜쥐었다.

헤첸 4세는 가슴을 파르르 떨면서 말을 잇지 못했다.

밀테이너 공작은 방금 본 광오하면서도 말로 형용할 수 없는 카이의 무위에 심장이 다 떨릴 지경이었다.

'……있을 수 없는 일이다!

있어서도 안 되는 일이었다.

로인 공작 가문에 전해지는 무위라는 것…….

'인간의 것이 아니다!

카이는 검을 가볍게 털어 황궁의 알현실 위에 핏방울을 떨어뜨렸다. 그리고 그는 문가로 시선을 돌렸다.

"게 누구 없느냐!'

힘차게 외치는 소리가 들리자, 바로 시종장이 들어섰다.

그는 바닥에 쓰러진 시체를 보고도 그렇게 놀라지 않았다. 어쩌면 카이가 들어서던 순간부터 짐작한 것이었다.

"이것을 내성문 밖에 내걸어라."

카이의 명령에는 놀랐지만.

"옛……?'

카이는 헤첸 4세를 바라보았다.

"저를 모욕한 죄를 제국에 널리 알려 경계로 삼을까 합니다, 폐하. 괜찮겠사옵니까?"

"그, 그렇게 하도록 하게나."

헤첸 4세는 똑바로 앉은 채 카이를 바라보았다. 카이는 시종장을 돌아보았다.

"들은 대로 행하라."

"알겠사옵니다. 하오면……."

시종들이 들어와서 시체를 끌고 나가는 동안 아무도 입을 열지 않았다.

"또 다른 사람을 준비할 시간을 드릴까?"

카이가 밀테이너를 돌아보며 비아냥거렸다.

밀테이너 공작의 얼굴은 창백해지긴 했지만 전처럼 발끈하지는 않았다.

"그 검술에서는 특별히 로인 공작의 것이라 보이는 게 느껴지지 않는데. 힘으로 폐하와 나를 압박할 셈이냐?"

그러나 밀테이너 공작의 말은 통하지 않았다.

오히려 헤첸 4세는 호기심만 갖게 되었다.

"로인의 검술? 그게 무엇인가?"

"폐하! 저자는 폐하 앞에서 피를 보게 하였습니다. 이 일을 엄중히 살피셔야……."

"하오나 폐하, 초대 황제께서는 항상 전장 한가운데에서 식사를 하시고 영웅들과 더불어 검을 들고 노래를 부르며 전장을 누비셨다 하옵지요. 비록 제가 폐하 앞에 불결한 자의 피를 보여 드리는 누를 범했다고는 하오나, 대신 폐하 앞에 다른 영광을 돌려 그로 용서를 빌까 하옵니다!'

카이의 말에 헤첸 4세는 흥미가 완전히 동한 표정이었다.

밀테이너 공작은 입술만 질끈 씹으며 뒤로 한 발 물러났다.

"무엇인가?"

"제국에 또 다른 소드마스터가 태어났으니, 어찌 폐하의 홍복이라 말하지 않을 수가 있겠습니까? 저희 가신으로, 새로운 검의 경지를 보이게 된 자로 이렇게 폐하께 인사를 드리게 되어 한없이 기쁜 영광이옵니다."

"소드마스터?"

"소드마스터라니!"

헤첸 4세의 눈이 커지고 이어 밀테이너까지 그들의 대화에 함부로 끼어들었다.

'그들 가문의 가신은 대대로 소드마스터였지요. 암흑 공작이라 일컬어지던 자가 영지로 내쫓기 전까지, 단 한 사람도 예외가 없었습니다.'

이프로스 백작의 말이 떠오르면서, 밀테이너 공작은 정신이 아득해지는 것 같았다.

"아무리 봐도 30살 정도밖에 안 되었는데, 소드마스터가 되었다는 건가? 맙소사……!"

벨하임은 헤첸 4세의 말에 웃어야 할지 울어야 할지 모를 표정을 짓고 말았다.

'전 아직 팔팔한 20대이옵니다……!'

절규는 속으로만.

"화, 황공하옵니다."

"폐하의 홍복이지요."

"허허, 거참……. 이거 참을 수가 없군! 당장 내가 마련한 수련장으로 자리를 옮기세나."

"예?"

"자네의 검 실력, 직접 보겠다. 시종장을 불러라! 자리를 마련해!"

"폐하, 그보다 저에게 좋은 생각이 있습니다만."

"음, 뭔가, 로인 공작?"

헤첸 4세에게서 자연스럽게 흘러나온 호칭에 카이는 밀테이너 공작을 바라보았다.

밀테이너 공작은 걷잡을 수 없는 패배감에 몸을 부들부들 떨고 있었다.

"저를 모욕한 자들에 대한 처벌이 채 끝나지 않았으니, 여흥 삼아 저에게 처벌권을 넘겨주실 수는 없겠는지요?"

"허? 그렇지만 제국 황제의 법령으로 제국 공작에 대해서는……"

"그렇지요. 하지만 결투는 허락되지 않습니까?"

"결투!"

헤첸 4세가 외쳤다.

20대 후반에 접어든 그였다.

남자로서는 가장 팔팔한 나이인 데다가 혈통인지 권력 위에 살아온 버릇 때문인지 그는 사나이다운 호기를 가장 좋아했다.

그가 한 여름에도 도성을 떠나지 않고 체스터 백작과 뙤약볕 아래에서 검 수련을 즐기는 일 등은 제국 내에서도 유명한 이야기였다.

"공작끼리 결투라도 하겠다는 건가? 하하하하! 그만두게나, 로인 공작!"

"저도 나이 드신 밀테이너 공작을 상대로 겨룰 생각은 없습니다. 그렇지만……."

카이의 말을 끊고 제삼자의 목소리가 끼어들었다.

"설마 밀테이너 공작이 무슨 다른 생각이 있어서 그랬겠습니까. 아무래도 공작의 자리다 보니 신중을 기하다 저런 사기꾼에게 걸렸을 뿐이지요."

옥좌의 뒤쪽 출구에서 이프로스 백작이 천천히 걸어 나왔다.

"국법에 따라 처벌을 내렸어야 했는데, 조금은 아쉽군요."

"그대는……?"

카이는 침착하게 물었다.

"아세 라민 이프로스 백작입니다. 유명하신 로인 공작을 뵙게 되어 실로 영광일 따름입니다."

카이는 찬찬히 이프로스를 흝어보았다.

언뜻 무례해 보이는 행동이었지만 이프로스는 살짝 눈을 내리깔아 시선을 피한 채 그의 관찰이 끝나길 기다렸다.

이프로스 백작은 윤기가 흐르는 검은머리를 커튼처럼 어깨 위로 늘어뜨린 채였다. 그 가운데 창백한 얼굴 한가운데에서 오똑한 콧날 아래로 붉은 입술이 기묘한 느낌을 자아냈다.

마침내 카이는 고개를 끄덕이며 말했다.

"그런가. 이 일을 주도한 사람이 자넨가?"

카이의 말에 밀테이너 공작의 얼굴이 벌겋게 달아올랐다.

'대체…… 어떻게 된 거냐?'

마치 모든 것을 알고 있는 듯하지 않은가.

오늘 아침에 갓 도성에 들어온 사람이라고는 믿겨지지 않을 정도였다.

그것이 단지 짐작에서 비롯된 행동인지, 아니면 정말 모든 걸 알고 있는지 알 수가 없었다.

"무슨 일 말씀이신지요?"

카이는 그 말에 빙그레 웃기만 했다.

'서로가 잘 아는 일을 갖고 뭐 그렇게 왈가왈부하려는 건가?'

카이와 이프로스의 시선이 한동안 허공에서 마주쳤다.

"……황송합니다."

"폐하, 그것보다는 이제 여흥을 즐기셔야 하지 않겠습니까. 이 모든 지저분한 일에 대한 대가로 말입니다."

카이는 이프로스의 사과에 고개를 끄덕이고는 헤첸 4세를 향해 몸을 돌렸다.

"어떤 것을 하자는 말인가? 여흥이라는 건지, 지금 이 일을 정리하자는 건지 모르겠군."

"소드마스터 간의 대결을 원합니다, 폐하."

카이는 즐거운 목소리로 말했다.

"뭣이!"

"체스터 백작이라면 지금 도성에 있지 않습니까. 밀테이너 공작이 자의로든 타의로든 로인 공작의 명예를 더럽히는 데 동참한 것은 명백한 사실."

카이는 그렇게 말하며 밀테이너 공작을 노려보았다.

"그의 수하인 체스터 백작이라면, 이 젊은 소드마스터의 실력을 선보이기에 적당한 상대가 아니겠습니까?"

"오호, 과연……."

"폐하! 그런…… 그런……!"

"소드마스터 간의 대결이라는 건가!"

제국에는 여섯 명, 왕국 연합에는 다섯 명의 소드마스터가 있다.

그러나 그들 간에 서로 대결이 벌어진 역사는 일찍이 단 한 번도 없었다.

헤첸 4세가 아무리 호기에 넘친다고 해도 단지 소드마스터 간의 대결을 보기 위해 전쟁을 벌일 정도로 무모하지는 않았다.

그러나 검을 다루는, 검을 존중한다는 사내라면 그 누가 단 한 번쯤이라도 생각해 보지 않을 수가 있을까!

소드마스터, 검의 극을 깨달은 자!

카이가 방글 웃으면서 말했다.

"누구의 깨달음이 더 검의 극에 가까운가, 혹은 누구의 마나가 좀 더 다듬어진 것인지. 호사가들이라면 대결의 결과가 궁금할 것이고, 대장부라면 대결을 본다는 것만으로도 영광이지 않겠습니까?"

"그, 그렇지! 맙소사, 이건 보통 일이 아니로군."

"폐하, 폐하! 잠시만 기다려 주십시오!"

밀테이너 공작은 황제의 흥을 깨고 싶지는 않았다. 하지만 지금의 일은 이대로 두고 볼 수가 없었다.

'저 녀석 페이스에 끌려 다닐 수는 없어!'

황제가 오늘따라 더더욱 한심해 보였다. 어떻게 순식간에 카이의 말에 저렇게 넘어갈 수가 있는 것일까.

"소드마스터 간의 대결이라니, 전무후무한 일입니다! 그들의 검은 신의 은총을 받은 것. 어떻게……."

"공작의 작위 역시 신의 권위를 힘입은 황제 폐하의 은덕으로 마련된 자리, 그것을 희롱하는 것만 하겠소이까?"

"말 돌리지 마라! 소드마스터 간의 검 결투는, 설령 그것이 목검으로 하는 것이라 해도 한 사람은……."

"제 부하에게는 살살 다루라 하지요."

카이는 다시 밀테이너의 말을 가로막았다.

벌써 세 번째.

밀테이너의 이마에 힘줄이 돋았다.

"예법이라곤 듣지도 못했는가, 로인 공작!"

"……!'

'됐다!'

카이의 얼굴에 미소가 스쳤다. 그리고 밀테이너 공작은 저도 모르게 튀어나온 말에 입술을 깨물었다.

밀테이너 공작이 자신의 말에 가장 많이 놀라고 있었다. 재빨리 입술을 깨물었지만 이미 튀어나온 말을 주워 담을 수는 없었다. 헤첸 4세는 이미 카이 쪽으로 마음이 기울었다. 그런데도 명확히 태도를 취하지 않는 이유는 간단했다.

현 상황이 그에게는 유희에 불과했던 것이다. 5대 공작이 누가 되고 가문이 망한다 해도 상관없었다.

귀족 가문의 흥망성세를 하루 이틀 보아 온 것도 아니었다.

최근 5년 사이에 일곱 귀족집안이 빚을 지거나 망해서 도성을 떠났다. 알게 모르게 영지를 판 가문도 많다는 소문이 있었다.

그러나 제국은 건재하다.

동방제국의 사신이 다녀 간 것이 2년 전이었다.

왕국이 연합하는 기미가 있긴 하지만, 그녀들이 연합해도 전쟁이 벌어질 일은 없었다.

로인 공작?

밀테이너 공작?

그들은 지금 자신의 아래에서 서로를 놓고 싸우는 개에 불과했다. 로인 공작은 재미있는 재주까지 피우는 개였다.

"밀테이너 공작, 오늘 벌어진 일에 대해서는 책임을 묻지 않을 수가 없을 것 같군."

헤첸 4세의 말에 밀테이너는 입을 다물었다.

심장이 막막해지면서 이제껏 누리던 것이 마치 물거품처럼 사라지는 기분이었다.

견딜 수 없는 허무함, 그것이 난생처음으로 맛본 패배감이라는 것을 밀테이너는 깨달았다.

로인이 되돌아오자마자 밀테이너 가문은 아무것도 아니라는 듯 무너지는 것 같았다. 웃지도 못한 채, 아무 표정도 지을 수가 없었다. 밀테이너 공작은 멍하니 허공을 바라보며 서 있었다.

카이가 보고 싶던 그런 표정이었다.

카이는 알 수 있었다. 그가 지금 맛보고 있는 상실감이 얼마나 클지……. 가장 막강한 권력에서 단 한 번도 어긋남이 없었으리라. 그러나 그 한발 물러난 것으로도 그는 초조해질 터였다. 이제부터는 어디까지 미끄러질지 모를 테니까.

그러나 밀테이너는 알고 있을까.

'그것이 너희가 우리에게 저지른 짓이다.'

그는 알아야만 했다. 단지 오늘의 이 일은 전초전에 불과하다는 것을…….

'천 배, 만 배로 되돌려 주마.'

카이의 눈빛이 서늘하게 빛났다.

카이는 황제에게 가볍게 고개를 숙이며 말했다.

"밀테이너 공작께서 내켜 하지 않으신다 해도…… 체스터 백작을 불러 직접 그의 의사를 물으심은 어떻겠습니까, 폐하? 모든 제국의 사람은 폐하의 신하이오니, 지금 이 자리에서 밀테이너 공작께 여쭐 이유는 없으리라 사료되옵니다."

"그렇군! 체스터 백작을 당장 불러라! 아니, 내궁의 수련장으로 그를 불러들여라! 로인 공작, 우선은 자리를 옮기거나. 자리를 마련하라, 어서!"

밖의 시종장들이 황제의 명을 받들어 바쁘게 움직이기 시작했다.

헤첸 4세는 흥분하며 자리에서 일어났다.

그들은 황제의 뒤를 따라 일제히 수련장으로 자리를 옮기기 시작했다.

벨하임은 뒤에 슬쩍 처진 채로 카이의 눈치를 살폈다.

"주, 주공."

"사람이란 얼마나 어리석은 존재인 걸까."

"에, 예……?"

카이의 뜬금없는 말에 벨하임은 고개만 갸웃거렸다.

"네 스승이라고 부르지 말아라. 10년 전, 내 아버지이고 너를 생각한 단 한 명의 영주를 죽이는 데 일조한 자다. 너에게 숨겨진 로인의 비밀을 캐내기 위해 거둔 것에 불과하다. 정말 그가 네 스승이라면 네 핏줄에 잠들어 있는 모든 힘을 다 이끌어내서 진즉에 너를 소드마스터로 키워 냈을 것이다. 진작 너를 키워서 로인 공작 가문에 되돌려 주었을 것이다."

"아, 아닙니다. 그런 게 아닌데……."

벨하임은 거친 그의 수련을 떠올리며 고개를 흔들었다.

체스터 백작은 천상 무인이었다.

체스터의 아들이 태어났을 때 벨하임은 정말 신기했다. 평범한 가족을 어떻게 가진 건지 상상할 수가 없었다.

항상 침착하고, 항상 차가운 사내였다. 주인인 밀테이너의 명령이라면 혼자서 황궁으로 달려들 것 같은 불꽃은 가슴속에서만 태우는 그런 사내였다.

"저는…… 그 사람을 이길 수 없을지도 모릅니다만."

그의 검이 얼마나 정제된 것인지 벨하임은 잘 알고 있었다.

카이는 그 말에 잠시 걸음을 멈췄다.

길고 어두운 복도 저 끝으로 황제의 수련장이 보였다. 외궁과 내궁 사이의 해자를 끼고 있는 넓은 잔디밭이었지만 그곳에서는 벌써 시종들이 바쁘게 움직이며 의자와 파라솔을 준비해 놓고 있었다.

카이는 벨하임의 어깨를 꾹 붙들었다.

"왜 싸우기도 전에 꼬리를 내리는 거냐?"

카이의 진지한 질문에 벨하임은 말을 잠시 더듬었다.

"하, 하지만…… 그 사람은 내 스승이라고요."

"내 아버지께서 널 그 사람에게 데려다 주려던 중에 밀테이너의 마차에 치여 죽었다는 건 알고 하는 이야기더냐?"

카이는 가만히 물었다. 그 감정 없는 목소리가 더 마음을 찔러 댔다.

'알다마다요, 주공……. 너무 잘 알고 있습니다.'

로인 공작이 죽는 것을 보고, 모든 것을 잃은 카이를 보았던 자신이었다.

'소드마스터가 되어 돌아올게.'

어린 카이 앞에 그렇게 당당하게 외치지 않았던가.

'반드시 강해져서 널 로인으로 끌고 갈 테니까 기다려.'

그렇게 호기롭게 외치지 않았던가.

결국 카이가 자신을 끌고 로인으로 되돌아갔지만. 결국 카이가 자신에게 소드마스터의 힘을 주었지만.

그러나 체스터 백작은 항상 그가 닿고자 하는 목표였다. 단 한 번도 이겨 보지 못한 무인이었다. 그의 검은······.

'할 수 없어.'

지금 승부를 벌여 그에게 다시 패배를 당하고 싶지 않았다.

벨하임은 그래서 카이를 똑바로 쳐다볼 수가 없었다.

"압니다, 주공······. 하지만······."

"하지만?"

"그 사람은 그 나름대로 최선을 다했던 것 같습니다. 제 앞에서는····· 그 사람은 항상 무인이니까요."

카이는 한동안 말이 없었다.

시종장이 다가섰다.

"폐하께오서 기다리십니다, 로인 공작님. 수련장으로······."

"잠시만."

시종장이 복도 끝으로 사라진 후였다.

카이는 갑자기 벨하임의 등을 세게 두들겼다. 벨하임은 쿨럭이며 가볍게 비틀거렸다.

"그러니 가서 너도 무인이라는 것을 보여 주란 말이다."

카이는 그렇게 말했다.

"그 말대로다, 아리준."

뒤에서 들린 목소리에 벨하임은 화들짝 놀라 그를 바라보았다.

체스터 백작이 무장을 한 채 그를 향해 걸어오고 있었다.

저벅거리는 걸음은 한 치의 흔들림 없이 지난 10년 동안 익숙하게 들어 온 것이었다. 마치 그의 주변으로만 무거운 분위기가 깔린 듯했다.

체스터 백작은 카이의 앞에 잠시 멈춰 섰다. 그리고는 그의 얼굴을 가만히 바라보다가 천천히 고개를 수그렸다.

"오랜만에 뵙습니다, 로인 공작님. 제 어리석은 제자 녀석이 뛰쳐나가 신세를 졌다고 들었습니다만."

"뛰, 뛰쳐나가다니! 난……."

카이는 벨하임이 변명조로 외치는 것을 한 손을 들어 막고는 체스터에게 가볍게 인사했다.

"이쪽이야말로 철없는 가신을 두어 폐를 끼쳤습니다. 오늘은 황제 폐하 앞에서 마음껏 제자의 실력을 보시지요."

"제 검은 언제나 전력을 다합니다. 그럼 먼저 실례를."

체스터 백작은 벨하임을 잠시 보고는 먼저 복도 끝으로 빠져나갔다.

벨하임은 고개를 흔들었다.

"제길. 망할 영감, 힘은 여전하군."

"두려운 건가, 저 사내가."

"……진다고 뭐라 마십쇼."

벨하임은 검을 움켜잡았다.

"저 사람은 어디까지나 내 스승이니까."

"그래."

카이는 가볍게 웃으며 그의 등을 떠밀었다.

"가서 싸우기나 해라, 바보 호위기사야."

"……쳇."

'나중에는 죽여야 할지도 모르니…… 첫 승부 정도는 봐줘도 괜찮겠지.'

카이는 살짝 눈을 빛냈다.

수련장에는 화려한 천막이 쳐져 있었다.

혜첸 4세는 카이와 벨하임을 보고는 흥분한 표정으로 그 아래에서 손을 흔들어 댔다.

"로인 공작! 이리 오게나!"

벨하임은 잔디밭 한가운데를 보고는 결연한 표정으로 검을 움켜잡았다.

체스터 백작은 벌써 망토를 풀고는 가볍게 몸을 풀고 있었다.

카이는 황제의 옆에 마련된 의자에 앉았다.

"정말이지 기대가 크네. 소드마스터 간의 대결이라니!"

헤첸 4세는 그러면서 안절부절못했다. 얼른 시작되기를 기다리는 눈치였다.

밀테이너는 입술을 꾹 다문 채로 두 사람을 바라보았다.

체스터 백작은 무표정한 얼굴로 자신의 주인인 그를 바라보았다.

황제의 명령을 받들어야 하기에 결투는 피할 수 없었다.

그러나 뒤이어 은밀히 내려진 밀테이너 공작의 명령은 어떻게든 피하고 싶었다.

'죽여 버려라!'

'그만큼, 그만큼 저 아까운 녀석을 10년이나 보아왔는데도 모르시는 겁니까.'

그렇게 묻고 싶었다.

체스터 백작은 자신의 손을 가만히 내려다보았다.

자신에게 왔을 때, 벨하임은 이미 소드익스퍼트 중급이었다. 죽을 힘을 다해 사막을 헤쳐 나오고 몬스터를 죽이면서 몸으로 검의 길을 체득한 것이었다.

그때 나이 겨우 열다섯이었다.

그런 제자가 이제는 소드마스터가 되어 자신의 앞에 서 있었다. 비록 자신의 가르침으로 이끌어낸 것은 아니지만, 그래도 가슴이 뿌듯했다.

체스터는 벨하임에게로 시선을 돌렸다.

벨하임은 불안한 듯 입술을 불끈거리면서, 괜히 앉았다 일어나면서 무릎을 풀고 있었다. 어깨에 힘이 잔뜩 들어간 것이 보일 정도였다.

체스터의 입가에 살짝 미소가 스쳤다. 아주 딱딱한 얼굴에 언뜻 스친 것이라서 그것을 알아본 사람은 거의 없었다.

카이를 빼곤.

'제자의 성장이 기쁘시겠지요.'

카이는 체스터 백작을 가만히 바라보다가 시종장이 들고 온 잔을 허공에 들어 올렸다.

"폐하, 오늘의 이 역사적인 결투에 건배를 올리고 싶습니다."

시종장이 황제와 밀테이너 공작, 그리고 이프로스 백작에게까지 고루 잔을 돌렸다.

체스터 백작은 벨하임과 마주 섰다.

두 사람 사이에는 약 5미터가량의 거리가 있었지만, 마치 검 끝이 당장 마주 닿은 듯한 긴장감이 맴돌았다.

카이의 입가에도 미소가 떠올랐다.

"새로운 소드마스터의 탄생과 이 역사적 결투에 증인이 된 것을 신과 제국의 이름 앞에 경배를 바치며……!'

헤첸 4세와 카이의 잔이 가볍게 허공에서 맞닿았다. 챙 하는 맑은 소리와 함께 카이는 속으로 중얼거렸다.

'시작.'

두 사제가 동시에 검을 뽑아 서로를 겨누었다.

SWORD OF DRAGONLOAD

제5장

용쟁호투(龍爭虎鬪)

후둑―. 숨이 무겁게 가라앉았다.

마침내는 자신이 숨을 쉬고 있다는 것조차 까맣게 잊어버렸다.

느껴지는 감각이라곤 오직 손에 들고 있는 검 하나뿐.

그것이 그가 배운 것.

검에 자신의 손이 녹아 들어가는 느낌이 들었다. 눈앞의 스승도 보이지 않고, 단지 검의 날카로운 끝에 자신의 정신이 올라선 느낌이었다.

'검이여, 검이여. 한 줄기의 물줄기로 변하여 나를 넓은 바다로 끌고 가는구나.'

그리고 벨하임은 눈을 들었다.

"대단하다! 대단해!'

그 말 외에는 할 수 없었다.

그것을 지켜보는 사람들이 모두 눈을 동그랗게 떴다.

황제의 앞이라는 것도 잊었는지, 호위기사들이 우르르 몰려와 헤쳰 4세의 천막 뒤쪽에 섰다.

두 소드마스터의 대결……!

둘의 몸 근처로는 바람이 소용돌이치고 있었다.

상대를 바라보면서도 무심한 눈으로 정신을 집중하면서 마나를 흘려보내는 중인 것이다.

밀테이너는 등이 벌써 땀으로 축축했다.

'지면…… 안 된다!'

카이는 손가락 하나 꿈쩍하지 않은 채 여유 있는 표정으로 둘을 바라보고 있었다.

누가 먼저 다가설까.

보는 사람들은 심장을 두근거리며 그들을 주시했다. 그들의 손가락 행동 하나까지 놓칠까 신중했다.

벨하임의 몸에서 솟구쳐 흐르는 기운은 활활 타오르는 듯 붉은색이었다. 그 기운이 천천히 검을 감싸고 올랐다.

투명하면서도 붉은색이 감도는 맑은 기운이었다. 순수한 기운을 보면서 체스터 백작은 가볍게 고개를 끄덕였다.

'너는 겨우 그 정도냐' 라고 말하는 듯해서, 벨하임은 가볍게 발끈했다.

"시작하죠, 영감!"

"그럴까."

체스터 백작이 비로소 검을 바로 앞으로 내밀었다. 그의 검에도 천천히 검강이 생겼다.

묵직한 은빛이라 언뜻 검과는 구분이 가지 않았지만 허공에 쉴 새 없이 검명을 울리면서 검강이 있다고 외치는 듯했다.

벨하임은 씩 웃었다.

'여전하군.'

어디 하나의 빈틈도 없어 보이는 든든한 자세. 태산과 바위처럼 묵직하게 자신을 바라보는 그가 항상 넘기 힘든 존재 같아서 얼마나 눈물을 참아 왔던가.

그러나 동시에 그와 나란히 검을 맞대고 싶다고 얼마나 바랐던가.

이기고 싶다고 바락거리던 날들이 떠올라서, 그는 다시 씩 웃었다.

"갑니다아아앗!"

벨하임이 먼저 앞으로 달려 나갔다.

오른발을 힘차게 디딘 순간, 땅이 깊게 파였다. 그리고 위로 뛰어올라 힘차게 검을 앞으로 내밀었다.

역동적이면서도 힘찬 그의 검, 주변에서 공기가 힘차게 검 끝을 따라 회오리를 치면서 주변의 잔디를 휩쓸었다.

체스터 백작은 살짝 한 발을 내밀고는 벨하임의 검을 막아섰다.

쿠쿠웅─! 순간 묵직한 충격음이 무거운 종소리처럼 주변으로 퍼져 나갔다.

"큭!"

주변 사람들은 순간 자신들의 온몸을 울리는 기운에 깜짝 놀랐다.

단지 검을 한 번 맞댔을 뿐인데도 충격음에 심장이 마구 떨려 와서 몸을 가누기가 힘들 정도였다.

밀테이너도 입술을 악문 채 그 새로운 결투의 경지에 잠시 정신을 차릴 수가 없었다. 그러다가 문득 놀라선 외쳤다.

"폐, 폐하는?"

"음?"

헤첸 4세는 주변을 보면서 되물었다.

"왜들 그러는가?"

"폐, 폐하. 괜찮으십니까? 어서 결투를 중지시키시는 것이……."

"무슨 일이 있다고 그러는가?"

"저들이 지금 마나의 충격에 흔들리고 있어 그렇사옵니다, 폐하."

카이가 대꾸했다.

밀테이너는 그의 안색이 멀쩡한 것을 보고 놀랐다. 게다가 황제의 앞쪽에서 희미하게 퍼지는 기운을 볼 수 있었다. 그가 그 충격을 막아 주고 있었다는 이야기.

밀테이너가 구석으로 물러나는 것을 보며 카이는 시선을 다시 돌렸다.

벨하임은 힘을 겨루듯 계속 검으로 밀어붙이다가 먼저 검을 슬쩍 떼어 냈다.

체스터 백작은 과연 소드마스터이자 내궁을 지키는 사내다웠다.

맞서던 힘이 갑자기 사라졌는데도 불구하고 균형을 잃지 않고 바로 다음 공격으로 이어졌다.

벨하임 역시 공격으로 이어졌기에 둘은 다시 검을 맞댈 수밖에 없었다.

서로 반대 방향으로 휙 돌면서 검이 마주치자 둘은 바로 뒤로 한 발씩 크게 물러났다.

이어지는 연속 공격!

벨하임의 눈에는 아무런 사심도 깃들지 않았지만 얼굴빛이 점차 상기되기 시작했다.

'스승을! 스승님을!'

이제는 볼 수가 있었다. 검과 검 사이의 간격, 그리고 그의 호흡!

그의 호흡을 따라잡을 수가 있었고 심지어 그 호흡을 깰 수가 있었다!

쉿─. 이제는 여기를 공격할 것이다. 그 사이로 벨하임은 자신의 검을 내밀어 막으면서 그를 향해 휘둘렀다.

방어와 공격은 한순간의 차이에 지나지 않았다.

이어지는 공격에 체스터 백작은 약간 흠칫하고 놀랐지만, 침착하게 뒤로 물러났다.

쉬잇─. 뒤로 물러나려는 호흡은 약간 작으면서 길었다.

벨하임은 그 호흡을 따라 반사적으로 그를 따라 공격하면서 연속적으로 검을 휘둘렀다.

"큭! 빠, 빨라! 빠르다!"

"볼 수가 없어!"

기사들이 수군거렸다. 그들은 연달아 퍼부어지는 마나의 진동에 자신들을 보호하랴, 어떻게 해서든 검이 휘둘러지는 것을 보려고 하랴, 그렇게 정신이 없었다.

밀테이너는 그야말로 일생일대 최악의 날이었다. 움직임이 어떻게 되고 검이 어떻게 되는지는 상관없었다.

그가 알 수 있는 것은 하나, 체스터가 밀리고 있다는 사실!

벨하임은 검을 휘두르면서도 다른 생각이 자꾸만 떠올랐다.

마음속에 또 다른 자신이 나타나서는 이 현실에 울고 웃고 있었다.

'내가 스승님을!'

그러나 그의 귀에는 분명하게 체스터의 호흡이 들렸고, 시야에는 그의 발과 손이 어떻게 움직이는지 훤히 보였다.

'이곳이 전장이라면?'

그의 목을 벨 수 있는 틈이 자꾸만 보여서 미칠 지경이었다.

'스승님!'

대체 무엇을 한 것일까.

일부러 보란 듯이 크게 휘둘렀다. 그의 가슴 정면을 1밀리미터 정도만 남기고 스치게 한 후, 벨하임은 검을 멈췄다.

체스터는 숨이 약간 거칠어진 상태였다.

"봐주는 겁니까!"

벨하임이 바락 외치자 체스터는 무표정하게 그를 바라보았다.

"그렇게 생각하는 거냐?"

"안 그렇고서는……!"

벨하임이 그렇게 외치는 순간, 마치 화살처럼 체스터가 앞으로 달려 나왔다.

한 발 뛰어올랐을 뿐인데, 긴 거리를 도약해 순식간에 벨하임의 앞으로 달려든 것이었다.

"치사해! 영감!"

벨하임은 그렇게 바락 외치고는 검을 휘둘렀다.

자신의 전력을 다한 오러가 실린 검이 허공에서 체스터의 검을 막은 순간,

채캉……!

커다란 얼음산이 순식간에 무너져 내리는 듯 맑은 소리가 주변에 울려 퍼졌다.

사람들이 귀를 막으면서도 허공에서 날아가는 검 끝을 보고는 입을 다물 줄을 몰랐다.

아직도 오러가 채 사라지지 않은 검이 허공을 마치 독수리와 같이 날아가는 그 모양은 충분히 경악스러웠다.

오러가 실린 검! 드래곤의 비늘로만 막을 수 있다고 들었다! 미스릴 검으로도 제대로 막을 수 없다는 그 최강의 검! 누구나 꿈꾼다는 그 경지!

체스터 백작의 오러가 실린 검이 부러진 것이었다.

그들이 놀라 움직이지 못하는 사이, 부러진 검이 황제가 앉아 있는 쪽을 향해 빠르게 날아들었다.

암기보다 더 빠르고, 강력하지 않은가!

"어엇!"

멍하니 있던 헤첸 4세도 눈앞으로 날아드는 검을 보고는 크게 놀라 외쳤다.

"어, 어엇!"

벨하임이 날아가는 검 끝을 보고는 달려왔지만 이미 늦었다.

날아든 검이 황제의 바로 코끝에 이르렀다.

오러의 차가운 기운이 확 느껴질 정도의 거리!

순간!

가만히 앉아 있던 카이가 번개처럼 움직였다.

퍽!

살에 깊숙이 꽂히는 소리가 들렸다. 일제히 눈을 감았던 사내들은 그 소리를 들으며 심장이 가라앉는 듯싶었다.

아무도 눈을 뜨고 황제의 무사를 확인할 엄두를 내지 못하던 때, 부드러우면서도 침착한 목소리가 말했다.

"폐하, 괜찮으십니까."

"으, 으......"

헤첸 4세는 말도 못 이은 채로 고개만 끄덕거렸다. 그것도 간신히.

이어 줄줄 물 새는 소리가 미약하게 들렸다. 황제의 바지가 젖기 시작한 것을 눈치 챈 사람은 카이뿐이었다.

그의 입가에 짧은 미소가 스쳤지만 알아본 사람은 없었다.

카이는 재빨리 자신의 망토를 풀어 그의 어깨와 온몸을 감쌌다.

"많이 놀라셨습니다. 시종장! 폐하를 모시게!"

헤첸 4세는 마침내 심장을 가라앉혔다. 그리고는 얼른 위엄을 되찾으려 노력하면서 카이를 바라보았다.

"소, 손은……."

카이는 손을 바라보았다.

날아드는 검을 단번에 잡아냈지만, 오러가 실린 검이라 역시 쉽지 않았다. 그의 손가락과 손바닥에 검이 스치면서 큰 상처가 났다.

그러나 오러가 실린 검을 잡아 낸 것은 물론, 잡고도 손이 날아가지 않은 것만으로도 놀라웠다.

카이는 미소 지었다.

"염려해 주신 덕분에 전혀 아프지 않사옵니다, 폐하."

"그, 그런……."

주변 사람들도 모두 똑똑히 지켜보았다.

카이가 부러진 검 끝을 들고, 손에서는 피를 뚝뚝 흘리면서 황제의 앞을 지켜 냈다는 것을.

"폐, 폐하! 황송합니다!"

벨하임이 먼저 그 앞으로 달려왔다. 그는 단박에 고개를 수그린 채 황제 앞에 엎드렸다.

뒤이어 체스터 백작이 창백해진 얼굴로 다가와 엎드렸다.

황제는 그 둘을 번갈아 바라보다가, 이윽고 자신이 바지에 실례한 것을 깨닫고는 헛기침을 했다.

"이, 일은 결투 중에 일어난 일이므로 차후 책임은 묻지 않겠다. 또한 오늘 로인 공작이 짐을 구한 공덕은 나중에 자리를 마련해 정식으로 치하하도록 하겠다."

"황공하옵니다, 폐하."

"이, 이만."

"쉬시옵소서."

헤첸 4세는 허둥거리면서 카이의 망토로 몸을 감싼 채 내궁 쪽으로 사라졌다.

그가 사라지기까지 허리를 숙이고 있던 자들은 황궁의 내성 문이 닫힌 후에야 허리를 펼 수 있었다.

기사들은 단번에 벨하임의 곁으로 늘어섰다.

"정말 진지한 대결이었소!"

"눈이 번쩍 뜨인 기분입니다!"

"성함이……?"

벨하임은 그런 사람들은 깨끗이 무시한 채 체스터의 곁에 섰다.

체스터는 자신의 부러진 검을 든 채로 얼굴을 찡그리고 있었다.

"……저, 저기. 영감님."

"제대로 배웠구나."

체스터는 그를 돌아보지 않은 채 중얼거렸다.

"원래 그런 재질은 있었다만……."

"아, 아하하하……."

벨하임이 이내 체스터의 곁에 바짝 붙어 섰다.

"팔은…… 괜찮으십니까?"

"……눈치 챘구나."

"당연하죠."

검이 튕기면서 체스터의 한쪽 팔을 그었다.

체스터는 그것을 망토로 가린 채 서 있었다.

"나중에 인사를 하러 가겠습니다."

"그럴 필요 없다."

체스터 백작의 말에 벨하임은 약간 실망했다.

'역시 화가 나신 걸까.'

뛰쳐나간 것도 부족해서 스승을 이겨 버렸다.

그가 화가 난 것도 무리는 아니라고 생각하며 벨하임은 한숨을 푹 내쉬었다.

"내가 곧 로인 공작께 인사를 드리러 가겠다."

체스터는 무표정한 목소리로 말했다.

"옛?"

벨하임은 그의 말을 이해하지 못해 되물었다.

"무슨 말씀이세요?"

"혈기 믿고 펄펄 날뛰는 녀석이지만 거둬 주셔서 감사하다고 인사드리러 곧 방문하겠다고 전해 드려라."

체스터 백작은 그렇게 말하고는 등을 돌렸다.

"지금 근무지를 이탈한 녀석들은 모두 한 번은 봐줄 테니 썩 자리로 돌아가도록!"

그의 목소리에 기사들은 움찔하면서 제자리로 뛰어갔다.

삽시간에 수련장에는 몇밖에 남지 않았다.

아직도 제정신이 아닌 밀테이너 공작, 그리고 그런 밀테이너를 차가운 눈빛으로 한참이나 바라보는 카이.

이프로스 백작이 그런 둘의 옆에서 알 수 없는 미소를 띤 채였다.

"경하드립니다, 로인 공작님."

이프로스가 카이에게 천천히 말을 걸었다.

"그대에게 그런 축하를 들을 이유는 없는 것 같네만."

카이는 그를 노려보았다.

이프로스는 잘생긴 입술을 살짝 활처럼 굽힌 채 미소를 지었다.

"제가 방해를 해도 공작으로 인정을 받고, 거기에 황제 폐하의 구명 은인이 되셨으니 그야말로 막힐 것 없이 풀리신 셈 아닙니까?"

카이는 그 뻔뻔한 말에 대꾸도 하고 싶지 않았다. 싸늘한 눈으로 다시 한 번 밀테이너 공작을 노려보고 그는 몸을 돌렸다.

"벨하임! 돌아간다."

"옛, 주공!"

벨하임은 단번에 카이의 앞길을 트며 황궁의 복도를 걸었다. 단두 사람뿐이지만 복도를 꽉 채운 듯, 그들의 등은 넓어 보이기만 했다.

"들어올 때는 로인의 손님으로, 그러나 나설 때는 황궁의 제1신이자 로인의 주인으로……."

이프로스는 나지막하게 중얼거렸다.

'과연 로인의 이름, 헛된 것이 아니었구나.'

사흘 후, 로인 공작이 영지에서 귀환한 것을 축하하는 파티가 황궁의 주최로 열리게 되었다.

로인 공작이 결투 중 불미스런 사태가 벌어질 뻔한 것을 방지한 것을 치하하는 자리이기도 했으며, 동시에 로인 공작이 이 사내라는 것을 분명하게 귀족들에게 선언하는 자리였다.

그 자리에서 카이젤 아민 라 로인, 그 이름이 정식으로 선포되면서 카이는 중앙에 데뷔하게 되었다.

그 자리에서 황제는 물었다.

"그대가 원하는 직책이 있다면 무엇이든 허락할 것이며, 그대가 원하는 보상이 있다면 무엇이든 허락하겠다. 그대, 로인 가문의 후계자이자 황궁의 유일한 벗이여."

로인 가문에게 대대로 내려온 이름, '황궁의 유일한 벗'이라는 것으로 부름으로 카이는 정식으로 로인 공작으로 인정받았음을 알리게 된 셈이었다.

차후로 누구도 황제 앞에서 카이가 가짜일지도 모른다는 말을 할 수는 없었다.

왜냐하면 그것은 황궁의 벗을 모욕하는 일이요, 곧 황궁을 모욕하는 일이 되기 때문이었다.

모든 사람들이 카이의 요구가 무엇일지 궁금해 했다.

혹자는 카이가 밀테이너 공작의 목숨을 요구할지도 모른다고 생각했다. 밀테이너 공작이 전 로인 공작을 죽였기 때문이었다.

혹자는 내궁의 모든 권력을 움직일 수 있는 권력을 달라고 할지도 모른다고 생각했다. 그것은 귀족들이 꿈꾸는 가장 큰 권력이자 황제의 최측근이 누리는 권력이기 때문이었다.

혹자는 전 제국의 군대를 움직일 수 있는 힘을 달라고 할지 모른다고 생각했으며, 혹자는 황제의 딸과 혼인을 약조해 달라고 할지도 모른다고 생각했다.

때문에 카이의 대답은 그 모두의 예상에서 어긋난, 실로 놀라운 것이었다.

"신, 황궁의 영원한 벗이자 황제 폐하의 영원한 신하로, 용언으로 충성을 맹세한 로인 가문의 카이젤 아민이 고합니다. 신에게 보상을 내려 주시거든 힘을 주시옵소서. 신에게 보상에 따른 책임을 내려 주신다면, 신은 기꺼이 제국 황도의 외성을 제 몸과 피를 바쳐 지키겠나이다."

제국 도성의 외성!

내성을 담당하는 것보다 권력은 더 뒤처지며, 유사시에 동원 가능한 군사 수도 적다.

그뿐인가? 평민들과 부대끼며 살아가는 복잡한 일이 많아지게 된다.

카이의 요구는 단지 외성 수비 군사의 지휘권만이 아니었다.

사람들이 놀라 웅성거리는 가운데, 카이의 목소리가 낭랑하게 중앙 무도장의 넓은 공간에 울려 퍼졌다.

"내성의 군사 지휘권만이 아니옵니다. 충성스러운 폐하의 모든 인민에 대한 권리를 저에게 내려 주시옵소서. 그들 사이의 재판과 징세권을 저에게 내리시고, 그들 사이의 치안을 저의 어깨에 올려 주소서. 그들에 대한 생사여탈권은 물론, 내성을 지나는 모든 일에 대한 책임을 저의 어깨 위에 올려 주시어 영원히 황궁을 떠받드는 신하로 그 일을 제가 해낼 수 있도록 신뢰를 내려 주시옵소서."

고위 귀족이라면 아무도 떠맡지 않으려는 그 모든 일!

평민들과 빈민들이 사고만 치는 외성!

황제의 신하로 떠맡기에는 일이 너무 많은 외성! 성실한 자는 과로사하며, 불성실한 자도 책임 때문에 이름을 갈아 치우기 일쑤라는 곳이었다.

거기에 외성의 책임을 맡은 것은 바로 권력의 중심에서 멀어진다는 것을 의미했다. 귀족들 간의 접촉 기회가 줄어들고, 평민과 접촉할 기회는 늘기 때문이었다.

로인이 그 자리를 원하는 이유는 무엇일까?

모든 사람들이 궁금해 했다.

그러나 이유야 한 가지 아닌가?

내성 벽 북서쪽은 빈민굴과 연결되어 있었다.

황궁의 내성 바로 밖이 빈민굴이라는 것은 이해하기 힘든 일이었지만 역사는 그것을 만들어 냈다.

바로 북서쪽, 태양이 뜨나 지나 한시도 빛이 들지 않는 방향으로 해서 제국의 반역자나 큰 범죄를 저지른 자들을 효수하는 벽이 있기 때문이었다.

그런 음습한 벽이 있다 보니 평민들은 그곳의 거처를 꺼리게 되고, 자연스럽게 그쪽으로 빈민굴이 생기기 시작했다.

평민들은 그곳을 '죽음의 벽'이라고 불렀다.

모처럼 그 벽에 시체가 내걸리고 일주일 후였다.

그 일주일 동안 제국 도성의 거리는 그 어느 때보다 많은 소문에 휩싸여 있었다. 그리고 그 중심에는 로인 공작이 거명되었다.

"그게 사실이여? 옛날보다 더 부자가 되어 왔다는데?"

"히야~ 어디서 어떻게 돈을 벌었는지는 모르겠지만, 그 보물에 침이라도 한번 발라 보고 싶구만."

"거참, 돈 많음 뭐 해? 사람 목숨 똥파리로 알고는 꽉꽉 잡아 대는 녀석이 사람이야? 오크라도 그렇게 쉽게 사람 죽이지는 않겠다!"

"그건 그렇지! 그게 어디 사람의 심본가? 아니, 다른 귀족들은 대체 뭐 하는 거야? 그런 녀석은 잡아다가 마법사님 불러서 조사해야 하는 거 아냐?"

"쉬잇— 어이구, 그런 마물이면 지금도 어디서 듣고 있는지도 모르지!"

"오죽하면 이제는 참수 공작이라 불리겠는감?"

참수 공작.

크람 자작은 혼란스러웠다.

"어째서 저를…… 고용하셨습니까?"

"쓸데없는 질문은 허락하지 않겠다."

카이가 딱딱한 목소리로 말했다.

카이의 앞에서는 벨하임이 터벅거리며 말을 몰고 있었다.

일행은 외성 거리를 걷고 있었다.

"외성에 대해 아는 걸 이야기해라."

"……허허, 주공! 설마 저 녀석, 정보통으로 삼으려고 끌고 나온 건 아니겠죠?"

벨하임이 앞에서 껄껄거리면서 말했다.

"정말입니까?"

"불만인가?"

너무나 당당한 반문에 크람 자작은 일시적으로 말문이 막혔다.

셋은 중앙대로의 한복판을 걷고 있었다.

주변에는 짐마차가 북적거렸다. 외출을 나섰던 귀부인들의 마차가 이따금 흙길 위의 꽃처럼 화려한 자태를 뽐내며 지나갔다.

그런 사이를 당당하게 걷는 세 사람은 묘하게 사람들의 시선을 잡아끄는 데가 있었다. 언뜻 눈을 주었는데 이상하게 홀린 듯 바라보게 되는 것이었다.

벨하임은 장난이라도 하듯이 검을 어깨 위에 짊어진 채 이따금 휙휙 돌리곤 했다.

카이는 간소하지만 깨끗한 군청색의 옷을 입고 있었는데, 검은 머리카락과 잿빛 눈동자를 받쳐 주는 당당함이 있었다.

크람은 잠시 홀린 듯 그를 바라보다가 이내 헛기침을 하며 시선을 돌렸다.

"외성은 제국 800년 번성과 발전의 역사를 그대로 보여 주는 곳입니다. 초기 황제께오선 자신의 친우들과 믿을 수 있는 귀족들로 하여금 성을 만드셨으며, 그것이 제국의 반석인 내성입니다."

카이는 크람의 말에 귀를 기울였다.

익히 다 아는 사실이긴 했다. 그렇지만 크람의 행동은 차분한 것이 벨하임과는 다른 맛이 있었다. 행정가로서 익히 숙련된 무인이랄까.

'요놈 꽤 마음에 드네.'

카이는 그런 생각을 내색하지는 않았다. 무표정하면서도 언뜻 차갑게 귀를 기울일 뿐이었다.

그런데도 크람은 어째선지 등에 소름이 쫘악 돋는 기분이었다.

벨하임은 앞에서 크람의 명복을 빌고 있었다.

'뭔 놈의 공작이 개미귀신보다 더 질기게 일꾼들을 끌어 모은다냐.'

싫지는 않았지만. 또 다른 동료는 자신의 땡땡이를 늘릴 수 있겠으니…….

"내성이 만들어지고 얼마 지나지 않아 그 주변으로 마을이 형성되기 시작했습니다. 그리고 그 외의 행정 업무를 살피던 자들로 한하여 내성 주변으로 저택을 만들기 시작한 것이 외성 번성의 첫 번째 시작입니다. 그렇게 하여 800년에 걸쳐 천천히 넓어진 것이 외성입니다."

"외성이 건축된 것은?"

"300년 전 마물의 대습격이 있은 후입니다. 내성으로 피난민이 몰려들었지만, 당시 로인 공작께서……."

"그래. 조상께서 마물을 물리치셨지."

"그리고 그 후 외성 벽을 건설하기 시작하셨습니다. 그 일에도……."

크람은 말을 채 맺지 못하곤 고개를 수그렸다.

'당신의 조상들이…… 이 제국을 지켜 왔습니다.'

그 말은 차마 입 밖으로 나오지 않았다. 카이는 그를 돌아보았다.

"왜 그러는가?"

"……공작님!"

크람은 고개를 들어 그를 바라보다가 겨우 그를 불러보았다.

"로인 공작님!"

연거푸 부르기는 했지만 답답한 가슴은 채 풀리지 않았다.

역사를 읊다 보니 떠오르는 로인 공작에 대한 이야기가 마냥 답답할 뿐이었다.

카이는 피식 웃었다.

"싱거운 사람 같으니. 왜 그러는가? 이야기를 계속하게나. 자네처럼 주변 이야기를 조리 있게 하는 사람이 좀처럼 없어서 말일세."

벨하임은 씩 웃었다.

"그거야 그렇죠, 주공 곁에는. 특히 그 기생오라비 같은 집사 말입니다. 공작 가문에는 어울리지 않잖아요? 좀 묵직한 늙은이로 바꾸시는 게 어떻겠습니까? 아침마다 남의 집 하녀들이 몰려드는 통에 뒷문이 부서졌답니다."

카이는 고개를 흔들었다.

"그 문제는 어떻게 고민을 해 보도록 하지."

벨하임은 눈빛을 빛내면서 재차 건의했다.

"그럼 정말 묵직한 중년 나이의 집사로 바꾸는 겁니다! 크흐흐흐! 리슨, 네 이 녀석! 크헤헤헤! 잘렸다, 녀석!'

카이는 앞에서 흥분해선 몸을 부들부들 떨어 대는 벨하임을 바라보며 한숨을 내쉬었다.

"보다시피 저런 녀석이 내 호위이자 최측근이며 대대로 거느린 가신이라는 녀석이라 말일세. 이야기를 계속하게나."

"······죄송합니다, 공작님."

"음? 뭐가? 이야기하기 힘든가?'

갑자기 다정하게 물어 오자 크람은 속에서 울컥 하고 감정이 치솟는 것을 느꼈다.

그는 오열하듯이 입을 열었다. 그리곤 가슴속에서 맴돌던 질문을 한꺼번에 쏟아 냈다.

"왜 이런 제국을 위해 또 돌아오신 겁니까? 그렇게 당신을 모욕한 자들을 위해······ 외성을 맡으신 겁니까, 아니면······. 대체 로인 공작 가문의 영광을 잊은 자들에게 무엇을 하시려는 겁니까? 그 힘으로 대체 무엇을 하시려는 겁니까?'

카이는 잠시 그의 질문에 어리둥절한 표정을 지었다.

"무엇을 하다니?"

"……저는……."

카이는 그 말뜻을 알아채고는 쓴웃음을 지었다.

'비단 이자뿐은 아니겠지.'

제국의 역사 800년.

내성과 외성 간의 골은 커 가고, 제국의 역사가 오래된 만큼 귀족 간의 골도 커졌다.

제국을 향한 충성심은 맹목적으로 교육된 것에 불과하며, 아무것도 베풀지 않는 제국이 단지 자신의 피와 노력을 빨아먹는 괴물처럼만 느껴지리라.

그 괴물을 증오하는 자들이 얼마나 될까.

그 괴물의 목을 자르고 싶다고 생각하는 사람이 나오지는 않을까.

'그 괴물이 되고 싶다고 생각하는 자도 있겠지.'

카이는 크람을 바라보던 시선을 천천히 앞으로 돌렸다.

그들의 목적지가 멀지 않았다. 그들은 길을 따라 천천히 방향을 틀었다.

외성을 한창 확장하던 중 엘프들의 요청에 따라 남동쪽으로 태양이 가장 잘 드는 언덕 위를 성으로 감싸지 않고 일부를 그대로 노출시켰는데, 그곳에는 아직 숲이 무성하니 우거져 있었다.

그 모습은 자연스럽기도 했지만 어딘지 사람의 접근을 금지하는 듯 한이 서린 모습 같기도 했다.

성벽 한축을 당당하게 차지한 숲.

숲의 입구 근처로는 내성에는 미치지 못하지만 얄팍한 바위들이 꽂힌 작은 담장이 있었다. 사람의 키를 약간 넘는 정도의 높지 않은 벽이었다.

그들이 향하는 곳은 바로 그 숲이었다.

"도성에서 날 새로운 별명으로 부른다더군."

크람은 그 말에 눈을 동그랗게 떴다.

"아, 모르겠군. 저택 안에 있었으니까 당연한 일인가."

크람은 가슴이 조마조마했다.

이 도성의 사람들은 800년간 로인 공작 가문이 제국을 수호하며 바쳐 온 재산과 피를 대체 왜 잊은 것일까.

'또 어떤 모욕적인 이름으로 부르는 것이냐.'

"날 참수 공작이라 부른다더군. 꽤 박력 있는 이름 아닌가?"

"……에?"

카이는 그리고는 크게 웃었다. 크람은 그 웃음을 어떻게 해석해야 할지 알 수가 없어 그냥 고개를 숙였다.

"전과는 다른 이름 아닌가. 누가 지어 준 이름도 아니고, 스스로 그렇게 부르는 거야 환영일세."

카이는 눈을 빛냈다.

"그 참수라는 것도 떼고 이제 로인의 이름을 제대로 일러 주는 일만 남았네."

"하지만 사람들은 절대 죽음의 벽에 걸린 사내를 잊지 않을 겁니다."

"그래. 사람들은 잘한 건 잊고 못한 걸 기억하는 데는 이상할 정도로 재능을 보이지. 유독 인간이라는 종족에게만 있어서 말야."

크람은 속이 뜨끔해서는 고개를 숙였다.

"괜찮다. 어차피 남에게 보이고자 하는 일은 아니니까. 로인 공작 가문에 태어났다는 것은 로인 공작이라는 이름을 짊어지고 살아야 한다는 뜻. 남에게 칭찬을 받고자 하는 것도 아니고, 단지 받아야 할 걸 받자는 거지."

"……?"

언뜻 앞뒤가 맞지 않는다고, 크람은 그렇게 말하고 싶었다. 카이는 입가에 살짝 미소를 띤 채 말을 멈춰 세웠다.

그들은 어느새 목적지인 '엘프의 숲'에 도착해 있었다.

"존경, 그리고 명예. 귀족으로 태어난 이상 내게 지워진 의무가 무엇인지는 잘 알고 있다. 내 평생 지켜야 할 것과 짊어지고 가야 할 것임을 알고 있다. 그렇다면 내가 받아야 할 것은 무엇인가? 귀족으로 태어났다는 것은 어떤 의미라고 생각하는가? 우리가 쫓아야 하는 것이 권력이라고, 설마 그렇게 생각하는 건가?"

크람은 그 말에 한동안 몸이 굳어서 움직일 수가 없었다.

카이가 원하는 것, 카이가 얻으려 하는 것은 너무나 단순한 것이었다.

제국의 건설과 함께 지켜져 온 순수한 명예.

카이는 크람을 바라보았다.

"네가 쫓고 싶어 하는 것 역시 소위 고귀한 것······ 명예라는 게 아닌가?"

"······."

크람은 저도 모르게 고개를 끄덕였다.

카이는 환하게 웃었다.

"날 쫓아와라! 이 세상을 순수하게 살아 보고 싶다면!"

"제, 제가······ 무엇을 할 수 있겠습니까? 저는 기껏해야······."

자작에 불과하고 재산도 얼마 없다. 몸담았던 군직에서도 쫓겨난 지 오래였다.

쫓아오라 해도 자신은 그의 집에 머무는 식객에 불과했다.

"저, 저는······."

저는 짐일 뿐입니다, 크람은 그렇게 말하고 싶었다. 그러나 카이가 고개를 흔들며 말했다.

"네가 실망할 일은 절대 없을 것이다."

"······저는······."

"어이, 크람."

벨하임이 말에서 내린 채 그들을 바라보다가 훌쩍 말을 건넸다.

"파벌에 들어오라는 게 아니다. 널 쓰고 버리겠다는 것도 아니고. 우리 주공, 그런 사람 아냐."

"아, 아니, 그런 건 아니지만······."

벨하임은 피식 웃었다.

"우리 주공이 부를 때 그냥 예, 하고 대답하면 되는 거다."

"……벨하임, 그렇게 말해 주면 고맙다만. 그런데 크람 경이 작위가 있는 귀족이라는 건 잊은 거냐."

카이는 말은 그렇게 했지만 웃고 있었다. 벨하임은 머쓱하니 웃었다.

"그렇네요, 크람 자작님."

"아, 아닙니다, 벨하임 경. 경은 기사지만 소드마스터, 제국에서도 곧 작위를 내리지 않겠습니까. 검의 길을 택한 무인으로 마땅히 존경을……."

"저 녀석 응석 받아 주지 말도록, 크람 경."

카이는 크람의 말을 끊고는 씩 웃었다.

"자, 그럼 가 보실까."

"엘프들의 숲에는 무슨 일로 오신 건지 여쭈어도……?"

"당연히 배신자를 잡기 위해서지."

카이는 그렇게 말하고는 벨하임을 바라보았다.

"그들에게 로인 공작이 오랜 혈맹을 찾아왔노라고 전해라!"

그제야 크람은 어렴풋한 옛날이야기를 떠올렸다.

제국의 건국 초기에 로인 공작의 주변으로는 엘프와 드워프가 있었다던가 하는 이야기였다.

최근 200년 동안, 엘프들은 이 엘프의 숲에서 사람들과 어느 정도 거리를 둔 채 독자적으로 교역을 하며 살아왔다.

"이깟 숲, 태워 버리고 싶군."

카이는 나지막하게 중얼거렸다. 그는 고삐를 꽉 쥔 채 무심결에 퍼지는 살기를 억누르려 애썼다.

엘프의 숲에서는 아무런 응답이 없었다.

"벨하임, 문을 부숴라."

"에, 옛……."

벨하임도 엘프들을 그다지 순순히 봐주고 싶은 생각은 없었다. 그는 단번에 검을 들어 휘둘렀다. 검강이 순식간에 검을 덮고 그의 뜻에 따라 힘을 떨쳤다.

그가 검을 위로 쳐들고 휘두른 순간.

허공에 날카롭게 검이 먼저 번쩍이고, 잠시 후 돌로 만들어진 문이 쩌정 하는 소리를 냈다.

벨하임은 씩 웃고는 검을 다시 옆구리에 차고, 발을 들어 문을 뒤로 찼다.

쿠쿵—!

200년 동안 수많은 인간들의 접견을 받아 온 엘프들의 숲이었다. 그러나 지금처럼 방자한 침입은 단 한 번도 받아 본 적이 없었으리라.

"누구냐—!"

젊은 엘프 하나가 튀어나왔다. 그러나 카이는 신경 쓰지도 않고는 말을 탄 채로 들어섰다.

젊은 엘프는 단번에 수인을 맺고는 날카롭게 휘파람 비슷한 것을 불었다. 바람이 새어 나왔지만 사람의 귀에는 들리지 않았다.

그러나 단번에 벨하임의 말이 난동을 피우고, 크람 자작을 태운 말 역시 비슷하게 미쳐 날뛰기 시작했다.

"으, 으앗!"

크람 자작이 못 견디고 허공으로 내동댕이쳐졌다.

"크람!"

벨하임이 소리 지르면서 말고삐를 놓고는 크람이 떨어지는 방향으로 재빨리 뛰었다.

아슬아슬하게 땅에 던져지기 직전에 받았지만, 둘이 한꺼번에 나뒹구는 험한 꼴은 면할 수가 없었다.

"망할…… 엘프…… 같으니라고!"

벨하임은 외치면서 일어난 순간 퍼뜩 깨달았다.

그는 공작의 호위기사. 크람이 이렇다면 대체 카이는?

그는 서둘러 카이에게 시선을 돌렸다.

카이는 고삐를 힘껏 쥔 채 온몸에서 범접할 수 없는 살기를 뿜어내고 있었다.

말이 바짝 얼어서 움직일 수 없을 정도의 살기!

"어딜 감히!"

카이는 외치면서 말 옆구리를 가볍게 차 그 엘프의 앞으로 향했다.

"어딜……! 천 년은 이르다, 감히!"

벨하임은 숨을 아쉽게 내쉬고는 크람을 돌아보았다.

"어이, 크람. 괜찮나?"

"아, 음……. 괘, 괜찮네."

말은 그렇게 하지만, 땅에 뒹굴면서 몸이 이리저리 부딪혀 타박상을 입은 게 확실했다.

그나마 날뛰는 말발굽 아래 짓밟히지 않은 게 다행이었다.

엘프가 벌벌 떨면서 땅 위에 엎드리고 나서야 카이는 살기를 거두었다.

"타글라흐를 불러라! 카이젤 로인이 왔노라고!"

"누, 누구냐……!"

"로인 공작이라고 내 방금 말하지 않았더냐!"

카이는 버럭 소리 질렀다.

"마음을 돌리면 귀까지 미치는 것이더냐? 어디 감히 어린 엘프를 내밀고는……!"

"장로님들은 모두 외출 중이시다……! 인간의 작위 따위로 나를……."

"가장 높은 책임자를 불러라!"

젊은 엘프는 이를 악물었다.

그러다가 갑자기 한 손을 내밀었다. 그의 손끝에서 불의 정령이 모습을 드러내면서 사납게 카이를 향해 달려들었다.

"이 새꺄!"

벨하임은 머리끝까지 화가 치솟아 당장 검을 뽑아 달려들었다. 검 강이 위잉— 하면서 치솟아 아예 검을 뒤덮고도 길게 더 솟아났다.

젊은 엘프가 흠칫했다.

"소드마스터!"

카이 역시 싸늘해진 얼굴로 검을 뽑아 말 위에서 휘둘렀다.

순간 그의 검이 향한 곳마다 어떤 일이 벌어지는지 익히 잘 아는 크람은 저도 모르게 심장이 떨렸다.

쿠쿠쿠쿵—! 주변에서 그런 소리가 들린 후, 곧장 주변 숲의 나무 몇십 그루가 그루터기만 남겨 놓은 채 앞뒤로 우당탕 쓰러지기 시작했다.

나무를 파내 만든 가장 전면의 건물—엘프들이 인간 손님들을 접대하거나 하는 장소—조차 앞이 마치 늑대에게 물어뜯긴 돼지처럼 속을 드러낸 채 박살 나 있었다.

카이는 시선을 그 건물의 중간쯤으로 돌렸다.

그곳에 바람의 정령 진에게 감싸인 채로 떠오른 두 명의 엘프가 있었다.

젊은 엘프는 새파래진 얼굴로 거의 반쯤 혼이 나간 상태였다. 그리고 다른 엘프는 좀 더 지긋한 나이로 보였는데, 그나마 침착한 표정이었다.

"……로인 공작님이십니까."

"타글라흐가 돌아왔었다는 건 알고 있다."

카이는 곧장 본론으로 들어갔다.

"종족의 맹약을 깬 배신자로 그를 지목하겠다. 그의 목숨을 내놓는다면 그대들과의 맹약을 계속 이어 나갈 수도 있다."

"……그분은 없습니다."

중년의 엘프가 대답했다.

"다른 장로님들도 이르엘을 찾기 위해 로인으로 떠나신 이후 돌아오지 않고 계십니다."

카이가 그의 앞에 뭔가를 던졌다.

엘프는 그것을 보고는 눈을 동그랗게 떴다. 천 위에 엘프어로 뭔가 적혀 있는 것이었다.

"그 이르엘로부터의 서신이다."

"……이, 이것은……."

엘프의 언어는 인간의 것과는 다르다. 문자와 발음, 구성뿐만이 아니었다.

드래곤에게 따로 언어가 없듯이, 엘프에게도 본래 따로 '언어'라 불리는 것은 없었다. 인간처럼 교과서로 만들어 익히게 할 수 있는 것이 아니었던 것이다.

그들의 글자는 일종의 정령술이었다. 정령이 쓰는 사람의 의지를 일정한 모양으로 종이 위에 새겨지는 것이었다.

인간이 필체를 보고도 대충 누구의 것이라는 것을 알 수 있는 것처럼 그들의 서신은 신분을 증명하는 것이었다.

그가 이르엘의 서신을 보고 놀란 이유는 다른 데 있었다. 그는 떨리는 손으로 그 빛나는 글자를 하나하나 어루만졌다.

"이, 이르엘이 하이엘프란 말입니까?"

"그렇다."

카이는 불쾌하다는 목소리로 대답했다.

"그, 그런……."

카이는 그자를 잠시만 더 참아 주었다. 그리고는 불쾌하다는 듯 숲을 바라보았다.

"저택으로 오라 말했는데 어째서 오지 않은 것이냐."

"타, 타글라흐 님이……."

엘프는 입술을 깨물며 잠시 망설였다. 그리고는 다시 손에 들고 있는 서신을 만지작거렸다.

건물에서 몇몇 엘프가 더 튀어나왔다.

중년의 엘프는 개중 가장 연륜이 있어 보였다. 그는 엘프들에게 괜찮다는 신호를 보내고는 카이를 돌아보았다.

"시간을 좀 주시겠습니까?"

"지난 며칠 동안 시간은 충분히 줬다!"

카이는 다시 소리 질렀다.

"인간은 너희처럼 하루하루를 헛되이 살 수 없다! 그대들, 숲의 신이 내린 축복으로 긴 시간을 영유하는 종족이여! 그대들의 오만함이 숲을 뒤덮으니 악취가 난다! 지금 당장 결정을 내려라. 타글라흐를 따를 거냐? 아니면 로인과의 동맹을 지킬 것이냐!"

"크윽……! 그, 그걸……!"

"자신을 믿도록 했는가? 엘프의 미래가 인간과 나란히 갈 수 있다고 설득했는가? 그대들의 왕국을 약속했던가?"

카이의 날카로운 질문에 그는 어깨를 흠칫 떨었다.

"그, 그걸 어떻게……?"

"엘프들의 왕국! 오래된 그대들의 숙원임을 알고 있다. 수천 년의 수목이 우거진 가운데 인간의 접근을 허용치 않고, 그대들만이 오순도순 살아갈 수 있는 그러한 장소를 찾으러 떠났는가, 타글라흐가?"

"그렇습니다. 그분께서는……."

"그 나이가 되어서 새로운 경지가 되었다고 주장하던가? 그의 전신에서 정령이 샘솟는 듯, 인간의 마법사에 뒤지지 않을 풍부한 마나를 느꼈겠지!"

카이는 거칠게 외치고는 엘프들을 바라보았다.

"그자를 따를 것이냐!"

중년 엘프는 일족을 둘러보았다.

그는 장로도 아니요, 잠시 빈자리를 책임지는 자리에 불과했다.

그러나 그런 자신이 어깨 위에 짊어져야 할 일은 너무나 막대했다!

카이가 서신을 보냈음에도 대꾸하지 않고 단지 시간을 끌며 버티길 닷새.

그러나 원래 그의 마음속에서는 결정이 나 있지 않았던가?

카이가 이렇게 밀어붙여 주는 것이 오히려 고마울 정도였다.

"……로인과의 맹세를 지키겠습니다. 저의 이름은 운다흐 자렌. 늦었으나 몇백 년간의 공백이 어색함으로 남지 않기를 바라며, 새로운 맹세의 씨앗을 뿌리고자 합니다."

카이는 미소 지었다.

"엘프들에게 연락해라! 이르엘의 이름이고, 이르엘의 명령이다. 하이엘프의 이름 아래 모든 엘프들에게 로인과의 동맹이 다시 이어졌음을 알려라!"

"알겠습니다, 로인 공작님."

"그리고…… 다섯 장로들은 현재 로인에서 새로운 땅을 찾아 머물고 있다. 그들로부터 곧 연락을 받을 수 있을 것이다. 그 말에 따르도록. 만약 그전에 타글라흐가 돌아오면 즉시 나에게 알려라. 정령을 볼 정도는 되니까."

"……알겠습니다."

"맹약의 갱신을 위해 사제님의 중재를 요청할 것이다. 부르는 날 저택으로 오도록."

타글라흐의 이야기에도 꿈쩍도 않던 운다흐는 그 말에 순간 새파랗게 질린 표정을 지었다.

"용신 로잉루의…… 사제님이 설마 그분을 말씀하시는 건 아니시겠……."

"멍청한! 겨우 200년의 역사로 로잉루의 사제가 바뀔 것이라 기대했던 거냐?"

운다흐는 몸을 부르르 떨었다.

로잉루의 사제, 레드 드래곤의 테엘.

네크시아라를 황폐하게 만들어 낸 당사자이자, 엘프들에게는 대대로 잊을 수 없는 악몽을 만들어 내지 않았던가.

카이는 운다흐를 잠시 내려다보고는 말 머리를 돌렸다. 그는 이제껏 말에서 내리지도 않았고, 그 위에서 꿈쩍도 하지 않았던 것이었다.

그 오만한 자세를 엘프들은 멍하니 바라보기만 했다.

벨하임은 허겁지겁 말을 끌고 왔다. 크람은 비틀거리며 그의 부축을 받은 후에야 말 위에 오를 수가 있었다.

엘프의 숲에서 다시 외성 쪽으로 나온 카이는 그제야 숨을 거칠게 몰아쉬었다.

억누르고 있던 화를 이제야 조금 표현한 것이었다.

벨하임은 조심스럽게 물었다.

"……모드 님이 그 정도로 만족하시겠습니까?"

"그분도 어쩔 수 없다는 건 알고 계실 것이다. 그리고 드워프 일족은 그렇게 꿍한 종족이 아냐. 엘프들보다 더 우직한 종족이지."

"그런데 굳이 그렇게 협박하실 이유가 있었나요? 꼭 상황을 차갑게 만들지 못해선……."

"한 번 배신한 자들은 또 배신할 수 있으니까. 그리고 그자는 타글라흐가 아니니까."

타글라흐의 힘이 어느 정도로 강해졌는지는 알 수 없었다.

'그러나 너는 내 눈에 뜨이면 죽는다. 또 미꾸라지처럼 빠져나가게 두진 않겠어.'

엘프들은 어느 쪽을 택할까.

카이는 무심히 말했다.

"앞장서라, 벨하임. 연병장으로 간다."

아직 해치워야 할 일은 많았다.

SWORD OF DRAGON LOAD

제6장

태양이 높이 떠오를 때

제국의 최고 귀족, 공작은 모두 5명이었다.

동방 사령부와 서방 사령부, 그리고 중앙 사령부의 장군으로 3명의 공작, 그리고 도성의 군사를 따로 맡은 장군과 내무대신이 그 시초였다.

그렇지만 현재에 이르러선 딱히 동서방 사령부의 군사권을 공작에게만 맡기지는 않았다.

로인 공작의 몰락과 더불어 공작 간의 견제권과 세력권이 크게 무너진 것이었다.

밀테이너 공작의 경우에는 중앙 사령부 겸직 도성 군사권을 장악한 상태였다. 그리고 문신 계열로도 수많은 인재를 포섭해 파벌을 형성해 다른 공작들이라 하여도 그를 무시하기 힘든 위치였다.

밀테이너 공작은 현재 과거의 로인 공작에 못지않은 대우를 받고 있었다.

그 움직임에 위협을 느끼는 사람은 당연히 존재했다.

내무대신으로 제국 5대 공작 중 한 사람인 르권 공작이 그였다.

연병장에는 카이의 직속기사단이 기다리고 있었다.

외성의 전권을 위임 받은 자에게는 호위기사단 두 명이 따르게 된다.

푸른 새, 블루버드 나이츠는 귀족들로 구성된 기사단이었다.

그리고 붉은 새, 레드버드 나이츠는 평민 중 실력이 출중한 자들 중 기사단의 자격을 주었다. 기사와 병사의 중간인 셈이었다.

두 기사단의 인원은 모두 합쳐 백여 명.

그들은 일제히 카이를 노려보고 있었다. 삐딱한 자세를 보이는 자들도 있었다.

카이는 단상 위에 올라 그들을 한번 가볍게 둘러보았다.

기사단의 복장은 엇비슷했다. 국가 예산에서 지불한 갑옷은 낡았고, 여기저기 제 몸에 맞지 않는 갑옷을 걸친 자들도 있었다.

블루와 레드를 구분하는 것은 그 갑옷의 가슴과 어깨 위에 그려진 문양이었다. 정확히는 그 새의 색깔뿐이었다. 블루에는 푸른 새가, 레드에는 붉은 새.

"쯧쯧……."

카이는 그것을 보곤 혀부터 찼다.

기사들의 이마 위에 일제히 혈관이 불쑥 솟아났다.

카이는 그들의 살기가 점점 솟구치는 것을 보고도 별 반응을 보이지 않았다. 드래곤의 힘을 받은 그에게 그 정도의 살기는 애교에 불과했다.

기사들은 또 어떤 말로 카이가 자신들을 자극할지 눈 부릅뜨고 기다리고 있었다.

'폭발하기를 기다리고 있는 건가.'

카이는 뒤에 서 있던 크람 자작을 돌아보며 물었다.

"이들의 인원과 신상명세에 대해서는 알고 있나?"

크람은 멈칫거렸다. 당연히 알고 있었다. 지난 일주일 동안 기사단에 종사하는 문관을 통해 서류를 전달 받았기 때문이었다.

카이의 질문을 듣는 순간, 벨하임은 가슴속으로 간절하게 외쳤다.

'아무 말도 하지 마! 모른다고 해! 녀석아, 그게 살길이다!'

그러나 불쌍한 크람은 대답했다.

"그, 그렇습니다만."

"그 서류에 이들의 신체치수에 대한 것도 있던가?"

"있습니다. 기억하기로는 평균 신장이 174센티미터로……."

"그런가. 시킨 대로 서류를 잘 살펴보았군."

카이의 입가에 짧은 미소가 스쳤다.

벨하임에게 그 미소가 뜻하는 바는 아주 컸다.

'보아라! 로인이 또 다른 희생양을 향해 마수를 뻗어 나가기 시작했으니……!'

카이는 별다른 지시 없이 기사단을 향해 돌아섰다.

"오늘 저녁!"

카이의 목소리가 낭랑하게 연병장에 퍼졌다.

"그대들을 위한 만찬을 베풀 예정이다. 7시경까지 로인의 저택에

도착하기 바란다. 파트너를 동반해도 좋다. 복장은 자유! 이상, 해산!'

"……."

"……에."

바람이 스산하게 불었다. 한동안 아무도 입을 열지 못했다.

카이는 기사단이 꿈적도 않는—정확히는 그럴 생각도 못하는 상태였지만—것을 보고는 만족스럽다는 듯 고개를 끄덕였다.

"군기는 내일 잡으려 했는데, 꽤 괜찮은 상태로군."

"아, 아니. 잠깐만, 공작님."

크람은 당황했다.

"그게…… 전부입니까?"

"어차피 첫날 아닌가. 훈련을 지금 시작하라는 건가? 그렇다면 벨하……."

"헉, 나는 주공을 지켜야지요."

벨하임이 도성에 와서 가장 좋았던 게 그것이었다. 저택 내부에서 신경만 좀 곤두세우고 있으면 된다는 것.

다른 할 일은 없었다. 카이가 움직일 때 곁을 지키는 것 정도는 일도 아니었다.

카이는 그 말에 픽 웃고는 물었다.

"네가 날 지킨다는 거냐, 아니면 날더러 널 지키라는 거냐?"

"그, 그건 그렇지만……!"

내일부터 자신에게 떠맡겨질 일이 해일이 되어 밀어닥치는 듯했다. 벨하임의 안색이 새파래졌다.

크람 역시 자신의 미래를 짐작한 것인지 서서히 얼굴이 굳기 시작했다.

그것은 두 기사단 역시 마찬가지였다.

외성의 블루버드, 고귀한 푸른 날개로 창공을 날아 외성의 평온한 하늘을 지키는 자들!

그리고 레드버드, 불길과 같은 맹렬함으로 하늘로 날아오른 평민들의 기사단!

그들은 분노와 짜증을 한꺼번에 폭발시켰다.

"대체 뭐야!"

"당장 물러나 버려!"

"네 들러리 따위가 되려고 기사단에 몸담고 있는 줄 아는 거냐!"

"돈으로 공작 작위를 사들인 주제에 감히 어디에서 날뛰는 거야!"

카이는 다른 소리에는 전혀 귀 기울이지 않았다.

그러나 마지막 외침이 귀에 꽂힌 순간.

카이는 입술을 찡그렸다. 하얗고 잘 다듬어진 이가 드러나는 순간, 늑대와 같은 살기가 폭사되었다.

쉬잇―. 바람조차 그의 몸에서 벗어나려는 듯 사방으로 도망쳤다.

사내들은 순간 카이의 살기에 압도되어 버렸다.

"방금, 누가 한 소리냐!"

카이가 나지막하게 외쳤다.

"감히 공작의 작위에 모욕을 퍼부은 자가 누구란 말이냐!"

"고, 공작님!"

크람 자작의 얼굴에서 핏기가 확 사라졌다.

카이는 벌써 검을 뽑았다. 하지만 당장 휘두르지는 않았다. 그 역시 첫날부터 기사들을 죽이는 불상사를 저지를 생각은 없었다.

"너희는 오늘 운 좋은 줄 알아라."

그의 손에 들린 검에서는 마나라곤 하나 느낄 수 없었다. 그러나 카이의 몸에서 솟아나는 드래곤 하트의 기운이 사방을 옥죄이고 있었다. 마나와는 다른, 드래곤 피어와도 흡사한 기운!

'사, 사람이라면 이럴 수 없는 법이다!'

기사들은 자신들이 느끼는 두려움을 어떻게 해서든 극복하려 애썼지만, 벌써 담이 약한 자들 한둘은 눈을 내리깐 채 뒤로 물러나고 있었다.

카이는 검을 비스듬히 들었다. 그리고 이어 머리 위로 들었다가 재빠르게 앞으로 내리치면서 이어 발을 움직이기 시작했다.

검무(劍舞)!

그러나 일찍이 다른 검사들에게서는 본 적이 없는 화려한 선로를 그리며 그의 검이 움직이기 시작했다.

처음에는 두려움에 꼼짝도 못하던 기사들은 저도 모르게 멍하니 그의 검을 따라 시선을 움직이기 시작했다.

바람보다 더 빠르게, 그리고 땅에서 솟구치는 듯 힘차게!

카이의 발이 움직이고, 먼지는 한참 뒤에나 풀풀거리며 일어났다.

'아름……답다!'

기사단 그 누구도 그날의 카이를 잊을 수 없을 것 같았다.

아아, 차라리 전장 한가운데였으면 좋으련만! 검이란 비련하게도 그 끝에 피를 머금을 때 마치 눈물을 흘리는 여인의 눈매처럼 아름다운 법이거늘!

둔탁하게 은빛 검선을 감싼 검집이 그들의 눈앞으로 스쳐 갔다 싶은 순간.

그런 환상은 순식간에 깨졌다.

투닥! 퉁! 콰쾅! 턱!

"크헉!"

"으억!"

스치는 듯 부드러운 검집이 정수리며 배를 순식간에 찌르고 지나갔다.

벨하임은 신음을 참았다. 그는 카이의 그 검술이 어떤 것인지 알 수 있었다.

'용보월강참!'

그렇지만 전과는 달랐다.

한곳에 뻣뻣하니 서서 마나의 힘을 빌려 검술을 펼칠 때, 그 검의 끝에서는 암기처럼 마나가 폭발해 사방으로 튕겨나갔다.

벨하임은 침을 꿀떡 삼켰다. 카이는 그걸 걸으면서 펼친 것뿐인데도 살상력은 배가된 듯싶었다.

지금 당장 카이가 마음먹는다면 이들 따위는 10분 이내에도 해치울 수 있을 것 같았다.

기사들은 순식간에 자신의 앞으로 닥쳐온 카이를 보고는 공포에 질린 눈으로 피하려 했다.

그러나 카이의 검이 먼저였다. 단 한 번 검 끝으로 쿡 찔렀을 뿐인데도, 가뜩이나 심장이 허약하게 떨리던 이들은 풀썩 쓰러졌다.

순식간에 연병장에는 100명의 기사들이 제각기 배며 종아리를 붙든 채 쓰러져 있었다.

카이는 차분한 숨을 내쉬면서 그들을 둘러보았다.

"앞으로 다신 이런 아량은 보이지 않겠다."

"으, 으……."

기사들은 신음 소리를 뱉으면서 카이를 올려다보았다.

카이는 이어 연병장 한쪽 건물을 노려보았다. 기사들을 위한 마구간이나 사무실, 휴게실 등이 있는 건물이었다.

'밀테이너……!'

카이는 첩자의 기운을 적어도 셋 이상은 구분할 수가 있었다. 거기에 허공에서 떠돌며 자신을 감시하는 정령이 몇.

카이는 검을 뽑았다.

"엎드려라!"

카이가 외쳤다.

"살고 싶으면!"

그리고 그는 그대로 검을 휘둘렀다.

"엎드려!"

벨하임도, 크람도. 누가 먼저랄 것도 없었다.

카이에게서 가장 가까이에 있던 자들로부터 마치 도미노가 무너지듯이 사람들은 일제히 땅바닥에, 할 수 있는 한 가장 빠르게 몸을 굽혔다.

그 순간 사내들의 뇌리를 지배하는 것은 오직 하나, 생존의 본능이었다.

그들의 앞에서 폭사된 완벽한 드래곤의 마나, 그리고 그 마나를 바탕으로 한 드래곤의 검술!

용보월강참이 허공을 가르는 순간, 쩌정거리는 소리가 잠시 하늘을 무너뜨리는 듯싶었다.

다음 순간, 허공에 검은 선이 그어졌다. 그리고 마나가 뚜렷한, 반달 모양의 검강이 되어 허공을 크게 날았다.

수십 명을 가뿐하게 베고도 기세가 떨어지지 않을 그런 검강! 보고 있던 자들이나 엎드려 그 검강을 피한 자들이나 모두 모골이 송연해지는 엄청난 기운이었다.

검강이 날아가 벽에 박히기 직전.

카이는 낚시질을 하듯이 검을 반대편으로 걷어들이자 검강이 일순 멈칫했다.

반대편으로 강하게 잡아끄는 기운의 영향을 맞아 주저한 것이었다. 그 다음 순간 카이는 바로 머리 위에서 아래쪽으로 검을 휘둘렀다.

쾅!

방향을 바꾼 검강은 땅을 향해 그 사나운 기세를 발휘했다. 소리도 없이 그 속으로 파고들었지만, 다음 순간 그 공간으로 공기가 몰려들면서 폭발음을 냈다.

폭발음이 쿠쿵거리며 퍼져 나갔다.

연병장 밖을 지나가던 사람들은 고개를 갸웃거렸다.

연병장 안에서 벌어지는 일을 정확히 본 것은 얼마 되지 않는 사람들뿐이었다.

100명의 기사, 그리고 카이를 감시하던 첩자 몇뿐.

카이는 첩자들이 있다고 생각되는 곳으로 몸을 돌렸다.

"가서 똑똑히 본 것을 전해라!"

숨어 있던 자들은 자신들의 위치를 빤히 아는 듯한 카이의 말에 순간 숨이 막혀 왔다.

그 다음 순간 그들이 할 수 있는 일은 하나였다.

당장 카이의 감각을 벗어나 도망치는 것. 주인을 향해, 어떻게 해서든 먹고살고자.

카이는 기척이 사라지는 것을 기다렸다가 그 후에야 검을 넣었다. 그제야 벨하임이 다가섰다.

"오늘은 이 정도로 하실 겁니까? 아니면 훈련을 더……?"

"훈련은 없다. 크람, 자네는 이들의 신원에 대해 좀 더 분명히 파악하도록."

"알겠습니다!"

크람은 군기가 바짝 들어선 힘차게 대답했다.

카이는 고개를 끄덕였다.

"음."

만족스러운 부하를 손에 넣은 그 표정이라니…….

테엘, 리슨은 일제히 누군가를 향한 알 수 없는 동정심에 눈가를 훔쳤다.

곁에서 지켜보고 있는 벨하임도 그런 심정을 숨길 수가 없었다.

그러면서도 어째서일까. 카이를 향해서는 마냥 박수를 치고 싶은 심정의 셋이었다.

'……로인 공작을 위하여……!'

벨하임은 미소 지었다.

'우리의 당당한 주공을 위하여……!'

"이제 저녁까지는 숨을 좀 돌릴 수 있겠군."

"비록 주공만 그러실 수 있지만요."

벨하임은 웃는 목소리로 말했다.

크람은 아직은 얼굴이 창백하진 않았다.

벨하임은 그에게 떠맡겨질 업무의 해일이 이제 겨우 시작이라는 걸 알고 있었다.

'불쌍한 녀석.'

카이는 그런 벨하임의 속내를 읽은 듯 그를 노려보았다.

"벨하임, 불경한 생각은 용납지 않겠다."

"아, 예. 불경이라뇨. 아하하하……. 그런데 아까 거기에 몇이나 있었던 거죠?"

벨하임은 애써 웃으면서 화제를 돌리려 했다.

카이는 그를 한번 노려봐 준 후 순순히 화제를 돌렸다.

"몇까지 눈치 챘지?"

"한 넷? 그 사무실 건물 쪽에 숨어서 보고 있었죠?"

"일곱이다."

"엥?"

벨하임은 고개를 흔들었다.

"밀테이너 공작이랑 다른 공작 셋이 보내서 넷. 아닌가요? 허허, 어디서 또 보냈으려나."

"그런 것까지 알 수 있다면 좋겠지만, 역시……."

"에?"

"아니, 조용히 가자. 아침부터 외부 일을 처리했더니 피곤하군. 쉬고 싶다."

'사막을 열흘 동안 달렸어도 피곤해 하지 않은 사람이 고작 칼 두 번 휘둘렀다고 피곤하다고?'

벨하임은 카이가 더 말을 하고 싶어 하지 않는다는 걸 눈치 챘다. 벨하임은 앞장서서 길을 트기 시작했다.

카이는 그가 입을 다문 걸 다행스럽게 생각했다. 그리곤 한 손을 무심코 드래곤 하트, 자신의 정중앙 가슴에 박혀 있는 그것에 댔다.

자신의 심장과 기분 좋은 공명을 울리고 있는 드래곤 하트, 아니 이제는 자신의 또 다른 심장.

그 심장이 자신을 향해 부르짖고 있었다.

멈추지 마라! 여기서 멈추지 마!

'그래. 아직 멀었다. 아직……'

카이는 심장을 조심스럽게 쓰다듬었다. 루비처럼 빛나면서 루비처럼 딱딱한 심장은 무한한 마나의 고리를 그리면서 두근거렸다.

그날 저녁 해가 막 질 무렵이었다. 내성 문으로는 정복을 갖춰 입은 기사들이 속속 들어왔다.

그들이 향한 곳은 로인 저택.

"으아! 정말 대단한걸!"

"나 공작 저택에 처음 와 봐!"

"나는 우리 가문에서 처음 오는 거야."

긴장한 목소리로 수군거리는 기사들이었다.

"기, 기죽을 필요 없어! 정식으로 초대 받은 거잖아!"

"……정식으로 초대 받았다면서 초대장은 있냐?"

일행은 거리에 모여 잠시 수군거리기만 했다.

연병장보다 넓은 정원에는 숲을 그대로 옮겨 놓은 듯 숲과 꽃이 조화롭게 피어 있었다. 희게 빛나는 돌로 깨끗하게 단장된 길이 저택으로 이어졌다.

그 길을 걸어 저택에 이르면 티 하나 없이 깨끗한 하얀 벽을 자랑하는 저택이 위용도 당당하게 뽐내고 있는 것이었다.

기사단이라고는 해도 이들은 외성에서 나고 자란, 외성에서 근무

하는 일족. 파벌도 없고, 누가 가난한 기사들을 챙겨 줄 리가 없는 것이 일반적이었다.

그런 그들 앞에 드러난 로인의 저택은 그야말로 부러움을 느끼기도 전에 기가 질릴 정도의 수준이었던 것이다.

백여 명의 건장한 사내들은 저택 문 앞에서 주저했다.

그러나 그것도 잠시, 누군가가 앞서 외쳤다.

"에라, 불러 놓고는 설마 잘난 척하면 때려눕히면 그만이야!"

"제기랄, 이럴 때 공작 저택에 들어가지, 언제 또 들어가 볼 수 있겠어?"

"맞아! 몰려가자고! 설마 죽이려고 불렀겠어!"

"젠장, 죽어도 공작 저택에서 죽으면 개죽음은 아닐 거다!"

거리가 한바탕 시끄러웠다. 지나는 마차에 오른 내성 귀족들은 그런 기사들을 보고는 불쾌한 표정으로 고개를 돌렸다.

한편, 카이는 창가에서 그것을 보고 있었다.

거리에 모여 있는 기사들의 복장은 화려하지 않았다. 카이는 그것이 불쾌하지 않았다. 오히려 기분 좋은 담담함으로 그것을 바라보고 있었다.

공작 가문의 문이 열렸다.

대문이 활짝 열리자 기사들은 일순 긴장한 얼굴로 안을 바라보았다.

리슨은 그들을 쓱 훑어보았다. 키도 큰 금발 녀석이, 그것도 평상시 기사들이 혐오해 마지않는 기생오라비 얼굴로 바라보는 그 눈길에 기사들은 저도 모르게 발끈했다.

"공작님께서 기다리십니다."

그렇지만 리슨이 먼저 선수를 쳤다. 그들이 뭘 그렇게 보느냐고 난리를 치기 직전의 절묘한 순간이었다.

"어서 안으로 들어오시지요."

리슨은 무덤덤하게 그들을 저택으로 안내했다.

리슨의 표정은 무표정했지만, 사실 그는 지금 가슴이 뿌듯했다.

첫 파티였다. 그가 섬기는 주인의 이름으로 내걸린 파티.

사실 그가 기대한 것보다 좀 더 초라하고, 거기에 모인 것들이라곤 우악스러운 사내들뿐이었지만 그래도 파티라니!

과거의 로인, 빈궁이라 모욕 받던 시절에 비하면 얼마나 진보한 모습인가!

하인들이 중앙 홀로 통하는 문을 활짝 열었다.

그 너머로 수백의 촛불이 빛나면서 낮처럼 밝힌 중앙홀이 일행을 맞이했다.

"흐아~."

"흐개─객!"

기사들이 저도 모르게 놀라 소리를 질렀다.

리슨은 그 소리에 입 꼬리가 자꾸만 올라가는 걸 참을 수가 없었다.

"어서 오십시오, 로인의 이름으로 여러분을 환영합니다."

리슨이 우아하게 옆으로 비켜나면서 그들을 위해 길을 열어 주었다.

　낮처럼 환한 중앙홀, 예전의 위용을 되찾은 한쪽에서는 음악이 부드럽게 시작되었다. 한쪽에는 만찬 대용의 뷔페가 따끈하게 데워진 채로 마련되어 있었다.

　맛있는 냄새 뒤쪽으로는 향긋한 꽃 내음이 부드럽게 조화를 이루고 있었다.

　여자들이 없다는 것을 제외해도 어디 하나 나무랄 데 없는 화려함!

　기사들 100명이 그 가운데로 들어서고, 그들은 어떻게 해야 할지 모르겠다는 듯 서로만 바라보고 있었다.

　막막함 속에 분위기가 서먹할 때.

　카이는 중앙홀 위에서 그런 자신의 기사단을 보면서 웃고 말았다.

　그의 웃음소리가 음악 사이에 섞여 퍼지자 기사들은 고개를 두리번거렸다.

　"제군들."

　카이는 외치면서 계단을 내려갔다.

　기사들이 일제히 차렷 자세로 카이를 향해 돌아섰다.

　"이렇게 와 주어 고맙다. 편한 저녁시간이 되길 바라면서 불렀는데, 조금은 무리한 요구였던 것 같군."

　카이는 음식이 놓인 테이블을 가리켰다.

　"대신 배부른 저녁시간이라도 되길 바라네. 격식 따질 것 없다.

마음껏 들게나!'

카이의 말에 기사들은 속으로 제각기 안도의 한숨을 내쉬었다.

"감사합니다, 공작님!'

사내들이 일제히 음식이 놓인 쪽으로 돌아섰다.

벨하임은 카이의 뒤에서 그것을 보고는 혀를 찼다.

"거참, 사내 100명이라니. 우중충하기도 이런 우중충한 장면이 없네요. 레이디 동반으로 오라고 명령하셨으면 좋았을 텐데요."

"네 여자는 네 힘으로 구해라, 벨하임."

카이는 계단 중간쯤에 멈춰 선 채 일행을 바라보았다.

블루, 레드버드의 이 기사단은 그 성격이 매우 독특했다.

그들은 사령관은 있으나 주인은 없었다. 가장 많은 인원이었지만, 실력은 가장 뒤떨어졌다.

황궁에는 무려 두 개의 기사단이 있었다. 그 사령관은 한 명은 밀테이너 공작, 다른 한 명은 체스터 백작이었다.

내성에도 기사단이 있어야 했는데, 이때는 밀테이너 공작의 기사단이 내성을 동시에 보살피고 있었다.

소드마스터인 체스터 백작도 많은 기사들을 거느리고 있었다. 제자들 중 쓸 만한 자들을 밀테이너 공작이 기사로 임명하는 것이었다. 즉, 밀테이너 공작의 사병인 셈이었다.

내성 귀족의 대부분도 비록 소드마스터는 아니어도 열 명 내외의 기사들을 임명해 가신으로 삼고 있었다.

사병은 금지, 기사는 허용.

그와 같은 모순된 제국의 법이 불러온 폐단이었다.

카이는 천천히 그들 사이로 내려갔다.

기사들은 카이를 보면서 어색한 듯 몸을 굳혔다. 음식을 입 안에 넣은 채 씹지도 못하고 경직된 한 사내 앞에서 카이는 멈췄다.

"맛이 없나?"

도리도리.

"그럼 계속 먹도록."

"가사하니(감사합니)…… 에, 에취!"

그는 웅얼거리다가 음식물이 목구멍을 넘어가는 바람에 저도 모르게 재채기를 했다.

푸샷―. 씹히다 만 음식들이 허공을 날아 카이의 얼굴에 안착했다.

사내의 얼굴이 새파래졌다.

리슨이 재빨리 다가와 냅킨으로 카이의 얼굴과 어깨 위에 떨어진 음식물을 털어 냈다. 그러면서도 눈으로는 사내를 노려보고 있었다.

"이런 무엄한 자를 봤나! 감히 어디에 대고……!"

"됐다, 리슨."

카이는 손수건을 꺼내 다시 자신의 얼굴을 닦아 냈다. 그리고 가볍게 손가락을 튕겼다.

쟁반 위에 음료수를 들고 있던 시종이 얼른 달려왔다. 카이는 음료수를 받아 들어 사내에게 건넸다.

"자네, 이름은?"

"아, 알렉 쥐랑이라고 합니다!"

알렉은 새파래진 얼굴로 땅에 당장 엎드렸다.

"죄, 죄송합니다!"

어느새 악단도 음악을 멈췄다.

모두가 카이 한 사람의 일거수일투족을 바라보고 있었다. 그가 언제 검을 꺼내서 알렉을 벨지 모른다는 두려움이 좌중을 압도하고 있었다.

카이는 자신을 바라보는 수많은 눈길을 느끼면서 몸을 굽혀 알렉의 어깨를 붙들었다.

알렉은 몸을 흠칫 떨었다.

평민들의 대거 죽음에 이어 죽음의 벽에 매달려 있던 정체불명의 사내 등등이 그의 뇌리를 스쳤다.

"어서 일어나게."

자신의 목이 박살 나는 대신 카이의 부드러운 목소리가 들렸다.

알렉은 조심스럽게 카이를 올려다보았다.

"제, 제 실례를……."

"내가 실수했군. 무얼 먹는 중에 말을 걸어 미안하네. 어서 일어나게나."

알렉은 이어 자신의 어깨가 거부할 수 없는 강한 힘에 이끌리는 걸 깨달았다.

긴장이 풀린 끝에 다리까지도 힘이 풀렸다. 그런 몸이 카이의 힘에 인위적으로 이끌려 일어나게 된 것이었다.

카이는 이어 자신의 손으로 직접 알렉의 무릎과 옷을 털었다. 그리고 고요해진 주변을 둘러보았다.

"음악은 왜 멈췄는가?"

카이는 아무렇지도 않다는 듯 물었다.

악사들이 화들짝 놀라서 연주를 다시 시작했다. 바이올린이며 비올린, 거기에 첼로가 제각기 다른 음을 한꺼번에 폭발했다.

깨깨갱!

악사들이 서로를 멍청한 표정으로 쳐다보았다.

"풋!"

카이는 저도 모르게 웃음을 입가에 머금었다.

"푸, 푸하하하!"

카이의 웃음소리가 크게 울려 퍼진 순간.

자리에 모인 기사들은 서로를 빤히 쳐다보았다. 그리고는 다시 멍청한 표정으로 자신들을 멍하니 바라보는 악사들을 바라보았다.

"쿠하하하하!"

기사들의 호쾌한 웃음소리가 일시에 폭발했다.

긴장이 풀린 끝에 터진 웃음이라서 더 길고 더 힘찬 웃음이었다. 일행은 서로를 보며 무릎까지 치면서 웃었다.

개중에는 웃다가 아예 눈물까지 찔끔거린 자도 있었다.

당황했던 악사들은 지휘자가 차분하게 지휘봉을 휘두르자 천천히, 그리고 조용하게 음악을 연주하기 시작했다.

웃음소리 사이로 음악이 퍼져 나가자 분위기가 한결 매끄러워졌다.

기사들은 웃음을 멈췄다. 그렇지만 입가에는 미소가 계속 매달려 있었다. 기사들은 거침없이 음식을 먹고, 술과 음료를 들이켰다.

카이는 그 사이를 누볐다.

기사들은 제각기 이런저런 이야기를 나누다가도, 카이가 다가오면 정중하게 허리를 굽혀 인사했다.

카이는 그들에게 간단하게 이름과 음식이 어떤지를 묻곤 했다.

혹은 그들이 나누는 이야기를 가만히 듣기만 했다. 파티를 연 주인으로서 그렇게 사람들을 보듬는 가운데.

사내들뿐인 자리였는데도, 파티의 분위기는 화기애애하게 흘렀다.

음악은 귀에 거슬리지 않게 흥을 돋웠고, 기사들에게 제공되는 음식과 술은 멈춤이 없었다.

무(武)에 관한 이야기, 여인에 대한 이야기, 혹은 기사로서의 이야기나 개인사 등등.

여인들의 수다 저리 가라 할 정도로 이야기는 많았다. 술이 들어가면 이야기는 그 배가되어 튀어나왔다.

그렇게 저녁시간이 깊어 달이 높게 치솟았을 때.

사내들의 웃음과 술향이 흥건하게 젖은 저택의 중앙홀과 파티장으로 쓰이는 1층의 한쪽 테라스 위에 한 사내가 모습을 드러냈다.

100명의 사내들이 제각기 떠들고 있는 시끄러운 와중이라서 그자의 등장을 눈치 챈 사람은 아무도 없었다.

크람은 음식 접시를 든 채 뷔페 테이블을 노려보았다.

카이는 처음에 그가 벌레라도 보았나 생각했다. 그래서 다가서려던 중, 크람의 주변으로도 수많은 사내들이 빈 접시만을 든 채 서 있는 것을 그는 곧 눈치 챘다.

'오호?'

호기심이 치솟았다.

카이는 그래서 팔짱을 낀 채로 한참이나 그들을 지켜보았다.

한쪽의 문이 열리면서 시종이 쟁반을 들고 들어왔다. 일순 사내들의 눈빛이 날카롭게 빛났다.

채캉! 그들의 손에서는 포크가 날카로운 날을 자랑했다. 오늘을 위해 마련한 은제 고급 포크였지만 기사들의 손 위에서는 바다의 신이 들고 있다는 삼지창처럼 보였다.

"추, 추가 접시를 곧 대령하겠습니다!"

시종은 기사들의 살기 어린 눈빛 아래 몸을 떨면서 접시를 조심스럽게 내려놓았다.

순간 은빛 폭포가 쏟아지듯, 달빛이 집중되어 한곳에 내리쬐듯, 그렇게 강한 빛줄기가 번득였다.

카이가 눈을 깜빡거린 단 한 순간.

순식간에 접시가 비었다. 그리고 아직도 허공에서 날아드는 몇 개의 뒤늦은 포크가 있었다.

"뭐야? 무슨 일이야?"

사내들 몇이 웅성거리며 다가오자 그 접시를 기다리던 자들은 일제히 고개를 돌리며 어설픈 웃음을 흘렸다.

"응? 으하, 아닐세. 아냐."

그들은 마치 약속이라도 한 것처럼 자리를 떴다. 그러면서도 미련이 남은 듯 멀리 떨어지지는 않는 것이었다.

호기심이 솟았다. 뭔가 이상했다.

메뉴는 전적으로 리슨에게 맡겨 두었다. 대체 어떤 음식이 그들을 자극한 것인지 알 수 없었다.

카이는 접시 하나를 집어 들었다. 음식이 다시 나오길 기다리던 사람들의 얼굴이 일순간 굳었다.

개중 크람은 그래도 대담하게 카이의 옆에 와 섰다. 그는 포크를 들고는 싱글벙글 웃었다.

"공작님."

'감사합니다!'

크람은 감히 공작 옆에 다가오지 못하는 동료들의 시선을 애써 외면했다.

카이는 그 주변의 눈길에 다시 웃었다.

"대체 무슨 소동인가?"

"별일 아닙니다."

"호, 설마 저게 나오리라곤 생각도 못했는데."

"대체 어떤 건데?"

"귀한 겁니다."

"남성에게 특히 좋은 음식이라지요."

"자넨 누군가?"

카이는 그제야 중간에 끼어든 사람의 목소리가 낯설다는 걸 깨닫고는 뒤돌아보았다.

복장은 꽤 간소했다. 카이의 복장보다 소박했고, 기사들의 옷과 엇비슷했다.

그런데도 그 사내를 보는 순간 떠오른 수식어는 하나였다.

'화려하다!'

붉은 머리는 마치 당장 불타오르는 황금에서 훔쳐 낸 듯 번쩍거렸다.

하얗고 갸름한 얼굴은 리슨과 콤비를 이루어 사교계에 나타나면 여자들을 떼로 기절시킬 수 있을 것 같았다.

붉은 머리 사내는 허리를 깊숙이 숙였다.

"켄 가릴 엘란 후작이 로인 공작께 인사 올립니다."

'……!'

일행은 어이가 없었다.

그날의 두 번째 침묵이 찾아들었다. 음식을 먹던 자들이나, 시끄럽게 떠들던 자들이나 모두 입을 다물지 못했다.

카이의 미소가 사라졌다.

그는 이 뜻밖의 손님을 한참이나 노려보기만 했다. 그 표정만으로도 그의 의지가 너무나 분명하게 전해지는 듯했다.

"누구지?"

"왜 여기 있는 거야?"

"아, 아니지. 대체 언제 들어온 거냐?"

어색한 침묵이 흐르고 한참 후에야 기사들이 떠들어 댔다.

엘란은 그런데도 싱글벙글 웃으면서 카이를 바라보고 있었다. 그 자리에 있는 것을 다들 불편하게 생각하는 건 안중에도 없는 듯했다.

"추가 접시를 곧 대령하겠습니다!"

그때 하필이면 불쌍한 시종이 접시를 든 채 부리나케 들어왔다. 모든 사람의 시선이 그 시종에게 향했다.

어린 소년은 그 시선에 한동안 어쩔 줄 몰라 하다가, 접시를 든 채로 그 자리에서 굳어 버렸다.

카이는 피식 웃었다. 리슨이 소년에게 다가서서 접시를 받아 들고는 이어 카이의 바로 앞에 내려놓고 한 발 뒤로 물러났다.

"리슨."

카이는 리슨을 바라보았다.

"불청객을 배웅하도록."

카이의 명령에 리슨은 당장 엘란의 옆으로 다가섰다.

"축객령입니까? 허허, 로인 공작께서는 이깟 불청객 하나도 용납하지 못하는 분이셨습니까?"

엘란은 그 와중에도 웃으면서 말했다.

그 대담한 발언에 일행은 새하얗게 얼어붙었다.

초대를 받은 것도 아니요, 그것도 정문을 통해 들어온 것도 아닌 사람이 이렇게까지 당당하게 나올 줄은 아무도 예상 못 한 일이었다.

그렇지만 카이 역시 그런 대담함 따위에 껄껄 웃어넘길 만큼 줏 대가 없지는 않았다.

"재미있는 발언이로군. 이 자리는 특별한 자리다. 외인(外人)을 용납할 자리가 아니다."

기사들은 저도 모르게 자세를 바로잡았다. 어깨를 으쓱하니 누구 에게라도 지금 이 말을 자랑하고 싶은 마음이 너 나 할 것 없이 굴뚝 같았다.

공작 가문에 들어와 본 것만 해도 영광이요, 거기에 공작 본인이 이 자리를 특별하다고 말하며 후작을 내쫓는다!

다시없는 영광인 셈이었다.

엘란은 그의 말에 고개를 끄덕였다.

"그 점은 제가 미처 생각하지 못했습니다. 그러하다면, 이 자리의 여흥을 제가 보여 드란다면 어떻겠습니까?"

엘란의 눈길이 초롱거리며 카이에게 향해 있었다.

카이는 단번에 고개를 흔들려다가 문득 떠오르는 게 있었다.

카이가 도성 입성 전에 리슨을 먼저 보낸 데는 이유가 있었다. 저 택을 단장해 놓는 것과 사람을 구하는 것도 중요했지만, 무엇보다 그가 아는 귀족 세계가 너무 없기 때문이었다.

그가 아는 것은 자신과 제국 5대 공작, 그리고 황제의 가계도 정 도.

다른 가문은 어떤 가문이 있는지, 현재 가주는 누구인지, 혹은 그들 사이의 혼인 관계나 파벌 관계는 어떠한지 등등.

리슨은 도성에서 정보 길드를 통해 그런 정보를 미리 수집해 놓도록 지시 받았다.

그것을 거의 숙지한 지금, 카이는 엘란 후작이 어떤 사람인지 곧 떠올렸다.

'황제와 더불어 무예광인 녀석이었던가.'

귀족들 중 가장 실력이 뛰어난 자 중 하나였다. 물론 카이는 예외로 하고.

그는 소드익스퍼트 상급에 준하는 실력으로, 어떻게 해서든 소드마스터가 되고 싶다고 공공연하게 떠들고 다녔다.

카이의 입가에 웃음이 떠올랐다. 그는 자신의 두 기사단을 돌아보았다.

"어떤 여흥이라면 이 자리에 어울리겠는가?"

"……."

처음에는 쭈뼛거리며 서로 눈치를 살폈다.

그러나 곧 뒷자리에서 누군가가 소리 질렀다.

"백 대 일의 무한 배틀이면 괜찮을 것 같습니다!"

카이는 그 말에 웃었다.

"이 자리는 그대들을 위한 연회다. 그런데 굳이 배틀을 벌일 것까지는 없을 것 같은데."

카이의 시선이 벨하임을 향했다. 벨하임은 불길한 예감이 스치는 것을 느꼈다.

보통 카이가 저렇게 진지한, 그러면서도 웃음기 살짝 담긴 눈으로 사람을 볼 때는 그렇게 좋은 뜻이 아니었다.

"소드마스터의 검을 보고 싶지는 않은가!"

"오오오오!"

"보고 싶습니다!"

기사들은 일제히 피가 끓어오르는 것을 느꼈다.

그리고는 단번에 중앙에 빈 공간을 남겨 두고는 빙 둘러 앉았다.

갑자기 앞으로 밀려난 벨하임은 멋쩍은 듯 머리를 긁적였다. 순식간에 동물원 우리 속 동물이 되어 버린 엘란도 당황스럽기는 마찬가지였다.

"로인 공작님, 제가 원한 것은……."

"여흥을 보여 주는 것 아니었던가? 아니면 당장 나가든가."

가차 없는 카이의 말에 엘란은 대답할 말이 없었다.

"정 그리 말씀하신다면……."

카이는 씩 웃고는 한쪽으로 물러났다.

벨하임은 머리를 긁다가 허리를 약간 꾸벅했다.

"벨하임 아리준입니다. 후작님께 본의 아니게……."

"잡말이 길다!"

"옳소! 어서 검을 뽑아!"

기사들이 기사도를 잊은 세상……이라는 한탄을 늘어놓을 것까지도 없었다.

기사로서 예를 청하는 것을 '잡말'로 잘라 버린 사내들을 후작은 질렸다는 표정으로 바라보았다.

"……잘 부탁하네. 부족한 실력이지만……."

"길다! 길다!"

"어서 붙어!"

후작은 한숨을 내쉬면서 힘없이 검을 뽑았다. 그의 검에는 느릿하니 힘없는 오러가 맺혔다. 선명하지는 않았지만, 그래도 부족하지 않은 실력!

그제야 기사들은 순식간에 입을 다물었다. 자신들이 오르지 못한 그 수준에 이른 후작의 모습에 놀란 것이었다.

카이는 그의 자세가 꽤 흐트러짐이 없는 것을 보고는 고개를 끄덕였다.

벨하임은 카이를 한번 바라보았다.

'저, 정말 괜찮은 걸까요?' 하는 눈빛이었다.

상대는 후작.

"체스터 백작과도 대결을 벌인 주제에 지금 와서 뭘 머뭇거리는 거냐, 벨하임?"

카이의 말에 엘란은 몸을 흠칫 떨었다.

'이자가…… 바로 그 새로운 소드마스터란 말이지?'

겨우 자신 또래가 아닌가.

거기에 겉으로는 얼마나 어수룩하니 촌뜨기로 보이는지, 제국의 중앙에서만 살아온 엘란은 잠시 어이가 없었다.

그러나 엘란은 곧 새롭게 호승심이 타오르는 것을 깨달았다.

'멀지 않구나, 소드마스터의 길……!'

착각은 자유다.

벨하임은 그것도 그렇다는 생각이 들어서 그냥 검을 뽑았다. 어차피 소드마스터는 무법(無法)적인 존재 아닌가?

'후작이 죽으면 다른 나라로 도망가서 작위 받고 떵떵거리면서 살지, 뭐.'

벨하임은 간단히 생각해 버리곤 기합을 넣었다.

"홋차!"

별다른 힘을 들이지 않아도 오러 블레이드가 곧 형성되었다.

순식간에 검을 덮어 버린 단단한 붉은 기운에 기사단의 눈이 휘둥그레졌다.

"우, 우와……."

누군가 무심결에 내뱉은 탄성 외에는 사방이 조용하기만 했다.

뜨거운 열의가 이글거리는 그 가운데에서 두 사람은 서로를 바라보았다.

엘란 후작은 벨하임의 검을 보면서 몸을 슬쩍 떨었다.

'대단하다, 대단하다! 역시 소드마스터……!'

엘란은 신중하게 한 발을 앞으로 내딛었다. 그렇지만 좀처럼 벨하임의 빈틈을 발견할 수가 없었다.

검 끝으로 서로를 노려보던 한순간.

벨하임은 더 이상의 대치는 지루하다는 생각이 들었다. 그의 검이 살짝 한쪽으로 방향을 돌아섰다.

엘란은 바로 벨하임의 빈틈에 흥분해서는 그를 향해 달려들었다.

그것이 벨하임의 함정이라는 것은, 그리고 소드마스터라는 이름이 단지 정순한 마나 때문에 얻을 수 있는 이름은 아니라는 것은 까맣게 모르는 채였다.

벨하임은 자신의 왼쪽으로 상대방이 달려들자 단숨에 그의 뒤쪽으로 돌아섰다.

그가 어떻게 그렇게 움직였는지 엘란은 채 볼 수도 없었다.

"……어?"

그가 놀라 뒤를 돌아보는 사이, 벨하임은 단번에 엘란의 목으로 검을 갖다 댔다.

더 움직이지 말라는 무언의 압박을 던지면서, 벨하임은 엘란의 눈을 바라보았다.

엘란은 화를 내거나 실망하지 않았다. 그는 오히려 방긋 웃고는 자신의 검을 바닥으로 향했다.

"졌다……."

"우와와와!"

"대, 대단해. 역시 소드마스터……!"

벨하임이 검을 거두자 그의 옆으로 기사들이 우르르 달려들었다.

아이들처럼 반짝거리는 눈망울에 벨하임이 약간 당황하던 차에 카이가 웃으면서 말했다.

"벨하임, 소드마스터가 되기 위한 가장 중요한 것은 뭐라고 생각하는지 말해 줘라."

"엣?"

"그런 게 있으면 진즉 말해야지!"

기사들이 광분해서 벨하임에게 시선을 집중시켰다.

"별다른 게 없는데……?"

"그럴 리가 있냐!!"

"자기는 소드마스터니까 그런 말을 하는 거지!"

그들의 성화에 벨하임은 눈을 지그시 감고는 하늘로 고개를 돌렸다.

모두들 그의 입이 열리길 기다리면서 침만 꼴깍 삼켰다.

"……소드마스터가 되는 그 첫 번째 비결은……!"

벨하임의 눈가에 언뜻 눈물이 아롱거렸다.

"죽기 직전까지 훈련을 계속하는 것. 다른 건 없던데?"

쿠당탕! 기대에 가득 찼던 사람들이 일순간 무너져 내렸다.

그러나 그들은 곧 등골이 서늘해지는 한마디를 들을 수 있었다.

"내일부터 벨하임 아리준의 지도하에 훈련을 하겠다, 기사단 제군."

'비결은 죽기 직전까지 훈련을 계속하는 것…….'

기사단의 머릿속에는 그 말이 계속해서 맴돌았다.

"오늘 밤은 원 없이 먹고, 마시도록."

카이가 덧붙인 친절한 말에 행복해 하는 사람은 아무도 없었다.

카이는 이어 엘란에게 돌아섰다.

"밥값은 했으니 먹는 것까지 뭐라는 않겠다만, 어째서 초청도 없이 오는 실례를 범한 건가?"

"로인 저택에서 파티를 한다는 이야기를 들어, 오늘이 공작님을 뵙기에 가장 좋은 날이라 생각했지요."

"언제든 낮에 명함을 넣었으면 시간을 낼 수도 있었을 텐데. 내가 기분이 가장 좋을 때를 노린 건가, 아니면⋯⋯."

엘란 후작은 약간 흠칫했다. 카이와 그는 이야기를 나누면서 중앙홀 한쪽에 물러나 있었다.

기사들은 벨하임에게 달려들어서 필사적인 아부 작전을 벌이고 있었다.

시종이 갓 들고 온 최강의 정력 음식이며, 가장 맛있어 보이는 음식이며 술 등등을 들고 기사들 가운데 파묻힌 벨하임은 몹시 행복해 보였다.

"저런, 저렇게 보양식을 먹여 봤자 내일부터 펄펄 더 뛰어다닐 텐데. 고생을 사서 하는군요."

"그런 점이 마음에 들지 않나? 순진한 것들이야. 누구처럼 남의 기분을 일부러 불쾌하게 만들려는 듯 잠입하는 짓거리 따위는 생각도 못하지."

"아, 아하하하⋯⋯ 일단 눈치는 빠르시군요."

"일단⋯⋯이라. 용건을 들어 보기로 할까."

엘란 후작은 피식 웃으면서 어깨를 흔들었다.

"오늘의 실례를 용서해 주신다면, 다음 실례 역시 용서 받을 수 있을까요?"

"경우에 따라."

카이의 눈빛이 순간 서늘하게 빛났다.

"귀족의 유희 따위에는 흥미 없다."

"에헤, 남의 일을 그렇게 유희라고 딱 잘라 말하는 것도 그렇게 좋은 버릇은 아니십니다. 어쨌든 오늘 일은 꽤 좋은 경험이었습니다. 소드마스터와 한번 겨루어 보는 것이 저와 같은 사람에게는 큰 도움이 되니까요. 그럼 다음에 다시 뵙겠습니다. 그때는 실례하지 않도록 조심하지요."

엘란은 그리고 정중하게 카이의 앞에서 허리를 숙였다.

카이는 그의 인사를 묵묵히 받았다. 엘란은 왔을 때처럼 테라스 한쪽을 통해 정원으로 나갔다.

그가 정원 한쪽으로 모습을 감추는 것을 보며, 카이는 리슨을 돌아보았다.

"따라가라."

리슨은 무뚝뚝하게 고개를 숙이고는 금세 모습을 감췄다.

그 후로도 한동안 카이는 기사들 사이를 누볐다. 파티가 완전히 끝난 것은 자정이 훨씬 지난 후였다.

리슨이 되돌아온 것도 그 즈음이었다.

"르귄 공작 저택으로 갔다가 황궁으로 들어갔습니다. 그리고는 나오지 않았습니다만……."

"황궁?"

"예, 그 이상으로 따라가지는 못했습니다. 비밀통로를 통해 들어

가는 바람에……."

"아니, 괜찮다. 황궁……이라."

카이는 고개를 갸웃거렸다.

'황제? 아니면 다른 세력인가?

분명한 건 그에게 접근하는 세력이 생겼다는 것.

SWORD OF DRAGON LOAD

제7장

한가한 하루

기사단과의 만찬이 있고 사흘이 지난 후.

"자네가 또 웬일인가?"

카이는 눈앞의 손님을 무덤덤한 눈으로 바라보았다.

엘란 후작은 그런 차가운 태도에 싱긋 웃기만 했다.

"별일 아닙니다, 공작님. 오후에 시간 괜찮으십니까?"

카이의 눈빛이 한순간 빛났다.

그렇지만 그는 귀찮다는 듯 다시 눈앞의 서류로 관심을 돌렸다.

"자네와 놀아 줄 시간은 없다."

"일전 만찬 도중에 난입한 저를 내쫓지 않고 대접해 주신 것에 감사하여, 오늘 오후에 있을 작은 자리에 같이 가 주셨으면 합니다만."

엘란 후작의 말에 카이는 잠시 팔짱을 낀 채로 그를 한참이나 바라보았다.

"무슨 속셈인가?"

"속셈이라뇨?"

"나를 동반하기를 누가 청하던가? 아니면 자네의 임의로 나를 사교계에 이끌고 싶다는 건가? 오늘 오후에 간단하게 얼굴을 내밀기만 하는 자린가? 아니면 다른 준비를 해야 하는 건가?'

"······음."

엘란은 잠시 속으로 놀랐다.

그는 이 젊은 공작이 도성에 화려하게 복귀했다는 이야기를 들었을 때에는 그냥 피식 웃고 넘겼다.

아무 일도 없을 거라고, 그래 봤자 금으로 떡칠한 저택에서 졸부 노릇이나 하겠지 싶었던 것이었다.

하지만 날이 갈수록 로인의 이름은 드높아지고 있었다.

첫날부터 황궁에서 황제를 구하지 않나, 밀테이너 공작에게 한수를 먹이질 않나······.

그 와중에 퍼진 로인의 무위는 실로 인간의 것이라 믿기지 않을 정도였다.

더 알 수 없는 건 카이의 마음속이었다. 다른 일에 관심은 없어 보이는데 다음 순간 그는 상대방의 마음을 읽은 듯 정확한 일격을 날리는 질문을 하는 것이었다.

무표정하면서도 차가운, 도도한 표정! 잿빛 눈은 마치 얼음이 겹겹이 얼어붙은 것 같았다.

'이자가 누구를 사랑하게 되면 어떤 표정을 지을까?

엘란은 문득 그것이 궁금해졌다.

"후자는 아니지만, 전자는 아니라고 할 수 없을 것 같습니다."

"르귄 공작이던가?'

'그것까지 알고 있었던가?'

엘란은 놀라 눈을 크게 뜨고는 고개를 끄덕였다.

"알고 계셨습니까?"

"모르고는 제국의 중심부에서 살아남을 수가 없지. 더더군다나 갓 회생한 가문의 주인이니까."

카이는 그렇게 말하면서 상대를 바라보았다.

"원하는 게 뭔가?"

"옛……?"

"그가 원하는 대가. 그것까지는 말해 주지 않던가?"

"뭐, 공작님이 어떻게 생각하시든 저랑은 관계없는 일입니다."

엘란은 싱글벙글 태연하니 대답했다.

"제가 원하는 건 다른 거니까요."

카이는 의외라는 표정으로 그를 바라보았다.

"아까는 원하는 게 없다고 하지 않았나?"

"공작이 생각하시는 거랑은 약간 거리가 먼 일이라 말이지요. 저는 공작님의 친구가 되고 싶습니다만."

카이는 입술을 꾹 다물었다.

닭살스러운 말을 내뱉은 당사자는 오히려 순진한 표정으로 카이를 바라보고 있었다.

"……거절하겠다. 용건은 끝난 건가?"

"에, 엣! 왜요?"

엘란은 거절할 줄은 몰랐다는 듯 정말 놀라서는 자리에서 벌떡 일어났다.

"내가 싫다는데 이유가 있는 건가?"

"하, 하지만 좋지 않습니까!"

"뭐가?"

"으윽. 공작, 당신 친구 한 명도 없죠?"

"없어도 불편하지는 않네만."

그렇게 대답하다가 카이는 문득 피식 웃었다.

"친구라 불러도 괜찮은 존재가 있기도 하고."

테엘이 그 말을 듣는다면 '누가 감히 인간 따위와!' 라고 펄펄 뛸지도 모를 일이었다.

그렇지만 카이에게 그런 존재가 있다는 것에 놀라면서, 엘란은 재빨리 말을 이었다.

인간이라고 생각하면서.

"그럼 그 존재를 두고 생각을 해 봅시다!"

"그러지."

카이는 의외로 순순히 대답했다. 엘란은 머리를 긁으며 이 기회를 놓칠세라 필사적으로 물었다.

"혼자서 말 타면 재미없지 않습니까? 그럴 때 불러다가 같이 성밖 평원으로 사나흘 소풍이라도 갈 사람, 있습니까?"

드래곤이 말 타면 말이 얼어서 움직이려 하지 않는다. 인간인 척 기척을 다 감춘다면 모를까.

드래곤이 소풍을 간다면 도시락은 어떻게 마련해야 할까.

카이는 꽤 진지하게 대답했다.

"소풍 갈 정도로 한가하지 않다만."

"그렇다면 이건 어떻습니까? 너무너무너무 힘든 일이 있어서 누군가와 함께 시간을 보내고 싶을 때, 여자는 말고, 이해해 주고 기운을 북돋아 줄 사람이 필요할 때……."

카이는 뜨거운 차를 한 모금 들이켜며 고개를 흔들었다.

"그런 일이 있다고 내색할 수 있는 신분이라면 좋겠군."

"쳇! 파티 같은 데 같이 나가서 시시덕거릴 청춘이 필요하지는 않은 겁니까? 그 친구라고 생각하는 사람이랑 같이 놀고 싶다는 생각은 들지 않으십니까?"

드래곤의 파티라.

"놀 시간 따위는 없다."

'당신 겨우 스무 살이잖아!

엘란은 그 무엄한 말을 간신히 목구멍 아래로 삼키고는 재빨리 말을 이었다. 말을 멈추면 당장이라도 카이가 일어나 나가 버릴 기세였다.

"같이 말을 타고 평원을 질주할 친구! 같이 어깨를 나란히 하고 어둠 속을 헤치고 마왕을 처치해야 할 때! 그럴 때 당신은 누구 하나 의지할 사람이 없지 않습……!'

"친구란 그런 의미인가?"

카이가 문득 말을 가로막고 물어오는 통에 엘란은 말문이 막혔다.

"에……?"

"굳이 같이 싸우기 위해, 굳이 같이 놀기 위해 친구를 만드느냐고 물은 걸세."

"엣…… 그, 그건 아니지만……."

"같이 싸울 사람이라면 있다. 같이 놀 사람이라면 찾을 이유가 아예 없다."

"그, 그래도……! 갑자기 한밤중에 술이 고프고, 혼자 마시기는 싫을 때 있을 거 아닙니까! 그냥 같이 말머리 나란히 하고 같이 갈 사람이라든가, 별 대단하지도 않은 일 안고 와서 귀찮게 하는 녀석이 있었으면 하는 생각 같은 거 안 들어요? 혼자서 그렇게 외롭게 살고 싶은 겁니까? 사람 사귀는 요령이라는 건 다 잊으셨습니까?"

"잊은 거라면 잊은 거겠지."

카이는 그 긴 말에 간단하게 대꾸했다.

엘란은 그 말에 뭐라 더 말을 이을 수가 없었다.

둘은 서로를 노려보면서 한참이나 거실에서 입을 다문 채 앉아 있었다.

"당신, 불쌍한 인생이로군요……."

엘란이 문득 내뱉었다.

"아무리 귀족이라고 해도 인간인 건 분명한데, 가족도 없고 친구도 없고. 그래도 괜찮다고 우기려는 겁니까."

"걱정해 주어 고맙네, 엘란 후작. 하지만 더 용건이 없다면……."

카이의 축객령이 떨어지기 전에, 엘란은 자리에서 일어났다.

"용건은 있습니다! 오후에 르컨 공작의 티파티에 같이 갈 때까지 기다리기로 하지요."

"무슨 소린가."

카이가 살벌한 목소리로 물었지만 엘란에게는 통하지 않았다.

엘란은 오히려 카이를 불쌍하다는 눈으로 바라보았다.

"귀족으로 태어났으니까, 돈이 많은 가문이라서, 혹은 소드마스터를 가신으로 거느리고 있다는 그런 이유 만으로는 버틸 수 없는 세상입니다! 시대가 변했습니다, 카이젤 로인 공작. 로인이라는 이름만으로 모든 걸 해결할 수 있다고 생각할 수가 없는 시대란 말입니다!"

"시대가…… 변했다."

카이는 한동안 생각에 잠겼다.

그사이 엘란은 손님방으로 안내하라면서 리슨과 아이작을 닦달해 댔다.

시종을 보내 티파티 때 입을 옷을 갖고 오라고 하질 않나, 손님방이 마음에 들지 않는다고 다섯 개의 방을 전전한 끝에야 카이의 사적인 거처에서 가장 가까운 방을 골라잡아 들어가는 것이었다.

이 갑작스런 광풍에 카이는 조금은 어이가 없기도 하고, 막막한 느낌까지 들었다.

어째서인지 엘란은 카이에게 칼로 물 자르듯이 그렇게 상대하기 어려운 존재였다.

카이는 고개를 흔들고는 엘란에 대해서는 신경을 쓰지 않기로 했다.

'티파티라…… 한번 가 볼까.'

르귄 공작이 제의할 것은 뻔했다.

'무력을 보태 달라는 거겠지.'

서로 세력의 균형을 맞춰 밀테이너 공작을 견제하자는 이야기가 될 터였다. 카이에게는 흥미 없는 이야기였다.

그러나 상대는 5대 공작 중 한 사람.

'엘란 때문이 아냐. 르귄 공작 얼굴을 봐서 가 주는 거라고.'

카이는 툴툴거리면서 리슨에게 티파티 참석을 알렸다.

오후의 따뜻한 한때. 초봄 한낮의 햇빛에 모든 것이 나른하게 졸린 시간이었다.

지나가는 일에 대한 간단한 이야기, 옷차림이며 시에 관한 이야기. 가벼운 음악을 뒤로한 채 나누는 교양 있는 대화.

르귄 공작은 자신의 거실에 모여 있는 사람들을 바라보며 고개를 끄덕였다.

평화로운 오후였다.

젊은 귀족 중 한 사람이 공작에게 다가왔다.

"르귄 공작님, 오늘 엘란 후작께서는 안 오시는지요?"

평화가 무너지려는 듯싶었다.

르귄은 이마를 찡그리면서 애써 웃음을 지었다.

"귀한 손님을 모시고 온다 했으니, 곧 도착하리라 생각하네만."

"귀한…… 손님이요?"

젊은 귀족은 눈을 동그랗게 떴다.

"재미있는 자리가 될지 모르겠군."

르귄은 가만히 중얼거리기만 했다.

때마침 집사가 한쪽 문을 열고는 안으로 들어섰다. 티파티라는 이름의 이 회합은 중간에 방해 받는 일이 드물었다. 모인 사람들은 일제히 집사를 바라보았다.

"엘란 후작님과 로인 공작님께서 도착하셨습니다."

술렁.

귀족들이 일시에 서로를 마주 보면서 놀란 눈빛을 주고받을 때, 르귄은 고개를 끄덕여 그들을 데려오도록 했다.

엘란 후작이 여느 때처럼 화려한 포즈로 방 안에 들어섰다.

"늦었습니다! 오늘도 안녕하셨는지요."

"……아닐세. 참석해 줘서 고맙네."

"별것 아닙니다, 공작님."

르귄은 이어 엘란의 뒤쪽에서 못마땅한 듯 차가운 표정으로 서 있는 카이에게 시선을 돌렸다.

처음 만나는 사이라 어색하기만 했다. 사람들이 자신들을 주목하는 것도 이상할 정도로 부담스러웠다.

화려하지는 않다. 그리고 생각보다 훨씬 더 젊다. 그런데도 그는 차가운 표정 너머로 뜨거운 열정을 뿜어내면서 그들을 서서히 지배하는 듯싶었다.

르퀸은 그가 자신과 같은 공작이라는 걸 부인할 수가 없었다.

'밀테이너, 간도 크군. 이런 젊은이를 상대로…….'

엘란이 더 이상의 수작을 부리지 않는 이유를 알 것도 같았다.

르퀸은 그렇게 첫인상을 정리하고는 카이의 앞에 섰다.

"처음이로군."

"100년 만에 로인의 일원이 르퀸 가문에 인사를 올립니다."

차갑고 냉랭한 대꾸였다.

'당연하겠지. 그들을 돕지 않은 건 우리도 마찬가지니.'

그래도 이렇게 젊은 가주가 가문을 되살리려 한다는 게 용하기도 했다. 르퀸은 고개를 끄덕였다.

"100년이 되었던가. 시간의 흐름에 무심했던 가문이 로인을 향해 사과의 인사를 건네겠네."

"……오늘 초청은 감사합니다."

카이는 그제야 누그러진 어조로 시선을 돌렸다.

밀테이너는 빤하니 적의를 드러내서 오히려 상대하기가 편했다. 깔아뭉개 버리면 된다.

그렇지만 르퀸은 온화함으로 포장된 우호적인 손길을 내밀고 있었다. 그것까지 내칠 정도로 카이는 바보가 아니었다.

그렇지만 카이의 표정은 쉽사리 풀리지가 않았다. 그 자리가 일반적인 티파티는 아닌 것을 이제야 알게 된 것이었다.

엘란은 벌써 입술을 달싹거리면서 자신들을 바라보는 젊은 귀족 사이에 섞이고 싶어 하는 표정이었다.

젊은 귀족들 스물가량이 모여 있었다. 소개 받지 않아도 대부분은 짐작이 갔다. 아마도 현재 문관 계열에서 이름이 자자한 젊은이들이겠지.

"젊은이들은 젊은이들끼리 회포를 풀라고 하고…… 우리는 잠시 안쪽으로 자리를 피하도록 할까."

그의 표정을 읽은 르귄이 재빨리 권했다. 카이는 그 말에 짧게 고개를 끄덕였다.

"엘란 후작, 뒷자리를 부탁하겠네."

엘란은 고개를 끄덕이고는 젊은 귀족들 사이로 재빨리 섞였다.

"무슨 이야기들을 하고 계셨는가?"

그렇게 묻는 소리를 뒤로하고, 두 공작은 나란히 옆방으로 향했다.

전면이 창으로 되어 있어서 따뜻한 봄 햇살이 감돌았다. 둘의 분위기와도 같은 훈훈한 곳이었다.

방문을 닫자 주변의 소리는 단 하나도 새어 들어오지 않았다. 은밀한 이야기를 나누는 방이었고, 그런 면에서 지금 두 사람에게는 가장 적당한 곳이었다.

"밀테이너 공작이 실례를 하는 걸 막아 주지 못해 미안하군."

르귄은 그렇게 말문을 열었다.

카이는 어깨를 으쓱거렸다.

"어떤 핑계도 내주고 싶지 않으셨겠지요."

'그리고 로인을 위해 목숨을 내걸기도 쉽지는 않으셨을 것이고.'

르귄은 고개를 끄덕였다.

"밀테이너 공작이 최근 세를 불리는 기세가 심상치 않네."

티파티에는 어울리지 않는 무거운 이야기였지만, 카이는 대수롭 잖다는 듯 고개를 끄덕이기만 했다.

"그리고 이미 준비는 다 된 모양이로군요."

카이의 말에 르귄은 얼굴이 어두워졌다.

"정말 일을 벌일지, 그렇지 않을지는 모르겠지만. 내성의 군사권 이 모두 그에게 넘어갔으니 황제 폐하를 지킬 방도가 한결 더 없어 진 셈이지."

"그것……뿐입니까?"

르귄은 그 질문에 약간 어리둥절했다.

"내성의 군사만이 전부는 아니지 않습니까. 동방과 서방에 두 공 작의 지휘부가 있고, 그들 수하에만도 십만의 병사가 각각 있습니 다. 그리고 외성의 지휘권도……."

"원래는 밀테이너 공작의 차남이 맡고 있었지."

"호."

카이는 전에 누가 맡고 있었는지 관심도 없었던지라, 재미있다는 듯 고개를 끄덕였다.

"평민이라면 평민, 귀족이라면 귀족. 외성의 군사는 숫자만 많기 때문에 체스터 백작과 그 수하 기사단으로도 충분히 막을 수 있을 걸세. 투항을 권유하거나 회유한다면 간단히 해결되는 문제기도 하 고……."

"그렇군요."

카이는 무덤덤하니 대답했다.

"그렇지만 그 행보가 빤히 보이니까 막으려면 막을 수는 있다고 계산하셨던 것 같군요."

"……어느 정도는."

"혹은 포기하셨던 겁니까?"

카이의 날카로운 질문에 르퀸은 저도 모르게 그의 시선을 피했다. 겨우 약관의 젊은이 앞이었지만, 거침없는 질문이 마음을 불편하게 한 것이었다.

"포기……까지는 아니지만……."

르퀸은 입을 다물었다.

"황제 폐하의 실정이 벌써 열다섯 해를 지났네. 아니, 정확히는 자네의 가문에 벌어졌던 일과 똑같은 일이 진행되고 있지. 현재 외성에 몇 명의 백성들이 거하고 있는지 아는가?"

카이는 고개를 흔들었다.

"정확하게는……."

"그 누구도 정확히 알지 못하네. 대략 추산되는 숫자로는 오백만 명."

"……!"

카이의 얼굴이 심각하게 바뀌었다.

"그것도 최근 5년 사이에 모여든 인원이 삼백만 명으로 생각되네."

르귄은 무심코 자신의 가슴속에 담아 두었던 두려움을 드러냈다.

"가끔은…… 그들에게 우리 내성이 포위된 것 같아. 차라리 밀테이너 공작을 지지하는 편이 낫다는 생각이 들기도 하지만……."

"하하하하하하!"

카이는 갑자기 웃음을 터뜨렸다.

르귄은 놀라 그를 바라보았다가 이내 불편한 시선으로 그를 노려보았다.

"내 말이 웃긴가."

"당연히 웃기지요. 웃지 않을 수가 없는 말 아닙니까."

카이는 웃음을 머금은 입으로 삐딱하니 르귄을 노려보았다.

"엘란 후작은 그렇게 순순히 황실을 등질 생각이 없는 것 같은데, 그 윗전이라고 있는 사람은 이렇게 갈팡질팡하니……! 그게 안쓰럽고, 참 재미있군요. 무릇 한 무리를 이끄는 자라면 두 눈은 태산과 같이 굳건하게 앞을 바라보고, 두 다리는 천년목과 같이 땅을 딛어야 한다고 배웠습니다! 르귄 공작, 실망입니다."

"어차피 황실과 5대 공작 가문 사이에 흐르는 핏줄기는 겨우 일촌의 차이뿐! 밀테이너에게도 황족의 피가 흐르네. 황실을 등지는 것은 아니지!"

"5대 공작이라면 잊어선 안 되는 중요한 것을 벌써 모두들 잊은 겁니까? 황실의 주인에게 흐르는 피는 다릅니다. 저, 로인이 그러하듯이 드래곤의……."

"시대가 변했네!"

벌써 오늘만도 두 번째 듣는 소리였다.

"그것이 벌써 800년 전의 이야기! 어린아이들에게 이야기해도 서로 믿지 않는 이야기 아닌가! 그 평계로 황제를 모시기에 그의 실정이 얼마나 큰지 자네는 아직 몰라서 하는 이야길세! 솔직히 이야기할까? 자네도 황제 폐하를 뵈었으니 알겠지? 그분은 자신의 손에서 이 제국의 권력이 떠나도 죽는 날까지 깨닫지도 못할 걸세!"

카이는 눈을 지그시 감았다.

그것이 마음의 갈등 때문이라고 해석한 르귄은 자신의 목소리를 낮추고 한숨을 길게 내쉬었다.

"제국의 시작은 실로…… 서로가 서로를 보듬을 수밖에 없었지. 왕국보다 더 작은 땅덩어리로 시작해서, 동방 제국의 마물을 막아내면서 시작한 작은 왕국이 제국이 된 것에는…… 그대들, 로인 공작 가문의 도움이 절대적인 힘이 되었다는 건 부인할 수가 없네. 그렇지만 이제는 그때와는 다르네. 마물과 마족 같은 것은 없고, 엘프들조차 멸망의 길 위에 접어들었으며, 드워프들의 모습은 보이지 않아. 이제는 그때와 시절이 다르지 않은가."

'시대가…… 다르다?'

카이는 그 말을 다시 한 번 곱씹어 보았다.

무엇이 다른 것일까.

카이는 그 말을 이해하기가 힘들었다. 낮부터 들은 그 말이 점점 더 속을 거슬렀다.

시대가 다르다?

길어야 100년을 간신히 사는 인간에게 800년이란 상상조차 할 수 없는 긴 시간임은 틀림없었다.

하지만 엘프에게 800년이란 팔팔하게 청년시절 다 보내고 중장년을 보내고 노년에 접어들어 뒷날을 돌아볼 정도의 시간이요, 드래곤이라면 식사 한 끼 거나하게 해치우고 낮잠 좀 자 줄 정도의 시간 아닌가.

'아니, 변함은 없지 않은가.'

카이는 다시 피식 웃고 말았다.

'어떤 인간은 야망을 가지고, 어떤 인간은 우정을 선택하고…….
엘프와는 다른 복잡함은 변함이 없지 않느냐 말이다.'

엘프들의 삶은 단순하다. 그러나 인간의 삶은 역동적이다.

"변한 건 없습니다. 아무것도."

르권의 얼굴이 흐려졌다.

카이는 냉정한 얼굴로 그를 바라보았다.

"저를 어떻게 하실 생각인지, 저는 상관하지 않겠습니다. 다른 공작 가문들의 생각이 어떤지는 중요하지 않습니다. 중요한 것은……."

카이는 오른손 주먹을 왼쪽 가슴에 댔다.

"이 로인만큼은 제국 황실과의 의리를 잊지 않을 것이오. 그것이 내가 선택한 길."

그리고 드래곤과의 약조.

르권은 창가에 서서 자신의 저택을 떠나는 로인을 한참이나 바라보았다. 그가 오른 마차가 정원을 가로질러 대문을 벗어나고서도 그는 한참이나 창가에서 머물렀다.

"선택……이라."

그 황제가 암군(暗君)이어도 그 선택이 옳은 것이라 할 수 있을까.

더 나눌 이야기가 많은 듯싶었는데, 막상 카이의 앞에서 르퀸은 한 마디도 더 꺼낼 수가 없었다.

돌이켜 생각해 보니 그의 기세에 억눌렸던 것이었다.

"공작으로 태어난 것도 선택이라는 것인가……?"

문득 떠오른 질문에, 르퀸은 심장이 조여드는 듯한 질투를 느꼈다.

꽤 산뜻한 기분으로 돌아온 카이는 저택에서부터는 그다지 기분이 좋지 않은 듯 이마를 꽉 찌푸렸다.

"……뭐라고?"

엘란 후작은 저택 입구에서 싸우는 게 좀 그렇다는 뜻으로 주변을 두리번거렸지만 카이는 신경조차 쓰지 않았다.

"……지금 뭐라고 했는가?"

"그, 그러니까, 저녁만찬에 손님들을 초대했으니 준비를 하라고 집사에게 이르는 것이 좋을 것이라고……."

"그러신가? 그럼 자네 저택으로 돌아가시게나. 즐거운 저녁 보내길 바라네."

그렇게 말하면서 카이는 마부를 향해 턱짓을 했다.

마부는 주저주저, 후작의 눈길을 피해 마차를 움직여 저택으로 들어섰다. 엘란은 얼른 마차 바로 옆에 달라붙어 같이 저택 안으로 들어왔다.

카이는 끙, 하는 신음 소리를 내면서 그를 노려보았다. 그렇지만 아무런 말도 하지 않았다.

카이는 현관을 들어선 후에야 자신을 맞이하는 리슨에게 당장 명령했다.

"손님께서 지금 돌아가신다고 하니 당장 짐을 꾸려서 문밖까지 배웅해라!"

"리슨, 오늘 저녁에 열 분가량의 손님이 오실 것이니 식사 준비를 서두르도록 하는 게 좋겠네."

엘란이 바로 뒤따라 명령을 내리자, 리슨은 중간에서 난처한 듯 카이만 바라보았다.

"리슨."

카이는 이를 부득 갈면서 말했다.

"주인의 명령을 따르지 않을 셈이냐."

리슨은 그 말에 입술을 깨물었다. 그는 망설임 없이 카이의 앞에 몸을 던졌다. 그리고는 이마가 땅에 닿도록 엎드렸다.

"주공! 죄송합니다!"

"······리슨."

"딱, 딱 한 번만······! 레이디를 모셔 보는 것이 제 소원입니다, 주

공!'

"오늘만 기회가 아니다."

"오늘도 기회입니다, 주공!'

카이는 그 말에 멈칫했다.

리슨이 더 말을 이으려 하자 카이는 서둘러 손을 흔들었다. 더 말을 들어 봤자 미래를 생각해서 공작 가문의 자손을 번성시키고 늘려야 한다는 것이 그의 요지일 터였다.

"리슨, 다음부터 이런 방종은 용납지 않겠다."

'리슨만 아니면 콱……'

카이는 엘란을 향해 돌아섰다.

"음식 외에 다른 건 기대하지 말라고 해라! 그게 싫은 손님들은 나가라고 전해 뒤!'

"헤에, 알겠습니다."

웃는 엘란 후작의 낯짝이 그렇게 미울 수가 없었다.

카이는 이를 뿌득 갈고는 2층 서재로 향했다. 카이는 서재 문을 2층 복도가 쩌렁 흔들릴 정도로 세게 닫아 버렸다.

그의 뒤에서 울려 퍼지는 리슨의 목소리가 듣기 싫다는 듯 냉랭한 등을 꼿꼿하게 세운 채였다.

"정원사를 불러! 꽃을 마련해라! 주방장들을 모아! 시녀와 하인들도 손님을 대접할 준비를 갖추어라! 식기 담당! 식당 장식! 어서! 대청소를 시작해라!'

"아예 저택을 들어엎겠네, 엎겠어."

엘란은 씩 웃으면서 카이의 뒤를 따라 2층으로 향했다.

해가 지기 시작할 때, 로인 저택은 그 어느 때보다 화사함을 자랑했다.

카이는 못마땅했지만 그래도 어쩔 수가 없었다. 저녁을 먹으려면 손님과 함께 식당에 앉아야만 했다.

'주인은 군대니 뭐니 가뜩이나 정신없는데 하나밖에 없는 집사가 하는 짓 하고는…….'

카이는 투덜거리면서 대기실로 향했다. 식사에 앞서 담화를 나누면서 술이나 마시는 자리였다.

하인이 대기실 문을 열면서 조용히 말했다.

"카이젤 아민 라 로인 공작께서 들어가십니다."

문이 열리고 대낮처럼 밝은 방 안으로 한 발을 들여놓는 순간, 젊은 귀족들이 일제히 허리를 숙였다. 여자들의 부풀어 오른 드레스가 부드럽게 사각거리는 소리를 냈다.

꽃향기보다 더 진한 향수 냄새가 카이의 코를 찔렀고, 그에 익숙지 않은 카이는 저도 모르게 순간 얼굴을 찌푸렸다.

발을 들여놓지 않는 것을 보며 리슨이 이상하다는 듯 그의 등을 살짝 건드렸다. 그제야 카이는 안으로 발을 들여놓았다. 그리고 무뚝뚝한 목소리로 인사를 건넸다.

"일이 있어 손님들이 도착하시는 것도 연락 받지 못했습니다. 마중 나오지 못한 실례를……."

"무슨 그런 딱딱한 소리를 하세요!"

여인의 목소리가 카이의 인사말을 방해했다.

첫눈에도 '여우겠다' 라는 생각이 들 정도로 색기가 철철 넘쳐 나는 목소리였다. 카이는 목소리가 들린 쪽으로 고개를 돌렸다.

갈색 머리에 어디 못나지는 않은 얼굴이었다. 그렇지만 그것보다 그녀가 다른 여인들보다 눈에 확 들어오는 이유는, 행동거지 하나하나에 생기가 넘치기 때문이었다.

'으악! 좀 가만히 있어 달라니까……!'

엘란은 무참히 자신의 당부를 무시한 여인을 향해 가볍게 눈을 흘겼다. 그러나 이미 늦었다.

엘란은 둘 사이를 소개하기 위해 레이디에게 한 손을 내밀었다. 그리고 둘을 마주 세웠다.

"로인 공작님, 레이디께서는 밀테이너 공작의 셋째 따님이신 세실 라 레아 밀테이너 영양이십니다. 밀테이너 양, 카이젤 아민 라 로인 공작님이십니다."

세실이 눈웃음치며 한 손을 카이에게 내밀었다.

카이는 그 손을 멀거니 보기만 하고, 고개를 살짝 숙이는 것으로 인사를 대신했다.

"밀테이너 가문의 영양께서 이리 방문해 주실 줄은 생각도 못했소. 즐거운 시간 보내시길."

세실은 약간은 당황했다. 초대 받은 이상―엘란이 제멋대로 한 초대라도―손님에게 대놓고 가문 간의 일을 퉁길 줄은 몰랐던 것이었다.

이어 카이는 차례차례로 손님들을 소개 받았다. 어느 가문 둘째 집 아들내미라든가, 돈 많은 자작, 두루 젊고 잘 노는 층으로 엘란이 끌어 모아 온 사람들이었다.

'잘 놀아 보세, 라는 거냐.'

카이는 그렇게 한가한 신세가 아닌 자신을 생각하며 한숨을 내쉬었다.

사람들은 자유롭게 어울려 술을 마시고 식사시간을 기다리는 중이었다.

엘란은 주변을 두리번거렸다. 또 소개할 사람이 있는 듯 카이를 이끌고 있어서 카이는 묻지 않을 수 없었다.

"소개는 끝난 게 아닌가?"

엘란은 고개를 흔들었다.

"레이디 한 분이……. 아, 또 저런 데 있네. 하여간 둔하긴……."

엘란은 투덜거리다가 카이가 이상하다는 듯 바라보자 쑥스럽다는 듯 해죽 웃었다.

"실은 제 사촌동생입니다. 카란 백작의 딸로, 지방 영주의 딸입니다. 저녁식사 때마다 데리고 다니면서 어떻게 좋은 연줄 닿게 하려고……."

테라스 한쪽 문이 열려 있었고, 그 문은 커튼으로 가려져 있었다. 정체를 숨기려 한 것이 아니라 바람이 들어 사람들이 추울까 걱정한 것이었다.

카이가 테라스에 막 나가려던 차.

검은 그림자 하나가 테라스에 나타났다. 화사한 금발에 남보다 머리 하나는 더 큰 키.

'리슨?'

리슨이 모피를 내밀었다.

체격이 다소 아담한 여자였다. 그녀는 그것을 보고는 어리둥절하다는 듯 고개를 갸웃거렸다.

"감기 드십니다, 이것을……"

리슨이 친절히 건넨 말에, 잠시 후 여인은 얼굴을 붉혔다.

"죄송합니다, 말도 없이 이런 데 나와 있어서……"

"아닙니다. 오늘 오신 분들께 진심으로 환영의 인사를 올리는 바입니다. 아까는 준비에 바빠 제1집사를 보냈습니다만, 저는……"

"카란 백작의 딸, 아그니스 넬 카란이 로인 공작님을 뵙게 되어 무한한 영광……"

그렇게 말하던 중간에 엘란이 참지 못하고 웃음을 터뜨렸다.

"이 둔탱이, 순진한 우리 아그니스!"

그는 웃음기를 머금은 채로 그들에게 다가섰다.

"오라버니!"

아그니스라는 여인은 작은 체격만큼이나 어딘지 가냘프고 순진한 이미지였다. 그야말로 귀족의 딸로 태어나 손에 물 한 방울 안 묻히고 자란 그런 느낌.

은발에 가까운 금발에 하얀 얼굴이 귀여우면서도 아름답다는 생각이 언뜻 들었다. 하얀 장미와 같다는 인상이 슬쩍 드는 여인이었다.

"이분이 로인 공작이시란 말이다, 이것아."

"엣? 아, 나 또 실수한 거야? 난 이분처럼 잘생긴……."

아그니스는 순간 손으로 얼른 입을 가렸다. 그리고는 당황한 눈으로 리슨을 돌아보았다.

리슨은 정중히 허리를 숙이고는 카이의 옆으로 다가와 섰다.

"저희 집 총집사 리슨 멕입니다. 저희 오래된 가신 가문이지요. 레이디께서 여기 계신 것을 몰랐습니다. 제가 카이젤 아민 라 로인, 이렇게 늦게 인사를 드려 죄송합니다."

카이는 아까와는 사뭇 다른 어조로 부드럽게 인사하면서 허리를 숙였다.

아그니스는 당황해서 고개를 흔들어 댔다.

"저, 저는, 실수를…… 죄송합니다, 도성에서는……."

"아니오, 제가 좀 더 일찍 손님이 오시는 것을 기다렸어야 하는데…… 죄송합니다. 이제 안으로 드시지요. 리슨이 식사 준비가 되면 안내를 해 드릴 겁니다."

카이는 직접 아그니스에게 한 손을 내밀었다.

리슨과 엘란이 눈을 휘둥그레 뜨고 서로를 바라보았다. 아그니스는 주저하면서도 얼굴을 붉히며 한 손을 카이에게 내밀었다.

들어서는 두 사람을 보며 엘란은 고개를 갸웃거렸다.

'에이, 설마.'

리슨은 무덤덤한 눈으로 그들을 보고는 다른 문으로 해서 식당과 주방으로 향했다. 식사 준비가 다 되었는지 알아보기 위해서였다.

카이가 안으로 들어서자 세실이 웃음을 띤 채 다가오다가 아그니스를 보고는 표정이 확 토라졌다.

그리곤 한 박자 늦게 들어서는 엘란을 보고는 그의 곁으로 다가섰다.

"비겁해요, 엘란 후작!"

"……예?"

"자기 사촌동생이라고 특별한 자리를 마련하셨나 보네요? 공작 가문에 지방 영주의 피를 섞을 속셈인가요?"

소곤소곤. 그러나 카이가 그걸 듣지 못할 리가 없었다.

카이는 어처구니가 없었지만 겉으로는 별 내색하지 않았다. 그는 아그니스를 돌아보았다.

"이런 자리가 낯서신가 보군요. 도성에는 언제 올라오셨습니까?"

"이제 겨우 한 달이에요. 봄이 되면서, 올해는 중앙 사교계에 나가라고 아버지가 떠미셔서요."

"카란 백작…… 말씀이로군요."

아그니스는 그 말에 눈을 동그랗게 떴다.

"저희 아버지를 아세요?"

그 순진함에는 어쩔 수 없이 웃음이 나왔다. 카이는 미소 지으며 고개를 흔들었다.

"아닙니다. 그렇게 소개 받았으니까요. 아직 저도 도성에 귀환한

지 한 달도 채 되지 않아서 낯선 점이 많답니다. 오히려 제가 카란 양께 많은 도움을 받아야 할 겁니다."

"어머, 그런……. 아그니스라고 편하게 불러 주세요."

"그럼, 실례를…… 아그니스 양."

두 사람은 서로를 보면서 미소 지었다.

화기애애한 그 분위기에 엘란은 저도 모르게 감격한 듯 주먹을 불끈 쥐었다.

'만만세! 아그니스, 넌 맹하던 애가 어떻게 그런 대박을 건진 거냐!'

리슨이 안으로 들어섰다.

"준비가 끝났습니다, 식당으로 드시지요."

선남선녀들이 식당으로 들어섰다.

리슨이 다른 때라면 '드디어 이 식당에 제대로 된 손님들이 들어왔도다!' 하면서 환희에 들떴으리라. 그렇지만 오늘따라 그는 약간 표정이 어두웠다.

카이는 바로 자신의 뒤에 선 리슨의 시중을 받으며 식사를 개시했다.

일전 기사단의 음식들과는 가격부터가 다른 음식들이 줄줄이 들어왔다. 겨우 한 입을 먹기 위해 수십 명의 사람들이 깊은 산속으로 들어가 죽음을 각오하고 캐냈다는 기기묘묘한 과일에서부터 소 한 마리당 겨우 한 사람 몫밖에 나오지 않는다는 최고급 부위, 북동 카미츠 해(海)에서 1년에 한두 마리밖에 잡히지 않는다는 귀한 물고기

등등.

'이래서야, 헤르크가 온다면 너희들 고기부터 잡아먹으려고 들지도 모르겠는걸.'

카이는 합리적인 계산을 해 보고는 그런 결론을 내렸다. 귀한 것을 먹었으니 너희들 고기도 귀한 것이다! 라면서 펄펄 뛸 로인의 백성들이 떠오르는 것은 어쩔 수 없었다.

화기애애한 대화와 이따금 음식에 대한 칭찬이 끊이지 않았다. 음식의 종류 등을 알고 있다면 그것도 좋다. 그런 귀한 것을 내놓은 카이를 칭찬하는 것이다.

그렇게 길고도 지루한 식사가 끝났다.

카이는 자리를 비우고 싶었지만, 식사를 끝낸 이상 이들의 저녁을 즐겁게 해 줄 의무 또한 있었다.

만족스러운 식사를 끝낸 덕분인지 그들의 분위기는 아까보다 훨씬 부드러웠다.

"공작님, 저택 안내를 해 주세요."

세실이 냉큼 사람들 들으라는 듯 말했다.

"저택을…… 말입니까?"

"그럼요! 저희가 이 저택에 들어온 최초의 손님인걸요. 그동안 로인 공작 가문의 저택에 호기심이 얼마나 들끓었는데요. 안 그래요, 여러분?"

세실의 쾌활한 목소리에 청년들은 옳다구나 외쳐 댔다. 그네들도 어린 시절에는 뒷문으로 이 저택을 한두 번 탐험해 본 사람들이었던 것이다.

"저택······ 안내라."

카이는 옆의 아그니스를 힐끗 쳐다보았다.

"청소도 제대로 되어 있지 않을지 모르겠지만, 흠 잡히지 않았으면 좋겠군요. 그래 봤자 저희 집에 무어 볼 게 있는가 싶지만······."

카이는 그렇게 말하며 리슨을 돌아보았다.

"리슨, 앞장서겠나."

세실은 당장 카이의 옆자리를 노리고 다가섰지만, 카이는 아그니스에게 한 팔을 내준 채 저택을 슬슬 돌기 시작했다.

저택의 내부야 사실 리슨이 더 잘 알고 있었다. 카이야 대충 뭐가 있겠거니 아는 정도였으며, 저택 내부 시설의 역사 같은 데도 관심이 별로 없었다.

이깟 저택 한 채.

아그니스를 옆에 끼고는 있지만, 카이의 생각은 자꾸만 다른 데로 이끌려 갔다.

'그러고 보니 모드 님이 곧 로인 저택을 새로 지을 거라고, 여름에 한번 오는 게 어떻겠느냐고 하셨는데······.'

그동안 모드는 드워프들의 거주를 정하고, 드래곤 본을 가공하기 위해 계속 심혈을 기울여 왔다.

드워프들이 거주할 만한 산자락을 찾아내서 이제는 어느 정도 부족이 자리를 잡은 상태였다.

'그들 일족이 대륙에서 유일하게 남은 드워프는 아니겠지.'

그것은 꽤 오싹한 생각이었다.

카이가 몸을 부르르 떨자 아그니스가 걱정이 되어 물었다.

"몸이…… 어디가 편찮으신가요?"

"아닙니다, 아무것도."

카이는 아그니스를 바라보았다.

"참 친절하시군요. 누구와는 다르게…… 아니, 마음은 닮으신 것도 같고."

"예?"

"아니, 아닙니다. 누가 떠올라서요."

카이는 고개를 흔들었다.

"저와 있는 게 지루하시겠습니다."

"아니요, 리슨 집사님의 이야기가 재미있어서 오히려 공작님께 실례 같은걸요."

앞서 안내하던 리슨의 뺨이 붉어졌다. 카이는 그 변화를 눈치 채고는 피식 웃었다.

"공작님, 이 집 지하에는 지하감옥이 있다고 하던데요."

세실이 잽싸게 뒤에서 그들의 대화를 끊었다.

"……그런 게 있을 거라고 생각하십니까?"

카이는 어처구니가 없다는 듯 되물었다.

세실의 얼굴이 붉어졌다. 그렇지만 그 정도에서 물러날 세실이 아니었다.

"사실 전 이자벨 로인 공작님의 초상화라도 보고 싶었는데, 그런 흔적은 하나도 없네요.”

“저희 선조를 아시는 모양이로군요.”

카이는 정말 의외여서 되묻지 않을 수가 없었다.

보통 집안의 한 선조는 남자이기 마련.

그런데 여자라는 것을 넘어서 이름까지 기억한다는 건 로인 공작 가문에 대해서 꽤 깊이 조사했다는 이야기였다.

세실이 어째서 그런 깊숙한 사실까지 알고 있는 걸까, 카이는 일단 경계심을 품었다.

“제가 가장 존경하는 분이니까요, 이자벨 공작은.”

세실은 눈웃음치며 말했다.

“……그렇습니까.”

“그분이 어떻게 해서 공작의 작위를 얻으신 건지, 워낙 오래 전의 사실이라서 잘 알지 못해요. 언제 따로 저만 와서 이야기를 들어도 괜찮을까요?”

“조상에 대한 길고 긴 이야기를 하기에는 제가 그렇게 한가한 사람이 아닙니다만.”

그리고 밀테이너 가문의 사람과는 함께하기도 싫었다.

* * *

“으아아아악!”

야밤중에 울려 퍼지는 소프라노의 고음. 그렇게 좋은 게 아니라 엄청 듣기 싫은 찢어지는 소리였다.

밀테이너 공작은 이마를 살짝 찡그렸다. 그는 고요한 시간을 깬 당사자가 누굴지 대충은 상상이 갔다.

"……세실을 불러라."

밀테이너는 부름을 받아 들어온 딸을 향해 냉정한 시선을 던졌다.

"네가 지금 무슨 잘못을 했는지 알고 있느냐?"

"알고 있어요."

부녀 간의 대화는 시작부터가 냉랭했다.

찬바람이 풀풀 풍겼지만 오히려 세실은 거기에 익숙했다.

그녀는 차가운 태도로 아버지에게 뒤지지 않는 당당함으로 말을 이어 나갔다.

"로인 공작 저택에 다녀왔어요."

꿈틀. 밀테이너의 잘 다듬어진 눈썹이 불쾌함을 미약하게나마 표시했다.

"들던 것보다 훨씬 더 깨끗하고 크더군요. 심지어 이 저택보다 훨씬 더."

"겨우 그것 때문에 한밤중에 이 난리를 피운 거냐?"

"그 사람, 나를 아무렇지도 않게 보더군요."

당연한 일이다. 상대는 이미 공작, 공작의 사위 자리 따위에 눈독을 들일 상대가 아니었다. 이제껏 딸 주변에 득실거리던 늑대 같은 녀석들과는 비교할 수도 없는 사내였다.

밀테이너는 그 당연한 사실을 딸이 깨닫지 못했을 리가 없다는 생각을 하며 술을 한 잔 들이켰다.

"겨우 지방 영주의 딸 따위를, 그것도 그 촌스러운 옷을 휘감싼 녀석에게 밀쳐질 줄은……"

세실은 이를 부득 갈았다.

밀테이너는 잠시 그런 딸을 멍하니 바라보았다.

'여자들이란!

머리가 아파 왔다.

"그래서? 그 여자를 어떻게 할 거냐?"

"아무것도. 단지 무시해 줄 거예요! 철저히! 어디에서도 얼굴을 내밀지 못하도록!"

"……알겠다. 계속 무시해라. 이만 나가 보도록."

세실을 내보낸 후에도 밀테이너는 한동안 풀리지 않는 두통 속에 앉아 있었다.

집사가 들어와 걱정스러운 듯, 그가 비운 술을 채워 놓았다. 그리고 벽난로에 장작을 몇 개 더 넣었다.

"이프로스 백작은?"

"서재에 계십니다만……"

"불러와라."

집사가 나갔다.

밀테이너는 손가락 하나 꿈쩍하지 않았다.

시간의 무게와 야망에 짓눌려 돌이라도 되어 버린 것 같았다. 그렇지만 속으로는 수많은 생각을 하고 있었다.

어제 서방을 경계하던 노타그 공작에게서 연락이 도착했다. 서방 왕국 연합에서 심상찮은 움직임을 보인다는 것이었다. 그들은 2년 동안 사신을 보내지 않았다.

황제는 아직 그 사실을 알지 못했다. 아니, 지난 2년 동안 서방 왕국 연합과의 연락이 끊긴 것을 알고나 있는지 모를 일이었다.

노크 소리가 들리더니 이프로스 백작이 조용히 들어섰다.

"부르셨습니까?"

"딸아이가 로인에 다녀왔다더군."

"그렇습니까."

이프로스는 그렇게 말하면서 밀테이너의 맞은편에 앉았다.

잠시 둘 사이에는 침묵이 흘렀다. 벽난로의 장작이 타면서 틱틱 하는 소리를 이따금 낼 뿐이었다. 저택은 한없는 적막에 빠져 있었다.

"더 이상 그 얼간이에게 질질 끌려 다니는 것도 지긋지긋해."

밀테이너는 내뱉듯이 말했다. 그가 말하는 얼간이는 바로 황제, 헤첸 4세였다.

누가 듣는다면 역모죄로 끌려갈 만한 소리였다. 그렇지만 이프로스는 그저 살짝 미소를 띤 얼굴을 끄덕이기만 했다.

"외성의 군사권이 대단한 것은 아니라고 해도…… 로인의 부하, 아리준이 엊그제부터 훈련을 개시했다는군."

"훈련……이라고요."

"그래. 감시하던 자들이 몽땅 얼어붙어서는 자세히 알아 오지는 못했지만……. 그들이 밝혀 낸 거라곤 훈련이 어느 수준인지 몰라도 외군 기사단 두 개가 몽땅 지쳐서 저녁에는 운신조차 할 수 없을 정도라더군."

밀테이너는 불쾌하다는 듯 이마를 찡그렸다.

"체스터는 요새 부하들 훈련이나 제자들을 돌보기는커녕 완전히 자기 집에 틀어박혀서 나오질 않고 있고……."

"저녁마다 움직일 수 없을 정도라……."

두 사람은 소파 깊숙이 몸을 파묻은 채로 각각의 생각에 빠져들었다.

"요새 날씨가 많이 건조하다지요."

이프로스가 마침내 중얼거렸을 때.

"그렇군, 저녁마다 움직일 수 없다라……."

그에 화음을 맞추듯, 밀테이너 공작이 차가운 두 눈을 들어 벽난로를 바라보았다.

*   *   *

"그런가."

―땅의 회복은 아주 조금씩이지만 이뤄지고 있어. 올해는 잘하면 수확할 수도 있을 거라는데.

가고 싶다.

첫 수확을 자신의 손으로 거두고 싶었다.

두 손 가득, 기름기 자르르 흐르는 흙을 손가락 사이로 흘러내리도록 가득 움켜잡고는 사방에 흩뿌리며 축복의 말을 내리는 것이다.

봄부터 가을까지 수고한 땅에게 축복을 돌리고 그 위의 수확물을 어깨 위에 짊어진 채 노래를 부른다. 이로 하여 내 영지에 거하는 자들에게 웃음을 주노라고, 겨울이 땅에게 휴식을 안겨 주길 바라노라고.

카이는 눈을 지그시 감았다.

테엘은 약간 지친 목소리로 씩 웃었다.

—물론 먹을 만한 게 나오려면 몇 년 더 있어야겠지만, 것도 어디냐. 아 참, 엊그제는 관문 근처로 정찰 나갔던 애들이 우물을 팠다는데.

"잘됐군."

—그래도 애송이 엘프가 너무 힘들어 해. 다른 엘프들은 아직도 정신 못 차렸냐?

"몇 명 보내도록 하지."

—쓸 만한 것들이겠지? 그리고…….

테엘의 목소리에서 살기가 확 풍겨 나왔다.

—그 배신자는?

"아직 연락이 없다더군. 그 녀석들이 거짓말을 하는 재주를 익히지 않은 이상은, 사실을 말한 거겠지."

—그래. 좋아, 다음에 또 연락하마. 아 참, 도성에서는 별일 없겠

지?

"별일?"

카이는 눈을 뜨고 눈앞의 드래곤을 빤히 바라보았다.

—아니, 거 뭐이냐, 주변에서 괜히 어슬렁거리면서 남들 화나게 하면서 지낼 것 같아서 말야. 어쨌거나 너는 로인 공작 가문의 단 하나 남은 후계자라는 걸 명심하고, 뭐, 다른 인간들처럼 좀 더 여자들한테 푹 빠져서 지내는 건 어때? 난 네가 올라가자마자 가문의 후계를 잇는 둥 어쩐 둥 하면서 애부터 가질 줄 알았거든.

"걱정해 주는 거냐?"

카이는 풋 웃으면서 물었다. 테엘이 멋쩍어 하리라 생각했는데, 그 대답은 의외였다.

—잘 지내라. 조심해.

"음?"

—후계자라도 얼렁 낳아 두든가.

테엘은 그렇게 말하곤 통신을 끊어 버렸다.

그렇지만 뒤돌아서니 낮잠을 자다가 꾼 꿈이 자꾸만 떠올랐다.

좋지 않은 꿈이었다. 카이가 위급해 보이는 느낌의.

하도 일하라고 닦달하니까 꿈에서도 보였겠거니 했는데, 자꾸만 마음에 걸렸다.

"에잇……!"

그는 신전을 나섰다.

"이르엘!"

테엘은 거칠게 외쳤다.

사방의 공기를 아우르던 부드러운 목소리가 멈췄다.

이르엘이 뒤돌아보며 정중히 허리를 숙이는 것을 보며 테엘은 입술을 깨물었다.

"말씀하실 것이라도……?"

'엘프 따위……!'

차라리 자신이 직접 움직이는 것이 좋을까.

불길한 예감과 엘프에 대한 뿌리 깊은 불신. 그 사이에서 테엘은 한동안 결정을 내리지 못했다.

SWORD OF DRAGON LOAD

제8장

염화(炎火)

그날은 몹시 날이 좋았다.

구름 한 점 없는 하루였다. 눈이 좋은 몇몇 사람들은 낮에도 반짝이는 별을 볼 수 있을 정도였다.

우주까지 대기권이 뻥 뚫린 것처럼 아름다운 날.

여느 해처럼 봄 가뭄이 이어졌다. 가뭄이래도 평민들에게만 가뭄이었다. 몇 개인가 외성의 우물이 말랐다. 그러나 심각한 수준은 아니었다.

여름이 되면 다시 비가 내릴 것이고, 그럼 가뭄 따위는 걱정할 것이 아니다.

그래서 아무도 크게 신경 쓰지 않았다. 외성 수비군 중 일부가 봄이 되면 화재 진압으로 외성 순찰을 돌곤 하는 정도였다.

제국 800년 역사 동안 그들이 자랑하는 것이 몇 가지 있었다. 그중 하나는 절대로 큰 화재가 난 적이 없다는 것이다.

그런 오래된 전설이 오늘 무너지려 하고 있었다.

게릭은 본래 외성 수비군에 속해 있었다. 그렇지만 봄이 되자 그는 잽싸게 화재 감시 순찰대로 옮겼다. 짬밥 5년차의 특권을 적극 이용해서.

'편하다니까. 훈련에 참여할 필요도 없고, 시간 되면 한 바퀴 슬슬 돌면 되니……'

게다가 그 순찰해야 하는 마을도 자신이 나고 자라고 이제껏 살고 있는 그 동네였다.

결혼한 지 3년 된 마누라와 태어난 지 2년 된 토끼 같은 아들이랑 같이 살고, 바로 같은 건물 1층에는 부모님의 집이자 자신이 태어난 집이 있었다.

비록 남들이 빈민가라 부르는 곳이었지만 그의 고향이었다.

어렸을 때 그곳은 빈민가가 아니었다. 최근 몇 년 사이 급속히 분위기가 바뀌긴 했지만……

'월급도 받으니 슬슬 집을 옮기는 게 좋을까.'

최근에는 그런 생각도 들었다.

그렇지만 나고 자란 동네를 떠나는 것이 그렇게 쉽지만은 않았다.

'그냥 들어가서 마누라랑 이야기나 해 볼까……'

야간 순찰조의 퇴근 시간은 아침. 그 시간이 되려면 멀었지만, 그는 이내 집이 있는 곳으로 걸음을 돌렸다.

가는 길에 그는 아이가 먹을 주전부리를 몇 개 사서 손에 들었다.

'헤헷, 녀석, 좋아하겠지?

이제 아버지를 알아보고는 장난을 걸어오는 두 살배기 아들 얼굴이 눈에 삼삼했다. 오늘따라 집에 가는 그의 걸음이 자꾸만 서둘러졌다.

그는 지름길로 가기 위해 좁은 골목 사이로 들어갔다. 손에는 과자가 담긴 종이 봉지, 그리고 어깨 위에는 불조심이라고 쓰인 띠를 두른 채.

해가 진 후 도시는 빠르게 어두워졌다. 큰 골목 중간중간은 가게 창문 등이나 집에서 새어 나온 불빛 등으로 꽤 밝았지만, 그 외의 골목에는 무언가가 숨어 있는 것처럼 음산했다.

'뭔가 오싹한데.'

그렇지만 집이 바로 지척이었다.

좁은 골목 저쪽에서 누군가 갑자기 나타나는 바람에 게릭은 움찔거렸다.

그는 자신이 수비군이라는 것도 깜빡한 채로 벽에 딱 달라붙었다.

사내는 힐끗 게릭을 보고는 서둘러 그와 반대편 골목 쪽으로 사라져 갔다. 온몸을 검은 천으로 휘감싸고 있어서 얼굴을 보고 자시고 할 것도 없었다.

게릭은 그 사내의 등장에 괜히 긴장한 채 골목을 하나 꺾었다.

그리고 그는 거기에서 입을 떡 벌렸다. 그의 손에 들려 있던 종이 봉지가 바닥으로 떨어졌다.

"······이, 이건······."

그는 엄연히 순찰 중. 임무를 땡땡이 치고 집으로 향하느라 그의 몸 곳곳에는 화재를 알리는 장비들이 있었지만, 그는 얼어붙어서 한

참 동안 움직이지 못했다.

건물 벽을 타고 거대한 불꽃이 혀를 날름거리고 있었다. 그의 눈에는 그것이 마치 거대한 뱀 같았다. 눈이 마주친 순간, 그 불길이 살아서 혀를 날름거리는 것 같았고 몸이 돌덩이가 된 듯 손가락 하나 움직일 수가 없었던 것이다.

이윽고 그의 귓가에 여인의 비명 소리가 들린 후에야 게릭은 힘겹게 몸을 움직였다. 그는 당장 옆구리에 차고 있던 커다란 종을 꺼냈다.

단 한 번도 알리지 않은 벨소리로 도성을 깨워라! 어둠이 깊어져도, 아기가 깨도 상관없다.

그러나 게릭이 그 종을 흔들기 바로 직전.

어디선가, 그가 서 있는 곳에서 가까운 그 어느 곳에선가 종소리가 크게 울려 퍼지기 시작했다.

'누가 또 여길 발견했구나……!'

그렇게 멍하니 생각하며 고개를 돌렸을 때.

그의 눈에 보인 화광은 바로 그의 집을 집어삼키고 있었다.

밤하늘에 일순간 치솟은 그 불기둥은 재앙, 그 자체였다.

카이에게 연락이 닿은 것은 시간이 꽤 흐른 후였다.

누구도 그런 화재에 대비할 엄두를 내지 못했던 것이다. 때문에 누구를 불러야 할지, 어떻게 해야 할지 허둥거리기만 했던 것이다.

그러는 와중에 불길은 벌써 외성 사방으로 번져 나가고 있었다.

"무슨 일이냐?"

"늦은 밤에 죄송합니다, 공작님. 크람 자작이 큰일이 났다고……."

카이는 막 잠자리에 들려다가 그 말을 듣고는 바로 그를 거실로 불러들였다.

"무슨 일인가?"

"크, 큰일이 났습니다."

크람도 생전처음 겪는 난리에 제정신이 아니었다. 카이의 앞이라고 인사를 하는 것이며 실례를 저지른 것 따위는 안중에도 없었다.

크람이 한동안 허둥대면서 손짓으로만 불이 났다고 버둥거리던 중에 갑자기 문이 쾅 열리면서 엘란이 들어섰다.

"공작님, 당했습니다."

그는 크람보다는 좀 침착했지만, 얼굴이 새하얗기는 마찬가지였다.

"대체 무슨 일인가? 두 사람이나……."

카이는 리슨에게 가볍게 눈짓을 보내 외출 준비를 갖추도록 했다. 둘의 기세가 워낙에 심상치 않았던 것이다.

"불이, 불이……."

엘란은 떨리는 목소리 때문에 말을 채 끝맺지 못했다.

그사이를 크람이 얼른 끼어들었다.

"외성에 큰 불이 났습니다!"

"……소방대는? 그런 건 없나? 어느 정도이기에?"

카이는 침착하게 물었다. 그러면서도 그는 재빠르게 옷방으로 걸음을 옮겼다. 크람과 엘란은 멍하니, 명령을 기다리는 강아지 같은 표정으로 그를 쫄래쫄래 따라왔다. 심지어 카이가 옷을 갈아입는 동안에도 별 의식을 못하고 그를 멍하니 바라보고 있을 정도였다.

"외성 빈민가에서 불이 났습니다."

"몹시 큰 불입니다! 게다가 벌써 사방으로 번지고 있습니다!"

"아무래도 녀석들이 한판 일을 벌인 것 같습니다."

엘란과 크람이 번갈아가며 외쳤다.

"녀석들이라니?"

카이는 윗도리를 팔에 꿰다 말고 그들을 향해 돌아서며 물었다. 순간 크람과 엘란의 시선이 동시에 카이의 가슴팍에 꽂혔다.

카이는 그 눈빛에 재빨리 돌아섰지만, 한 발 늦었다. 언뜻 붉고 커다란 반점 같은 것을 보이고 만 것이었다.

다행이라면 다행, 어둠 속에서 촛불 일렁거리는 속에서 본 것이라 둘은 그걸 정확히 무언지 구분하지 못했다.

"상첩니까?"

"한복판이 크게 관통한 것 같은……."

카이는 그들을 향해 차갑게 타박했다.

"지금 남의 몸에 관심을 가질 땐가? 대체 어떻게 된 건가? 엘란, 발화점은? 빈민가라고? 그게 왜 당했다는 거지?"

"아, 그게……! 그 지역에 현재 추산된 인구로만 대략 삼만 명 정도의 평민들이 거주합니다. 외성 최대의 빈민가라서 항상 골칫거리였지요."

"……얼마나 넓은 지역인데?"

"넓지도 않습니다. 그야말로 한 구간 정도인데, 주변으로 불이 퍼진다면 피해는 최고 10만 명 정도에 이를 겁니다."

카이는 그들을 홱 돌아보았다. 믿을 수 없는 숫자 아닌가?

"10만? 한 구간에?"

"빈민가의 골목길이 복잡하게 얽혀 있기는 합니다만, 건물을 지을 때 일정한 거리 내에서만 건물을 지을 수 있습니다. 골목이 일정한 거리마다 있는데, 그 내에서 건물을 위로만 쌓아 올리다 보니…… 쉽게 무너지는 일이 많은데도 사람들이 자꾸만 늘어나니 어쩔 수 없이 위로 쌓아올리는 겁니다. 그리고도 부족해서 방 하나에 10명이 넘는 가족이 사는 곳도 있다고 합니다."

크람은 무거운 목소리로 설명했다.

카이는 잠시 얼굴을 파르르 떨다가 다시 몸을 돌려 옷을 입기 시작했다.

엘란 역시 분노한 목소리로 덧붙였다.

"……그래서 그들이 이번에 일을 저지른 걸 겁니다."

카이는 아직까지 엘란이 왜 '그들'이라 하는 건지 이해할 수가 없었다.

"왜 그들의 짓이라는 건가? 그들이란 정확히 누굴 말하는 거지?"

"물론 공작님의 정적들이지요. 밀테이너 공작이 일을 친 겁니다!"

"빈민가라면 불 정도는 날 수 있다고 생각한다. 방 하나에 열 명? 음식을 할 공간도 따로 없겠지. 아차 하는 순간 우르르 불이 번지기 쉽지 않겠는가?"

"그렇지요. 하지만……."

엘란 후작은 고개를 흔들었다.

"너무 불이 빨리 번졌습니다. 하필이면 가장 많은 사람들이 모여 있는, 가장 가난한 지역을……. 피해가 가장 클 지역 아닙니까?"

"증거 불충분. 기각한다."

"많은 사람들이 죽으면, 그것이 설령 평민들이고 가난한 사람들 이라고 해도 공작님의 책임으로 돌아갈 텐데요! 한 곳에 불을 질러 서 그 책임에 대한 성토와 불만을 일으킬 만한 곳에 적은 불을 지른 겁니다!"

"지금은 일단 그곳으로 가는 게 우선이다. 소방대는?"

그 질문에는 크람이 대답했다.

"그런 것 따위는 없습니다. 특히 빈민가에 내보낼 정도는……. 그나마 있는 화재 순찰대원들은 불길이 다른 거리로 번지지 않게 막 고 있는 정도입니다."

카이는 옷을 다 입고도 그 소리에 한동안 가만히 생각에 잠겨 움 직이지 않았다.

그런 사이에도 불길이 번지는 것을 신경 쓰느라 크람은 계속 창 밖을 힐끔거렸다. 밖을 봐도 외성의 화재 상황은 보이지 않지만, 괜 히 밖으로 자꾸만 시선을 던지게 되는 것이었다.

"가 볼까."

이윽고 카이가 내뱉은 소리에 두 사람은 기운이 쭉 빠지는 짓이 었다.

다급한 것은 크람뿐만이 아니었다. 엘란 역시 초조했다.

"어떻게 하실 겁니까?"

"불이 생물이라면 얼마든지 죽일 수 있겠다만……. 거참, 어렵군."

그러면서 카이는 리슨을 돌아보았다.

"내 방에서 통신용 수정구를 갖고 따라와라. 벨하임을 깨우고."

"알겠습니다."

"서재에서 외성 세부 지도를 갖고 오도록."

리슨이 고개를 꾸벅 숙이고는 나갔다.

"……어떻게 하실 겁니까?"

어쩐지 너무 침착한 카이 때문에, 엘란은 기운이 쭉 빠지는 기분이었다.

카이는 턱을 몇 번 가볍게 치고는 어깨를 으쓱였다.

"어쩌겠나? 가 봐야 알지. 불이 빠르게 번지지는 않는 모양이로군."

"물을 뿌리고는 있지만 워낙 가물어서 불길이 누그러지지는 않고 있습니다."

크람은 기운 빠진 목소리로 대꾸했다.

카이는 현관으로 성큼성큼 걸었다. 그의 뒤를 따르면서도 엘란과 크람은 망연자실, 어떻게 할지 알 수가 없었다.

결국 그들이 바라는 희망이란, 카이뿐.

카이가 현관 앞에 딱 이르렀을 때, 2층에서 벨하임이 쿵쾅거리면서 내려왔다. 초저녁에 잠들었다가 막 단잠에서 깨어나서 그의 표정은 그렇게 밝지 않았다.

"곤히 자는 사람 깨워서 어디 놀러 가자고 하는 거면 화낼지도 모릅니다, 주공! 갈 거면 물 좋은 데로 가자구요."

"벨하임, 쓸데없는 소리 말고 어서 앞장서라."

카이의 말에 엘란은 실례라는 걸 알면서도 끼어들 수밖에 없었다.

"하지만 공작님, 지금 성밖으로 나가십사 하는 게 아니라……."

"지금이라도 정치적인 변명거리라도 마련하라고 충고를 했던 거냐?"

엘란은 고개를 끄덕였다.

카이는 혀를 찼다.

"그래서? 그렇다면 그런 건 네가 하면 될 것 아닌가? 나는 나가보겠다. 나가서……."

"어떤 방법이라고 갖고 계십니까?"

카이는 어깨만 으쓱였다. 그리곤 리슨과 벨하임을 돌아보았다.

"리슨, 통신용 수정구는?"

"준비했습니다."

"테엘을 불러라!"

"옛."

'테엘?'

크람과 엘란은 동시에 서로를 바라보았다. 서로가 모르는 사람이라는 걸 알고는 더욱 당황하기만 했지만.

세 사람은 벌써 말 위에 올라 대문 쪽으로 속도를 높이고 있었다. 카이가 뒤를 돌아보며 엘란과 크람을 향해 소리를 높여 꾸짖었다.

"어서 안내하지 않고 뭐 하는 거냐!"

"자네가 공작을 따라가게. 난 잠시 다른 곳에……."

엘란은 황급히 크람을 떠밀고는 자신도 말 위에 올랐다. 크람은 멋도 모른 채 말 위에 올라, 카이를 향해 뛰어왔다.

엘란이 황궁 쪽으로 가는 것을 보며 카이는 혀를 찼다.

'황궁에 간다 해서 딱히 방법이 있는 건 아닐 텐데.'

카이는 리슨을 바라보았다.

"테엘은?"

—아우. 왜 불러.

때마침 테엘이 짜증 섞인 목소리로 수정구 안에 모습을 드러냈다.

"조심하라고 했잖나."

—웃. 무슨 일이 벌어진 거냐?

테엘은 이어 수정구, 카이의 뒤쪽으로 보이는 풍경이 확확 지나가는 것을 알아챘다. 그의 표정이 진지하다 못해 분노가 확 피어났다.

—설마…… 어떤 새끼가 널 죽이려고 쫓아오는 거냐? 어떤 새끼야!

"그건 아닌데."

카이는 상대방의 기가 확 죽을 만큼 침착하게 대꾸했다.

"누가 날 비슷한 상황에 몰아넣으려고 외성에 불을 질렀다."

대부분의 내성 귀족 저택이 그러하듯이 다른 공작들의 저택 역시 고요함에 잠겨 있었다. 이미 밤이 깊은 시간이었다.

무도회와 사교계가 시작되기 전의 이 봄이, 황성에서는 가장 고요한 밤이었다.

밀테이너 공작은 창밖을 가만히 바라보았다.

물론 내성 한복판에 있는 저택에서 외성의 화재 상황을 볼 수는 없었다.

그가 바라보고 있는 것은 다른 것이었다.

이프로스 백작이 그의 집 마당 한쪽에 서 있었다. 공작의 서재에서만 내려다보이는, 정원에서도 가장 외진 곳이었다.

그곳은 비밀 정원이라고 불리곤 했다. 공작이 머리가 아플 때 손수 다듬는다는 핑계를 달고 있는 곳.

그곳에서 이프로스 백작은 세 명의 사내들과 서 있었다.

"그래, 어떤가?"

"잘되었습니다요, 헤헤……."

"일이 꽤 크게 벌어졌지요."

"확실한가?"

"내일 아침에, 아니 당장 가서서 보심 알 겁니다. 이거 오늘 밤, 불장난했다고 오줌이나 싸는 건 아닌지……."

"큭큭, 네 녀석이라면 그렇겠지!"

이프로스 백작은 그 사내들을 경멸하는 눈초리로 바라보았다. 이윽고 사내들은 저들끼리 주고받던 농담을 멈춘 채 머쓱하니 그를 바라보았다.

"건물 다섯 곳에 불을 붙였습지요. 말씀하신 대로 입구에 철저히 불을 붙여서, 저희가 내뺄 때에는 비명 소리만 요란했습니다. 뭐, 몇 몇 녀석들은 창문으로 뛰어내리긴 했지만, 그래도 한밤중이고 해서 대부분은……."

"알겠다."

이프로스는 그들의 말을 가로막았다.

사내들은 서로를 보면서 다시 히죽거렸다.

"저, 나리, 약속하신 금액은……."

사내 중 하나가 묻자 이프로스는 품속에서 뭔가를 꺼냈다.

사내들은 그것이 기대하던 주머니와는 다른, 겨우 얄팍한 종이 석 장이라는 깨닫고는 얼굴을 찌푸렸다.

"그게 뭡니까, 나리?"

"이거, 그러시면 섭섭합니다. 약조하신 건 한 사람당 금화 40개 아니었습니까? 그건 아무리 봐도 종이쪽지에 불과한 것 같은뎁쇼?"

사내들이 흉흉한 기세를 내뿜을 때였다.

그들의 등 뒤, 나무 위에서 킥 하는 웃음소리가 들렸다.

사내들의 얼굴이 이제는 완전히 굳었다.

"기사를 숨겨 둔 건가!"

"제길, 우릴 죽여서 입을 없앨 참인 거야!"

사내들은 싸구려 장검을 뽑아 이프로스를 겨누었다.

그러나 이프로스 역시 약간은 놀란 참이었다. 그의 다른 한 손이

다시 품을 향하려던 때.

나무 위에서 사내의 목소리가 들렸다.

"나는 신경 쓰지 마시오, 이프로스 백작. 나는 그대와 이야기를 하러 온 것이지, 척을 지자고 온 것이 아니니."

"어떻게 믿지?"

"사내들에게 날리려는 그것. 800년 전에 내가 익숙히 보았던 것 같군."

사내의 말에 이프로스 백작은 단번에 깨달았다는 표정으로 천천히 손을 뺐다.

"아씨, 뭐야!"

사내 하나가 그의 말에 버럭 화를 내면서 몸을 돌리려던 때였다.

갑자기 그들의 발아래에서 거대한 구덩이가 생기면서, 세 사내는 순식간에 땅 깊숙한 곳으로 떨어졌다.

"일단 완전히 태우는 게 좋을 것 같은데, 어찌 생각하시는가?"

사내의 말에 이프로스 백작은 피식 웃었다. 그리고는 수인을 맺으며 들고 있던 석 장의 종이를 사내들을 향해 날렸다.

구덩이에 떨어지면서 이리저리 부려져 나뒹굴던 사내들은 다음 순간 그 구덩이 속에서 피어난 불꽃 사이에서 끔찍한 비명을 질렀다. 그들의 뼈가 순식간에 녹아내렸다.

"덕분에 수고를 덜었군."

이프로스 백작의 말에 사내는 나무 아래로 뛰어내리며 혀를 찼다.

"나야말로 오랜만에 만나는군, 그 기술을 부리는 자는……."

이프로스 백작은 상대방의 모습을 한참이나 살폈다.

언뜻 나이가 짐작되지 않는 엘프였다. 그리고 어딘지 엘프답지 않은 이질적인 기운이 느껴졌다. 엘프의 것이라 하기에는 너무 어두운, 그런 것이었다.

"엘프들은 로인 공작과 맹약을 다시 맺었다는데, 그 이야기에 불만인 자가 있는 건가?"

"나는 그와의 맹약을 지킬 생각 따위는 애당초 없었다."

"저자들을 쫓아온 건가, 그래서?"

타글라흐는 빙그레 웃었다.

이프로스 백작은 혀를 차면서 땅에 묻혀 흔적도 남지 않는 사내들을 다시 속으로 욕했다.

"무얼 바라는 거지?"

"엘프들을 위한 장소 제공, 그리고 그 장소 내에서의 절대적인 권리를 약속해 준다면 그대들과 손을 잡겠다."

"장소?"

이프로스는 고개를 갸웃거렸다.

"우리가 왜 엘프들을 위해 그런 약속을 해 주어야 하지? 그대의 정령력이 대단하다는 것은 알고 있지만……."

"단순히 대단하다는 정도로는 부족하지."

타글라흐는 다시 웃었다. 이프로스는 그의 미소가 마음에 들지 않았다. 마치 마족의 것을 대할 때처럼 찜찜한 여운을 남기는 미소였다.

이프로스는 창문을 벌컥 여는 소리에 뒤를 돌아보았다.

"……이프로스 경!"

밀테이너 공작이 질린 표정으로 자신을 내려다보고 있었다.

그런 것으로 생각되었다. 이프로스는 멍하니 자신의 주변을 둘러보았다.

어느새 불러낸 건지 알 수가 없었다.

'아무리 엘프라도 정령에게 형체를 부여하기 위해서는 일정한 주술이 필요할 텐데…….'

그의 주변으로는 정원 가득한 흙의 정령들이 사납게 움직이고 있었다. 게다가 그 정령은 흔히 볼 수 있는 예쁘장한 모습과는 전혀 달랐다.

이프로스는 그를 돌아보았다. 얼굴이 창백해진 채로.

"……공작께 안내하겠소."

"그래야지."

타글라흐는 웃었다.

리슨이 내성문에 이르러 공작의 출타를 알리며 문을 열도록 일렀다.

내성문이 삐거덕거리면서 열렸다.

그들이 나선 문은 서문이었고, 그 바로 북서쪽 하늘로는 화광이 번쩍이며 빛나고 있었다.

서쪽 문 앞에서 거주하는 사람들이 창가에 달라붙어서 그 불빛을 바라보는 것이 보였다. 개중에는 개념이 없는지 히죽거리는 사람도 있었고, 몇몇은 걱정스러운 표정이었다.

'피해는 최고 십만 명 정도에 이를 겁니다.'

엘란이 진지하게 한 말이 떠올랐다.

카이가 말이 없자, 테엘이 황급히 물었다.

—뭐야, 무슨 일이야!

"이거 꽤 큰일이네요."

벨하임이 곁에서 멍하니 중얼거렸다.

"엄청난데요. 적어도 수만 명, 아니 잘하면 수십만 명까지 죽을지도 모르겠는데."

그 말에 카이는 이를 부득 갈면서 수정구로 시선을 돌렸다.

"테엘, 하나만 확인하자."

—뭔가.

"나는 블루 드래곤의 힘을 빌렸다."

—그래.

"……나는 불에 약한가, 강한가?

—……너.

테엘은 문득 생각했다. 아아, 지금 차라리 기절할 정도로 형편없는 드래곤이었으면 좋았을 텐데.

카이의 생각이 훤히 들여다보이면서도 그는 바보처럼 되물을 수밖에 없었다.

—뭐야, 설마 불속에 뛰어들 건 아니겠지?

"경우에 따라선."

―그 경우란……?

"불속에서 타 죽는 사람이라도 보이면"

―리슨, 벨하임!

테엘은 수정구를 붙들고는 꽥 소리 질렀다.

―그 녀석 그렇게 내버려 뒀다간 너희 둘 다 용신의 저주를 받아서 영원한 저주에 괴로워할 줄 알아!

"말은 그렇게 하지만 우리라고 막을 수 있을 것 같아요?"

벨하임 역시 성질이 난 김에 꽥 소리 질렀다.

테엘은 당장 눈을 부라렸다.

―눈 깔아! 감히 누구 말을 안 따르겠다는 거냐!

벨하임은 시선을 돌리면서 투덜거렸다.

테엘은 다시 카이를 바라보았다.

―잘 들어, 카이젤 로인.

"빨리 말이나 해. 안 그러면 지금 뛰어들어서 몸으로 답을 구해낼 수밖에 없을 테니."

카이는 이어 빠르게 불이 난 곳을 향해 말 머리를 돌렸다.

―괜찮을 거다. 하지만 통증이 없다는 거지, 한계 이상으로는 위험해. 카이, 부탁이니…….

카이는 고개를 끄덕이기만 했다.

리슨이 통신 수정구를 품 안에 갈무리하자, 카이는 바로 말에 박차를 가했다.

"서두른다!"

'그동안 내가 너희를 너무 봐준 모양이로구나.'

사람들이 타오른다. 그들의 터전이 타오른다.

'정말 누군가가 저지른 방화라면 당장 죽여 버리겠다!'

카이는 냉정한 얼굴에 한 줄기 서늘한 살기를 띤 채 길을 가로질렀다.

그들이 지금 뛰는 길, 평상시에도 마차 한 대 지나다닐 정도의 좁은 길이었다.

가뜩이나 그런 길 위로 피난민들이 넘쳐흘러 말이 지나가는 게 보통 어려운 일이 아니었다.

벨하임은 있는 힘껏 외쳐야만 했다.

"길을 비켜라! 어서!"

사람들의 눈길에 찬 절망, 두려움.

그런 것들이 자꾸만 카이에게 다른 걸 떠올리게 했다.

그의 영지민들, 로인에서 살아남으려 노력했던 사람들의 눈빛이었다.

카이의 얼굴이 다른 때와는 달리 딱딱하게 굳어 있자, 리슨과 벨하임은 서로 눈빛을 주고받았다. 언제든 카이가 불속으로 뛰어들면 건져 낼 마음의 준비를 갖춘 것이었다.

크람은 카이의 뒤를 따라 화재 현장으로 향하고는 있지만, 대체 상황이 어떻게 돌아가는 건지 얼떨떨하기만 했다.

'어떻게 하실 겁니까?'

간신히 도착한 그곳에는 불길의 향연이 바야흐로 시작되고 있었다.

불꽃의 상급 정령 이그니스가 신이 난 듯 어깨를 너울거리면서 춤을 춘다. 그 어깻짓을 따라 붉은 나비처럼 생긴 하급 정령 카사가 허공으로 높게 날아올랐다.

아름답다고?

그러나 그들이 너울거리는 사이로 쏟아지는 살려 달라는 사람들의 목소리가 퍼졌다. 그리고 넋이 빠진 가운데서도 숨을 컥컥거리면서 죽어 가는 소리. 우는지, 어억거리는지 알 수 없는 사람들의 울음소리…….

카이의 얼굴이 점차 굳어 갔다.

정령들은 순수한 자연의 힘에 따라 모이고 흩어지는 것.

그렇지만 지금은 그것들이 그렇게 미울 수가 없었다. 사람들이 죽건 말건 자신들의 잔치라는 듯 그 기세를 더해 가는 모습이…….

"뭣들 하는 건가!"

그는 당장 노한 목소리로 외쳤다.

때마침 불길에 건물 안쪽에서 붕괴가 있었는지, 사람들은 그의 목소리를 듣지 못했다. 비명을 지르면서 울음을 터트릴 뿐이었다.

카이는 말 아래로 뛰어내렸다.

문득 자신의 발아래에서 도마뱀 모양으로 생긴 중급 정령 샐러만더가 기어가는 것을 발견했다. 카이는 당장 발을 들어 마나를 실어선 샐러만더를 꾹 밟았다.

치직거리는 소리를 내면서 정령의 모양이 흐트러지고는 금세 사라졌다.

카이는 주변을 둘러보았다. 이곳에서는 물을 퍼 올려 불길을 막으려 시도하는 사람조차 하나 없었다. 집을 이미 잃고는 망연자실한지 멍하니 서 있는 사람들이 대부분이었다.

좌절할 기운도 없고, 희망도 없고, 미래도 없이 그저 멍하니 바라보고 있는 그 시선이 카이는 도통 마음에 들지 않았다.

"대체 뭣들 하는 거냐!"

찬물을 끼얹은 듯 맑으면서도 냉정한, 힘찬 목소리!

그 목소리가 쩌렁거리면서 일순간 불이 타오르는 소리를 압도했다.

"너희들의 재산 아닌가! 두 손을 놓고 그냥 지켜만 보고 있을 거냐!"

홀린 듯한 사람들의 표정에 하나 둘 불빛이 들어왔다.

'아, 우리가 이제껏 뭐 하고 있었던 거지?'

라는 그런 눈빛.

"가장 가까운 우물은 어디냐! 양동이나 물을 퍼 나를 것을 찾아, 어서!"

카이의 지시에 여자들이 먼저 움직이기 시작했다.

우르르 흩어지는 여자들을 보며, 카이는 이어 크람 자작을 뒤돌아보았다.

"너는 가서 기사단을 깨워 오고, 나무 물통을 파는 주인을 깨워서 모든 물건을, 물을 퍼 나를 수 있는 건 뭐든지 사 오도록."

크람이 몸을 돌려 사라진 후, 카이는 우물로 향했다.

카이는 우물가에서 가장 손에 닿는 곳에 가까이 서 있던 사내의 어깨를 홱 돌려 세웠다. 그리고는 사내가 얼떨떨한 것도 신경 쓰지 않고 어깨와 체격을 이리저리 살폈다.

"좋아, 자네가 어서 물을 퍼 올려!"

"예, 에……?"

"어서!"

카이는 그의 품 안에 두레박을 퍽 안겼다.

그리고 이어 다른 사내를 그의 뒤에 세웠다.

"어서 줄을 서라! 물을 차례로 건네!"

사내들이 멍하니 줄을 서자, 여자들이 제각기 물그릇을 그러모아 달려왔다. 어디에서 어떻게 가져왔는지 카이는 묻지 않았다. 세탁통, 물통, 물항아리, 갖가지였다.

여자들은 사내들에게 물통을 콱콱 끌어 안겼다.

"부족해! 어서 더 구해 오고, 거기 남자들! 다른 우물로 어서 가!"

"다, 다른 우물은 말랐습니다."

"근처 우물 어디든 어서 튀어가서 줄이나 늘어서란 말이다! 나한테 그걸 설명할 시간이면 벌써 물 한 통은 펐어!"

사람들이 제각기 흩어졌다. 노인들도 비틀거리면서 빈 물통을 되돌리는 줄에 섰다. 희망은 여전히 보이지 않았지만, 적어도 할 일이 주어진 것만으로도 사람들의 눈에 적나라하게 드러났던 절망이라는 건 사라졌다.

물을 퍼 올리던 사내가 지쳤을 때쯤, 기사단이 우르르 몰려왔다.

"공작님!"

"왔는가, 제군!"

"이게 무슨……!"

"문답무용! 물을 퍼!"

그들이 서 있는 곳은 불길이 닿는 곳에서 가장 가까운 우물가였다.

기사들이 멋도 모른 채 우물 바로 앞쪽에서 힘차게 물을 퍼 올리기 시작했다. 엄청난 속도였다. 풍덩 하고 물이 두레박에 담기는 순간 바로 웃샤— 하면서 줄을 푹 당기자 물이 퍼 올려졌다.

눈에 뜨일 정도로 빠르게 물동이가 돌기 시작했다. 그렇지만 불은 점점 범위를 넓혀 왔다.

"안 되겠군. 크람, 제국 마법길드에 남아 있는 인원 중 물과 관련된 마법을 쓸 줄 안다면 누구든 불러 오게나! 벨하임, 정보 길드에 가서 도성에 현재 당장 달려올 수 있는 마법사에게 연락을 하는 건 물론, 정령사들까지 모두 수배해!"

카이의 지시가 떨어지기가 무섭게, 크람과 벨하임이 말에 올라타고 힘차게 골목을 따라 중앙대로 쪽으로 사라졌다.

그렇게 지시를 막 내렸을 때였다.

여자와 노인들, 힘없는 사내들은 빈 물통을 건네주는 줄을 맡았다. 그리고 힘 있는 사내들은 무거운 물통을 운반하는 줄이었다.

갑자기 그 사내들 중, 건물에 가까이 서 있던 사내 한 명이 비명을 질렀다.

"안 돼!"

카이는 그쪽을 돌아보았다.

불꽃이 일렁거리는 건물 안으로 뛰어들어 가는 사내의 등이 보였다.

"저런 얼간이가!"

"어엇, 주공!"

카이가 번개처럼 그 사내의 뒤를 따라 건물 안으로 몸을 날렸다. 리슨이 재빠르게 손을 뻗었지만 그의 손에 잡힌 것은 카이의 망토 끝자락뿐이었다.

그것도 금세 찢어졌다. 카이는 망설임 없이 그 안으로 들어갔다.

이미 불길은 사정없이 타오르고 있었다. 불쪽을 향해 서 있기만 해도 얼굴이 화끈거리고 눈이 아릴 지경이었다.

리슨은 아주, 아주 잠시 망설였다.

테엘의 경고? 그깟 것이 두려운 게 아니었다.

리슨이 용감하게 불속으로 뛰어들려던 그 순간이었다.

"뭐 하는 겁니까!"

부들부들 떨리는 목소리로 엘란이 용감하게 그의 허리를 낚아챘다.

"이거 놔!"

그렇게 리슨이 외치는 순간 그의 앞에서 건물의 입구가 불을 견디다 못해 우르르르 무너지기 시작했다.

"주공! 주공이 저 안에 계시단 말이다!"

"아이고, 내 아들내미가……!"

"로, 로인 공작이……!"

엘란의 얼굴이 창백해졌다.

다음 순간 그는 둘의 대화 사이에 끼어든 노부부를 돌아보았다.

"……로인 공작이 아들?"

"으앗, 대체 무슨 난리야! 불을 끄지 않고 뭐 하는 거냐!"

벨하임이 되돌아왔다.

그는 눈물로 얼굴이 범벅된 리슨을 보고는 갑자기 몸이 뻣뻣하게 굳었다.

"……들어가신 거냐?"

끄덕끄덕.

벨하임은 그 자리에 털썩 주저앉았다.

그들 앞에서 건물은 천천히, 그러나 화끈하게 불타오르고 있었다.

카이는 앞서 달리는 사내를 따라 성큼 따라 뛰어든 것까지는 좋았다.

드래곤 하트가 두근거렸다. 일순간 그의 몸을 감싼 화염에서 그를 보호하려는 듯, 마나의 흐름이 거세졌다.

순간 온몸을 짓누르는 고통에 카이는 일순간 그 앞에서 주저앉았다.

"크흑!"

한 손으로 심장을 붙들고 주저앉았지만, 그가 따라 들어온 사내는 뒤도 돌아보지 않았다.

불타올라 무너진 복도 사이에서 머리카락을 손으로 감싼 채로 사내는 2층 계단을 향해 사라졌다.

"……제길, 저 녀석은 대체 뭐야?"

사내의 등이 그를 부르는 것 같았다.

옷소매에 불이 옮겨 붙어 타기 시작했는데도, 그 팔로 몸을 보호하면서 사내가 찾으려 한 것은 무엇이었을까.

카이는 심장을 억지로 누르고 비틀거리며 일어섰다.

카아의 몸으로는 다행히 불이 침범하지 않았다. 그러나 숨 쉴 때마다 몸속으로 파고드는 연기의 독기는 참기가 점점 힘들어졌다.

"……어서, 이리 오란 말이다!"

카이는 사내의 뒤를 따라 2층 계단 아래에 섰다.

계단 전체에는 이미 불이 붙어서 밟고 올라서면 무너질 것이 뻔해 보였다. 카이는 잠시 숨을 참은 채로 드래곤 하트를 누르던 손을 뗐다.

순간 그의 몸 전체로 푸른 기운이 투명하게 솟구쳤다. 열기가 그만큼 덜 느껴졌지만, 카이는 그런 일에 신경 쓸 여유가 없었다.

그는 힘차게, 단숨에 계단을 뛰어올랐다. 그의 뒤에서 우지끈 하면서 계단이 무너져 내렸다.

그러나 사내는 마치 숨바꼭질이라도 하는 것처럼 모습이 보이지 않았다.

"이봐! 어디 있는 거냐!"

카이가 외쳤지만 어디서도 사내는 응답하지 않았다.

건물 안에서 살아 움직이는 것은 카이와 불꽃뿐인 듯싶었다. 활활 타오르고 자작거리면서 혀를 날름거리는 불꽃은 카이를 해치려 시도했지만 카이의 몸 근처에는 단단한 보호막 같은 것이 있었다.

벨하임은 리슨을 노려보았다.

"일단 나중에 이 빚은 계산하마. 어이! 나한테 물이나 뒤집어씌워!"

"……내가 들어가겠다! 나한테 물통과 물을!"

"내가 가겠어, 이 기생오라비야!"

"내가 더 민첩하다."

'민첩해? 소드마스터보다 일개 집사가?'

엘란이 그들의 대화에 제정신을 찾고는 귀를 쫑긋 세웠다.

리슨은 그걸 눈치 채고는 벨하임을 향해 마지막 자존심을 버린 한마디를 했다.

"부탁이다. 내 실수를 만회할 수 있도록 해 다오."

"제길, 망할 녀석! 주공을 찾아오지 못하면 내 손에 죽을 줄 알아! 준비해!"

벨하임이 검을 뽑았다.

리슨은 단번에 그가 무너진 입구를 잘라 내려는 것을 눈치 채고, 막 옆에 사내가 들어 퍼부으려던 물통을 빼앗아 들었다. 그걸 자신의 몸 위로 쏟아 붓고는 물통을 빼앗아 옆구리에 끼워 들었다.

"간다!"

벨하임이 외치면서 힘차게 검을 휘둘렀다. 매끈한 그의 검로를 따라 허공에 바람이 휙 지나갔다.

"허잇—!"

리슨이 허공으로 힘차게 발을 굴렀다.

그러나 다음 순간 거친 바람이 휙 불어와 그의 두 발과 허리를 타고 칭칭 감았다. 강한 힘에 리슨이 순간 거칠게 숨을 뿜어냈고, 옆구리에 끼고 있던 물통이 펑 하고 터졌다.

"뭐, 뭐야!"

벨하임은 정말 크게 놀랐다. 그는 당장 뒤돌아서 정령사를 향해 검을 뻗었다.

땅에 무사히 착지한 리슨이 상대를 보며 얼굴을 찌푸렸다.

"⋯⋯당신은⋯⋯!"

카이가 방을 닥치는 대로 뛰어다니려던 때였다.

"⋯⋯구해 줘⋯⋯."

그 소리에 카이는 다시 한 층을 더 뛰어 올라갔다.

그 계단 바로 앞에서 사내가 유령처럼 서 있었다.

그는 뭔가를 어깨 위에 짊어지고, 다른 한 손에도 포대기 같은 것을 안고 있었다.

게릭은 눈앞에 있는 것이 불의 정령인지, 혹은 물의 정령인지 분간할 수가 없었다. 사실 자신이 여기에 왜 서 있는지도 알 수가 없었다.

무엇보다 너무 더웠다. 꼭 악몽 속에 있는 것 같았다. 사막 한가운데 서 있는, 그런 악몽.

"……구해 줘……."

눈앞의 사내만이 유일한 해결책이라는 것을 게릭은 알 수 있었다. 이 사내라면 이 끔찍한 곳에서…….

게릭은 그제야 자신의 품속의 것을 물끄러미 내려다보았다. 제대로 보이지 않았다. 너무 뜨거웠고, 그래서 열기에 눈이 따가울 지경이었으니까.

게릭은 무덤덤하게 품속의 것을 내려다보고 그것을 카이에게 내밀었다.

"……구해 줘……."

카이는 눈앞의 사내를 물끄러미 바라보았다.

통증을 전혀 느끼지 못하는 걸까. 이미 신경까지 타 버린 것일까. 이해할 수가 없었다.

사내가 내미는 포대기를 카이는 받아 들었다.

사내는 천천히 그 자리에 주저앉았다. 다리에 불이 붙어 이미 활활 타오르고 있었다. 그는 이어 어깨 위에 얹었던 타오르는 시체를 품 안에 옮겨 안았다.

"……괜찮아, 다 괜찮을 거야……."

무엇이 괜찮다는 것일까.

게릭은 계속해서 품 안의 아내를 쓰다듬었다. 그녀의 몸에 붙어 활활 타오르는 불이 자신의 손에서 타오르는 불과 하나가 되어 더욱 크게 번지기 시작했다.

복도가 우적거리면서 무너지기 시작했다. 그리고 게릭의 몸 역시 이제 녹아내리기 시작했다. 피부 속 기름이 지글거리면서 무릎으로 떨어지고, 머리카락이 불기운에 지글거리며 홀랑 타 버린 아래에서 뼛조각이 드러났다.

게릭은 마치 불속에서 정령으로 변신하는 것 같았다. 그런데도 그는 계속 아내를 쓰다듬었다.

"이런 멍청이 같으니……."

카이는 그 말밖에 할 수 없었다.

품 안의 담요를 든 채로 카이는 몸을 돌렸다. 그의 등 뒤에서 천천히 건물이 무너지기 시작했다. 마치 카이의 등 뒤에 아무것도 남기지 않겠다는 듯이…….

카이는 품속의 포대기를 내려다보았다.

카이의 드래곤 하트 때문에 물 기운이 그들을 감싸고 있었다. 그러나 아기는 미동도 없었다.

카이는 뚜벅뚜벅 걸어 입구로 향할 뿐이었다. 뒤에서 건물이 무너지건 말건 신경 쓰지 않았다.

그런 그를 향해 차가운 바람과 물의 정령이 날아들었다. 그리고 카이의 주변을 감싸고 그의 몸을 위로 들었다.

"……뭐 하는 거야!"

날카로운 새된 목소리.

카이는 고개를 들었다.

눈앞에 이르엘이 서 있었는데도 카이는 아무 말도 할 수가 없었다. 카이는 일순간 그녀가 왜 이런 불길 속에 서 있는지 이해하지 못했다.

"왜 여기에 있는 거지?"

"……나가, 일단."

카이는 고개를 끄덕였다.

이르엘의 물길과 바람에 이끌려 카이가 나선 후, 그 건물은 완전히 불길 속에 무너졌다.

카이는 품속의 포대기를 가만히 바라보았다. 어떻게 해야 할지 막막했던 것이다.

그렇게 고민하던 것도 잠시.

곧 주변에서 울음을 터뜨리던 노인 중 하나가 앞으로 뛰어나왔다.

"아가야!"

불과 연기에 그을린 포대기인데도, 그녀에게는 그것이 분간이 된 모양이었다. 카이는 포대기를 그녀에게 건넸다.

늙은 여인은 흐느끼면서 포대기를 헤쳤다. 그 안에는 얼굴에 까맣게 그을음이 앉은 아이가 있었다. 아이는 이미 오래 전에 숨을 거뒀는지, 그 열기를 나오자마자 몸이 급속히 차가워졌다.

주변은 아수라장이었다. 가족을 찾는 소리, 거주지를 잃은 자의 한탄과 슬픔.

이미 겨울은 끝났지만, 이들에게는 이제 막 겨울이 시작된 것이나 마찬가지였다.

카이는 노파를 가만히 내려다보았다.

'이런 것을 보려고 돌아온 것이 아니다.'

카이는 주먹을 꽉 쥐었다. 입술을 질끈 깨문 입술에서는 피가 흘러내렸다.

'이런 것을 보려고 이 자리를 떠맡은 게 아니란 말이다.'

카이는 팔짱을 낀 채 천천히 집을 잃은 이들을 둘러보았다.

리슨과 벨하임이 조심스럽게 그의 곁에 다가왔다. 머리카락 하나 그을리지 않은 모습 때문에 그가 무사하다는 것을 확인하기는 했지만 카이의 굳은 얼굴 때문에 쉽사리 호들갑을 떨 수가 없었다.

카이는 한참 후에야 자신의 눈치를 살피는 기사들을 돌아보았다.

"한밤중에 수고했다. 당분간 훈련은 없다."

너무나 무덤덤한 목소리였다.

"……공작님……."

크람 자작은 그의 말에 어떻게 대응해야 할지 알 수가 없었다.

"피해 상황은?"

카이의 질문에 크람은 주변을 긁적였다.

"……인명 피해는 정확히 파악이 불가능할 것 같습니다. 봄이 되어서 인구가 유동적이라서…… 공작님의 재빠른 조치 덕분에 구역 이상으로 번지는 건 면했지만, 12채의 건물이 완전히 타 버렸습니다. 그을음이 스며든 건물이나 반 정도 부서진 건물 등도 대략 10채입니다. 대략 삼천 명 정도는 당장 집이 없는 상태입니다."

"자연 화재라 보는가?"

카이의 목소리는 몹시 낮았다. 크람은 그 말에 한동안 대답하지 못했다.

카이는 알겠다는 듯 천천히 고개를 끄덕였다.

"……그런가."

"하, 하지만 방화라는 증거도 없습니다!"

"아무리 건조하다고 해도 그 많은 건물이 한꺼번에 타오를 수는 없겠지. 잔악한 것들……."

"황도의 백성들은 모두 황제 폐하의 백성이니까요."

엘란 후작도 곁에서 분노한 목소리로 말했다.

"황제 폐하의?"

"귀족들이 어떤 짓을 해도 그들 자신에게는 피해가 가지 않는다는 말씀입니다, 공작님."

엘란은 냉정하게 덧붙이고는 고개를 흔들었다.

"게다가 이런 빈민가가 황도에 있는 것 자체가 불미스러운 일이니까요."

"애당초 자기 구역 관리를 잘했다면 이런 일이 생길 일도 없지 않은가?"

"세금을 내지 못하면 쫓아낸다…… 현재 각지에서 벌어지고 있는 일입니다."

엘란은 이마를 찡그렸다.

"게다가 다른 자들은 이 일의 심각성을 모릅니다. 언제고 빈민들이 없어지든가 하겠지, 하는 정도지만……. 게다가 황제 폐하께는

'폐하의 신민이 늘어나고 있사오니 만천하가 폐하의 은덕에 경배를 바칩니다' 라니……!'

"……그 말에 속던가?"

카이의 말에 엘란은 고개를 끄덕였다.

잠시 침묵이 감도는 사이.

카이는 고개를 흔들고는 주변을 둘러보다가 한 사람이 없는 걸 깨달았다.

"……이르엘은?"

그리고 그는 이어 다른 것을 발견했다. 그의 심장이 옥죄는 듯 그는 저도 모르게 신음 소리를 짧게 흘렀다.

"으음."

"고, 공작님?"

"왜 그러십니까?"

카이는 말없이 손을 들어 다른 한곳을 가리켰다.

그가 가리킨 곳은 외성의 하늘.

곳곳에서 화광이 하늘을 향해 치솟아 오르고 있었다.

SWORD OF DRAGONLOAD

제9장
이종족의 전쟁

이르엘이 기묘한 냄새를 맡은 것은 카이를 데리고 나온 직후였다.

타오르는 건물의 열기에서 벗어나려고 고개를 돌렸을 때, 바람결을 타고 익숙한 냄새가 코끝을 잠시 스쳤다.

그녀는 잠시 주변을 둘러보았다.

어두운 밤하늘을 뒤로한 채, 그림자 하나가 자신들이 있는 곳을 바라보고 있었다.

이르엘은 웃었다. 하지만 그녀가 웃는 것을 본 사람은 다행히 아무도 없었다.

아무도 보지 않는 편이 좋은 그런 미소였다. 빨갛게 타오르는 불꽃을 뒤로한 채로 잔잔히 빛나는 핑크빛 머릿결이 바람에 휘날렸다. 그 사이에서 그녀의 빨간 눈동자가 유독 날카롭게 빛났다.

'테엘 님, 당신이 계셨더라면 저를 꾸짖으셨겠네요.'

이르엘은 웃으면서 그렇게 생각했다.

그러나 다음 순간 그녀는 질풍처럼 그림자를 향해 날아갔다. 그녀의 잔인한 미소를 그대로 지닌 채로.

'하지만 당신이라도 저처럼 달려들었을 거예요!

"타글라흐ㅡ!'

이르엘의 높고도 맑은 소리가 하늘을 갈랐다.

사내는 움찔 몸을 떨었다. 두려움 때문인지, 아니면 단지 놀란 건지 알 수가 없었다. 그리고 사내는 곧 어둠 속으로 모습을 감췄다.

이르엘이 사내가 서 있던 건물 위에서 사방을 두리번거리던 때, 갑자기 그녀의 발아래가 푹 꺼지더니 순식간에 불꽃이 피어올랐다.

이르엘은 순간 아래로 빠졌다. 불꽃이 그녀의 주변으로 사나운 이빨을 드러냈다.

"불의 정령, 너희가 감히!'

정령을 다룬 이후로 정령들에게 공격 받은 적은 단 한 번도 없었다.

이르엘이 하이엘프이기 때문이었다. 다른 엘프들이 정령으로 그녀를 공격하려고 해도 불가능했다. 정령들이 이르엘 근처에서는 그녀의 명령만 듣기 때문이었다.

그런데 지금 정령들이 이르엘을 공격하고 있었다.

정령을 다루는 힘이 비등해졌다는 것이었다.

이르엘은 입술을 깨물었다.

그녀가 손가락을 움직이자 바로 그녀의 몸 주변으로 바람의 정령이 몰려들었다. 그들에게 몸을 맡긴 채, 이르엘은 다시 허공으로 뛰어올랐다.

타글라흐의 모습은 보이지 않았다. 그러나 대신 사방에서 불길이 일어났다.

"……타글라흐!"

그를 쫓아 몸을 띄웠을 때였다.

카이가 골목을 달려오는 것이 보였다. 카이의 시선이 아래에서 그녀와 마주쳤다.

"이르엘, 물의 정령을 불러! 불을 꺼 줘!"

카이의 외침에 이르엘은 고개를 끄덕였다.

도성의 고요한 밤은 이미 지나간 지 오래였다. 불이 사방에서 치솟으면서 불의 정령이 미친 듯이 날뛰었다.

이르엘이 물의 정령을 불러냈다.

타글라흐는 다른 곳에 서 있었다.

"……수석장로님……!"

엘프들이 웅성거리면서 숲 속에서 나왔다.

밤이 꽤 깊었는데도 그들은 잠에서 갓 깬 모습이 아니었다. 화재 때문에 술렁거리는 분위기 때문에 그들도 잠을 청하지 못하고 있었다.

게다가 이 냄새와 타글라흐에게서 풍기는 분위기!

엘프들의 친숙한 냄새가 아니었다. 타글라흐에게서는 나무가 썩어 들어가는 냄새가 어렴풋하게 풍겼다.

그리고 타글라흐의 눈빛! 차갑고 어두웠다. 그것은 엘프들의 속성이 아니었고, 마치 마족의 눈을 보는 듯해서 엘프들은 본능적으로 타글라흐를 두려워했다.

타글라흐는 경멸이 찬 눈으로 그들을 둘러보았다. 하나같이 겁먹은 눈초리였다.

"긴말하지 않겠다. 수석장로이자 새로운 힘을 깨달은 자로서 명한다. 그대들은 이 숲을 떠나야 한다."

"……옛? 갑자기 그게 무슨……?"

"혹, 로인으로 가라는 말씀이십니까?"

난데없는 질문에 타글라흐는 얼굴을 찌푸렸다.

"누가 로인으로 간다는 것인가! 로인과 우리의 맹약은 깨진 지 오래! 새로운 맹약도 필요치 않다!"

"하, 하지만 그렇다면 어디로……? 이 숲에 자리 잡은 것도 겨우 200년밖에 되지 않았습니다!"

젊은 엘프 하나가 조심스럽게 앞으로 나와 그 말을 거들었다.

"이곳은 저희들 중 몇에게는 고향이나 다름없는 곳입니다. 200년 전 그 끔찍한 혈겁에서 벗어나 어린 시절을 대부분 보낸 숲을 떠나서 대체 어디로 가라 하시는 겁니까?"

"그 문제는 걱정 없습니다."

타글라흐의 곁에 누군가가 슥 나타났다.

그의 기척을 전혀 느끼지 못했기에 대부분의 엘프들은 기겁했다. 그자는 마치 어둠속에서 껍질은 벗은 것처럼 그렇게 나타났던 것이다.

"동부 지방에 여러분을 위한 숲을 마련해 놓았습니다. 이 숲보다 넓이는 27배 정도 크고, 500년 정도 아무도 손을 대지 않은 곳입니다. 살기 위한 환경은 더 좋다고 생각합니다."

엘프들은 망설였다. 그들은 그런 '이득'에 쉽게 결정을 내릴 수 있는 종족이 아니었다.

타글라흐도 그것을 잘 알고 있었다.

"망설일 것 없다. 옮겨. 지금 당장 움직인다."

싸늘한 그의 목소리에 몇몇 엘프들은 멈칫거리면서도 자신의 나무를 향해 움직이기 시작했다. 짐을 싸기 위해서였다.

그러나 그들 중 몇몇은 주저했다.

"정령을 보내. 로인 공작에게."

그들 중 하나가 나지막하게 속삭였다.

"타글라흐 수석장로가 나타나면 분명히 고하라 했잖아, 우리 멋대로 거처를 움직일 수도 없다고."

"게다가 200년 만에 움직이다니! 우리는 떠돌이가 아냐!"

그렇게 속삭이는 엘프들은 등 뒤에서 느껴진 싸늘함에 입을 다물었다.

타글라흐가 그들을 바라보고 있었다. 아주 작은 속삭임이었지만 다 들은 것이 분명했다.

그의 얼굴 표정에서는 용서라는 게 전혀 없었다. 심지어 그들 중 하나는 자신의 손자인데도.

"······반항은 용납하지 않겠다!"

타글라흐의 손에서 움직여 나간 정령이 그들을 향해 거칠게 달려들었다. 엘프들의 목으로 파고든 물의 정령이 단번에 그들의 허파를 마비시켰다.

"커, 커컥……!"

그들이 죽어 가면서 내뱉은 냄새가 타글라흐의 주변을 맴돌았다. 피의 저주, 엘프를 죽인 자의 냄새가 타글라흐의 몸에서 일순간 짙어졌다.

타글라흐는 자신의 몸에서 풍기는 그 냄새를 깊게 들이마셨다. 그는 그 냄새를 맡으며 웃었다.

"괜찮은 냄새로군."

그리고 자신을 두려운 눈초리로 바라보는 엘프들을 향해 소리쳤다.

"어서! 로인 공작이 오기 전까지 움직이지 않는다면 모두 죽이겠다!"

타글라흐는 엘프들을 재촉했다.

이프로스 백작은 냉정한 눈으로 일행을 둘러보았다. 그리고는 타글라흐를 향해 돌아섰다.

"겨우 이 숫자뿐입니까?"

"당연하지 않은가. 이 좁은 숲에서 더 이상의 자손을 낳는 것은 불가능해."

타글라흐는 딱딱한 어조로 대답했다.

그의 몸에서 술렁거리는 정령을 다스리는 힘은 가히 대단했다. 지금이라면 이르엘은 물론, 저 인간들의 얄미운 소드마스터 역시 처치할 수 있을 것 같았다.

그러나 지금은 인간과 손을 잡을 때.

정확히는 로인 공작의 적과는 손을 잡아야 할 때.

타글라흐는 이프로스 백작을 노려보았다. 그의 온몸에서 들끓는 힘을 지금이라도 보여 주고 싶었다.

이프로스 백작은 모인 엘프들을 보고는 혀를 찼다.

"……하긴, 그 혈겁에서 빠져나온 것만 해도 대단한 일이긴 하지요. 그렇다면 이들은 제가 이끌고 가도록 하죠."

타글라흐는 그의 말에 고개를 끄덕이다가, 갑자기 얼굴을 굳혔다.

"……온다."

"엣?"

"서둘러! 온……다……!"

타글라흐는 자신의 몸 주변에 있는 정령들이 삐죽거리면서 흥분하는 것을 눈치 챘다. 그 의미는 하나였다.

이르엘, 그녀가 오고 있다!

이르엘이 한 곳의 불을 끄고 다른 곳으로 가려는 찰나에 엘프들이 도착했다.

정령을 다룰 줄 아는 엘프들 전부가 카이의 부름에 따라 도착한 것이었다.

"와 줘서 고맙네, 운다흐."

그러나 도착한 운다흐의 얼굴색은 밝지가 않았다.

"로인 공작님, 이 불길은……."

"정령에 의한 발화. 정령사들 중 누군가가 작당을 한 모양이지."

카이는 차갑게 내뱉었다.

"그대들에게 따로 부탁이 있다. 그 정령사의 흔적을 찾아낼 수 있겠는가?"

그때 이르엘이 카이의 곁으로 내려왔다.

엘프들은 저도 모르게 이르엘을 향해 고개를 살짝 숙이면서 한 발 물러났다. 그녀는 자신들의 고귀한 조상의 핏줄을 이어받은 하이엘프인 것이다.

이르엘에게서 맴돌던 이질적인 기운은 여전했다. 그러나 그녀가 자신의 정체를 깨달은 지금, 그 기운은 한층 더 강해졌다. 엘프들은 그녀가 하이엘프라는 것을 확실하게 깨닫고, 본능적으로 윗사람으로 인정했다.

그러나 이르엘은 그들을 쳐다보지도 않았다. 그녀의 얼굴은 딱딱하게 굳어 있었다.

"누군지 따질 것도 없어요."

"……?"

카이는 의아한 얼굴로 그녀를 바라보았다.

"타글라흐가 왔어요. 그가……."

다음 순간, 이르엘의 얼굴이 일그러졌다. 그녀는 엘프들의 숲과 맞닿은 곳으로 고개를 확 돌렸다.

자신이 하이엘프라는 것을 자각한 이후로 느끼게 되는 '본능' 과 핏줄로부터 이어받은 '능력' 은 대단했다.

순리의 주문, 언령을 이용한 주문은 물론이고 엘프가 본래 지녔어야 할 힘의 노래는 물론이요, 전보다 오감에 육감이 예민해진 것이었다.

이르엘의 귀는 다른 엘프보다 훨씬 더 길고 날카로운 모양이었다. 물론 나란히 세워놓고 비교하지 않으면 구분하기 어려울 정도였지만.

그런 귀가 쫑긋거렸다.

"……엘프가 죽었어."

그녀의 코 역시 쫑긋거리면서 공기의 냄새를 맡았다. 그녀의 얼굴에 불쾌함이 떠올랐다.

"……누가 엘프를 죽였어."

이르엘은 중얼거리고는 허공으로 몸을 띄웠다. 바람의 정령들이 그녀의 의지에 따라 자연스럽게 그녀의 몸을 받들었다. 그리고 그녀는 쏜살처럼 건물 위를 날아 엘프들의 숲으로 향했다.

카이도, 엘프들도 망설일 것이 없었다. 그들 역시 거리를 달려 엘프들의 숲으로 향했다.

운다흐는 엘프인 자신들보다 훨씬 더 빠르게 달리는 카이를 바라보며 잠시 놀랐다.

'역시 로잉루의 축복을 받은 건가…….'

그러나 머뭇거릴 이유가 없었다.

이르엘이 가장 먼저, 그리고 카이가 거의 그 뒤를 이어 엘프의 숲에 도착했다. 리슨이 약간 후에 도착했다.

벨하임은 거리 한복판에서 완전히 헤매고 있었다.

"대체 어디로들 간 거야, 또!"

그가 발견한 것은 거리 저 끝에서 달려가는 엘프들의 모습이었다. 벨하임은 죽어라고 엘프들의 뒤를 따라 달렸다.

그렇게 모두가 도착했을 때, 이르엘과 타글라흐는 서로를 견제하며 노려보고 있었다.

"오랜만이로군, 배신자."

카이가 이를 갈면서 중얼거리자, 타글라흐는 훗 하고 코웃음만 쳤다.

그의 뒤에서는 엘프들이 당황한 듯 서로를 바라보고 있었다.

카이는 그들의 손에 들린 작은 짐을 눈치 챘다.

그들이 이사할 때 들고 가야 하는 소중한 것들이었다. 인간처럼 많지는 않아서 손이며 어깨 위에 짊어진 것이 전부였지만.

"어디로 가려는 거지?"

카이의 질문이 차갑게 떨어졌다.

엘프들은 서로를 어색하게 바라보았다.

그러는 사이 이르엘이 먼저 웃음을 날렸다.

"또 어떤 감언이설로 엘프들의 정체성을 흐린 거지?"

"너 같은 애송이 엘프에게 정체성에 관한 이야기를 들을 이유는 없다고 생각하는데."

타글라흐는 카이를 바라보았다. 그리고는 씩 웃었다. 그의 입가 사이로 길게 뻗은 송곳니가 그 결에 드러났다.

카이는 그 의미를 몰랐지만, 운다흐는 그렇지 않았다. 그때쯤 도착한 운다흐는 그것을 보고는 숨을 가다듬던 중 그대로 헉하고 거칠게 숨을 들이켰다.

타글라흐는 운다흐를 바라보았다.

"의외로구나, 네놈이 먼저 알다니. 하긴, 저 녀석은 자기의 혈통이 뭔지도 모른 채 핏속으로 도망치던 철부지 애송이였으니까."

'저녀석'이라는 건 이르엘을 말하는 것이었다.

이르엘의 분노가 커지면서 그녀 주변의 정령들도 그 속성을 달리하기 시작했다. 거칠고 사나운 정령의 모습들을 보며 카이는 운다흐를 힐끗 바라보았다.

"저 말이 무슨 뜻이지?"

"……저 송곳니, 그리고 그 주변의 정령……."

카이는 타글라흐 주변의 정령을 살폈다.

이르엘과 대치 중인 타글라흐 역시 많은 수의 정령에게 마나를 부여해서 자신의 도구로 이용하고 있었다. 이르엘과 겨룰 수 있을 정도로 많은 숫자였다.

그것들은 하나같이 이르엘의 정령들과 모습이 흡사했다. 아니, 그보다 더 거칠어 보였다.

"저건 분명히 다크 엘프……!"

"뭣?"

카이는 눈을 크게 뜨고 타글라흐를 바라보았다. 하이엘프와 엘프, 그리고 다크 엘프.

엘프족을 나누는 가장 큰 구분이었다. 그러나 카이로서는 쉽사리

분간이 가지 않았다.

운다흐는 멍하니 중얼거렸다.

"하지만 다크 엘프는 분명히 멸족했다고……."

"사라졌을 뿐이지. 태양이 떠오르면 어둠이 사라진다고 생각하듯이."

타글라흐는 말했다. 이르엘은 그를 노려보았다.

타글라흐는 엘프들을 돌아보았다. 겨우 수백의 인원, 그러나 이들은 소중한 엘프 번성의 시작이 될 씨앗이었다.

"그대들에게는 선택권이 있다!"

타글라흐는 이르엘과 나란히 서 있는 카이를 가리켰다.

"로인 공작이 다시 그대들을, 저 우리들의 피로 물든 땅으로 데리고 가 노예처럼 삶을 강요하는 곳으로 가고 싶은가!"

엘프들의 얼굴에 동요가 나타났다.

그들 중 일부는 로인에서 테엘의 학살을 피해 도망쳐 왔고, 그 나머지는 이 새로운 땅에서 태어난 어린 엘프들이었다.

지금이야 대륙 곳곳으로 엘프들이 퍼졌지만, 그들은 본래 네크시아라에서 살았다. 모든 엘프들이 나고 자란 곳, 드래곤의 맹세로 엘프들의 고향으로 정해진 곳이었다.

그런 것을 하루아침에 잃었으니…….

차마 드래곤에게 덤비지는 못하는 엘프들이었다.

타글라흐의 말을 듣자 그 말이 사실이든 아니든, 그들은 로인 공작이 그들을 보호해 주지 않은 사실만 떠올렸다.

"겨우 인간들의 계략 때문에 우리의 땅을 계속 잃을 수는 없다! 겨우 100년을 사는, 균형과 조화를 무시하는 저 거친 야만 종족의 손에 다시 놀아날 수는 없지 않은가!"

타글라흐의 거친 말에 그들은 서로를 바라보았다. 그리고 카이를 향해 거칠어진 심성을 드러냈다.

"그런 식으로 속이면 된다고 생각하는 건가?"

"우리 종족은 거짓을 모른다. 너희 인간과는 다르지!"

타글라흐는 그렇게 말하며 카이를 향해 돌아섰다.

"카이젤 아민 라 로인! 그대가 드래곤의 힘을 빌려 우리를 핍박한 죄를 이제야 묻게 되는구나!"

드래곤의 힘을 빌리긴 했다. 그것도 아주 많이.

카이는 타글라흐의 말에 피식 웃음이 새어 나왔다.

"하이엘프의 신성한 핏줄에 반기를 든 주제에 입은 살아 있군."

타글라흐는 그 정도에 흔들리지 않았다. 대신 그는 카이를 향해 똑바로 서며 두 팔을 벌렸다. 하늘을 껴안으려는 듯한 모습이었다.

다음 순간, 카이의 눈앞에서 일대 격돌로 인한 폭발이 일어났다. 카이는 눈을 가늘게 뜨고 흙먼지 사이를 노려보았다.

수많은 정령들이 서로를 향해 이빨을 들이대고 있었다. 얼음과 얼음, 불과 불!

땅이 움퍽거리며 흔들렸다.

"주공!"

리슨이 서둘러 그의 허리를 붙들고는 뒤로 피했다.

카이가 서 있던 곳에서 땅의 정령들이 미친 듯이 들고 일어났다. 나무가 뿌리째 뽑히고 꺾였다. 나무의 정령 드라이어드가 비명을 지르면서 사방 하늘로 흩어졌지만 타글라흐는 신경도 쓰지 않았다.

"로인―!'

그는 오히려 분노에 찬 음성으로 외치면서 하늘로 떠올랐다. 카이는 그에 맞서 담담하게 검을 뽑았다. 리슨과 벨하임은 그 뜻을 알아채고는 서둘러 땅바닥에 머리를 처박았다.

"살고 싶다면 몸을 숙여!'

카이의 외침이 퍼지자마자 이르엘은 질겁해서는 당장 바람의 정령들을 모두 동원해 엘프들을 붙들어 쓰러뜨렸다.

카이의 검에서 푸른빛이 번득였다. 그리고 엘프들을 일순간 뒤덮은 것은, 그들이 그리도 두려워하는 드래곤의 기운!

카이의 온몸에서 넘쳐흐르는 기운이 검에 집중되고 이내 거대한 칼날처럼 허공을, 타글라흐를 향해 날아갔다.

"용보월강참!'

허공의 빛까지 가를 정도로 사나운 기세!

엄청난 파괴력 앞에서 타글라흐는 순간 압도당한 자신을 깨달았다. 그렇지만 칼날이 눈앞에서 번득이는데 마냥 정신을 놓고 있을 수는 없었다.

타글라흐는 재빨리 바람과 물을 불러내 카이의 검강을 막으려 했지만, 검강에 닿는 순간 정령들은 시커멓게 타들어 가듯이 사라졌다.

"크헉!'

타글라흐는 정령의 역소환에 피를 토했다. 그러면서도 바람의 정령을 다시 불러냈다. 타글라흐는 겨우 간발의 차이로 그 검강을 피할 수 있었다.

그러나 공격은 끝이 아니었다.

이르엘이 엘프들을 피하게 하고는 이어 정령들을 불러 타글라흐를 향해 쏘아 보냈다.

"제길!"

타글라흐는 거칠게 소리 지르며 당장 그 공격 범위 밖으로 몸을 빼냈다.

"놓치지 않는다!"

이르엘 역시 허공으로 떠올랐다.

카이는 자신의 검을 붙든 채로 둘이 날아가는 방향을 바라보았다.

"리슨! 저 둘을 놓치지 마라! 공격은 하지 말고, 저들의 흔적을 나에게 보고해!"

"존명!"

어쌔신 특유의 체술을 지닌 리슨이 당장 허공을 박차고 그 뒤를 따라 뛰어올랐다. 비록 날아오른 것은 아니었지만, 몇 번의 도움닫기만으로도 리슨은 그 둘을 놓치지 않을 정도로 재빠르게 허공을 뛰어 사라졌다.

카이는 리슨이 사라진 곳을 잠시 힐끗 보고는 엘프들을 돌아보았다.

그들은 땅에 엎드리고 쓰러진 채 두려움에 질린 시선으로 카이를 바라보고 있었다.

"다시 동맹을 깬다면 봐주지 않겠다."

"하, 하지만 첫 번째 맹세는……!"

"타글라흐를 따라간다면 그대들의 눈에는 자연의 죽음이 보일 뿐! 다크 엘프의 길을 선택하고 싶다면 그를 따라라! 하지만 내 분명히 경고하지."

카이는 그들을, 그리고 운다흐를 바라보았다.

"나를 등지는 자는 살려 두지 않겠다."

카이는 그리고 등을 돌려 성 안으로 향했다.

골목 중간중간에 반짝이는 별 같은 것이 보였다.

카이는 그것이 리슨이 남긴 표식이라는 걸 쉽게 알아볼 수 있었다. 전력으로 카이를 뒤쫓아 온 벨하임이 숨을 헐떡이며 그것을 향해 손을 내밀었다.

"만지지 마라."

"엣?"

"극약이다."

어쌔신이 주인에게 남기는 표식이었다. 누가 없애지 못하도록 독약을 그들의 제조법으로 굳힌 특별한 물건이었다.

벨하임은 혀를 차며 그 표식을 바라보았다.

"없애지 않아도 되겠습니까? 누가 만지거나 하면……."

"저 높이에 있는 걸? 그리고 시간이 지나면 자연스럽게 독기는 사라질 거다. 쫓아가는 게 우선이다. 어서 가자!"

카이는 그렇게 말하면서 벨하임의 가슴을 툭 쳤다. 이 녀석 괜찮은데, 하는 느낌이 전해졌다.

"⋯⋯옙!"

벨하임은 다시 기운을 내서 카이의 뒤를 쫓았다.

둘이 달리고 시간이 얼마 지나지도 않아서, 바로 엄청난 굉음이 도성의 밤을 완전히 깨웠다.

내성의 귀족들조차 놀라 침대 밖으로 뛰쳐나올 정도의 소리였다. 카이의 얼굴이 굳었다.

어두운 하늘을 환히 밝히며 몇십 개의 불기둥이 허공으로 치솟았다.

"어디 덤벼 봐라! 주변을 모조리 불바다 속으로 밀어 넣어 줄 테니!"

"타글라흐―!"

두 엘프의 목소리가 허공에서 울려 퍼졌다.

벨하임은 주춤거렸다. 그가 허공으로 고개를 돌린 사이, 카이는 망설임 없이 표식을 따라 달렸다.

표식은 내성 안으로 이어졌다.

내성문을 지키던 기사들은 당황해서 우왕좌왕 날뛰고 있었다. 문을 닫은 채로 안팎에서 당황해 오갔다.

"문을 열어!"

카이가 외쳤지만, 내성문 담당 책임자는 그를 한 번에 알아보지 못했다.

"넌 누구냐! 반란인가!'

"이 멍청아! 로인 공작님이시다! 저들을 쫓아왔다!'

카이의 외침에도 상대는 꼿꼿했다.

"한밤중에 내성문을 열 수는……!'

"비켜!'

권한 문제니 책임 문제니, 카이는 그런 걸 따질 여유가 없었다. 카이는 단번에 발로 사내를 차 버렸다.

사내가 성벽에 쿵, 하고 부딪히자 기사들이 잘되었다는 듯 카이를 향해 검을 돌렸다.

그러나 카이는 그보다 더 빠르게 성문으로 향했다. 벨하임은 그의 뒤에서 씩 웃었다.

"전부터 해 보고 싶었습니다!'

벨하임은 성문을 향해 앞장섰다. 벨하임이 검을 뽑아 들자 당황한 기사들이 우르르 달려들었다.

그러나 다음 순간 벨하임의 검에서 검강이 길게 솟구치자, 당황해서 주변으로 뿔뿔이 도망치기 시작했다.

"소드마스터다!'

누군가가 외쳤고, 그 목소리를 배경으로 벨하임은 크게 검을 휘둘렀다. 검강 앞에서 성문이 크게 갈라졌다.

카이는 그것이 무너지는 틈도 기다릴 수가 없었다. 달려드는 그대로, 카이는 발로 성문을 박차고 안으로 내달렸다.

그 너머로 표식을 찾을 필요도 없었다. 이르엘과 타글라흐가 떠 있는 아래에는 카이의 저택이 있었으니까.

"망할 녀석!"

카이는 타글라흐의 표적이 자신의 저택이라는 것을 깨달았다. 하긴, 왜 아니겠는가. 카이를 죽이지는 못한다면 카이의 모든 걸 박살 내고자 하는 게 당연한 일 아닌가!

현관 앞에서 리슨이 마치 인간 성벽처럼 굳건하게 그들을 노려보고 있었다.

힘이 닿지 않아서 그렇게 저택을 죽음으로 지키겠다는 듯 서 있지, 만약 타글라흐가 지상에 있었다면 그는 죽음을 무릅쓰고 덤볐을 터였다.

"리슨!"

"주공, 위험합니다! 오지 마십시오!"

리슨은 뒤도 돌아보지 않은 채 외쳤다. 카이는 그의 외침은 무시한 채 앞으로 나섰다.

정원은 이미 난리에 휩싸여 있었다. 기껏 돈을 들여 다듬은 모든 것이 불길에 휩싸여 있었다. 커다란 나뭇가지가 활활 불타오르면서 뚝 떨어지는 것을 아슬아슬하게 피한 카이는 현관으로 달려갔다.

정원에서는 불기둥이 몇십 군데나 치솟아 올랐다. 그 주변으로 거칠게 피어오른 바람이 소용돌이치며 불꽃과 엉켜 허공으로 날아오르고 주변으로 불똥을 튀겼다.

물의 정령이 이따금 주변을 식혔지만, 그 모습은 살벌해서 일반적으로 볼 수 있는 정령이 아닌 듯했다.

마계의 문이 그의 정원 한가운데에서 열린 것 같았다.

그 가운데에서 타글라흐가 양팔을 펼친 채 떠 있었다.

저택 위편에는 이르엘이 역시 하늘에 떠올라 있었다. 그녀의 주변에서는 정령들이 쉴 새 없이 맴돌고 있었다. 펑펑거리며 서로 맞부딪친 정령들이 역소환되면서 어둔 밤하늘에 더 까만 그림자를 만들어 냈다.

카이는 속이 탔지만 이르엘을 도울 방도가 없었다. 허공은 그들만의 전투가 벌어지고 있었다.

"제길!"

카이는 거칠게 외치면서 주변을 둘러보았다.

'하늘을 날 수만 있다면!'

타글라흐가 서 있는 주변으로는 모든 것이 박살 났다. 정령들의 힘이 서로 충돌한 결과였다.

타글라흐가 처음에 피워 올린 불기둥이 잦아들었지만, 이르엘과의 대결 틈틈이 그 사악한 자는 주변으로 힘을 퍼뜨렸다. 정령을 다루는 기술이 정교한 것은 아니었으며, 상급 정령 여럿을 불러내는 정도에 불과했다.

타글라흐의 무서운 점은 힘을 쓰는 데 전혀 망설임이 없다는 것이었다. 그가 불러낸 정령이 사람의 몸을 해치우든 나무를 꺾든 그는 전혀 신경 쓰지 않았다.

타글라흐가 바라는 것은 파괴뿐이었다. 그것이 다크 엘프, 자연의 또 다른 속성이니까.

거친 불의 정령이 허공을 가로질러 이르엘을 향해 덤벼들었다. 그러나 이르엘의 사방으로는 물과 바람의 정령이 있었다. 바람의 정령들이 불의 정령을 휘감아서 하늘 높이 쏘아 올려 그 힘을 자연으로 돌려보냈다. 그리고 물의 정령이 자신의 힘으로 그 불을 식혔다.

누가 먼저 마나를 소진하는가의 차이만이 남아 있을 뿐이었다. 한쪽은 하이엘프였고 다른 한쪽은 드래곤의 비늘에 힘을 얻은, 거기에 파괴를 전문적으로 다루는 다크 엘프였다.

'어느 쪽이든⋯⋯.'

타글라흐가 악을 써 댈수록 주변으로 피해가 커진다.

카이는 심호흡을 몇 번 한 후, 배에 힘을 주고 외쳤다.

"타글라흐―!"

그의 목소리가 크게 황성의 하늘에 울려 퍼졌다.

둘 사이에서 정령들이 병사가 되어 치열하게 싸우는 와중에도 이르엘과 타글라흐 둘은 동시에 카이를 향해 시선을 돌렸다.

타글라흐는 얼굴을 찌푸렸다.

"왔는가, 로인 공작!"

카이는 그를 노려보았다.

"당장 내려와!"

"내가 그래야 하는 이유가 있는가?"

타글라흐의 한 손이 슬쩍 등 뒤로 향했다. 그는 그 소맷자락 안에 있던 종이 한 장을 찾아서 손에 쥐었다.

카이는 그가 뭔가를 노리고 있다는 것 정도는 알 수 있었다. 카이는 마나를 끌어올렸다. 그리고 타글라흐에게서 눈을 떼지 않았다.

"타글라흐, 경고하겠다."

"뭘? 뭘 어쩌시겠다는 건가, 로인 공작? 그 경고라는 게 뭔지 한번 들어 주지."

"얌전히 죽으라는 경고다!"

카이가 번개처럼 검을 휘둘렀다. 발검이 그대로 공격으로 이어졌다.

강력한 검강이 허공으로 쏘아져 날아갔지만, 타글라흐 역시 나이를 거꾸로 먹은 건 아니었다. 그 역시 품속의 종이를 꺼내 마나를 훅 불어넣었다.

순식간에 거대한 방어막이 그의 주변으로 펼쳐졌다.

"······웃?"

카이는 순간 눈을 크게 떴다.

타글라흐는 웃었다.

"네깟 녀석이 아무리 인간으로서 지닐 수 없는 힘을 지녔다고 해도 경험과 시간의 힘에는 당할 수 없지! 겨우 800년 가문의 힘을 믿고 깝죽거리지 마라!"

"웃차—!"

카이는 그가 외치는 것을 끝까지 듣지 않았다. 그는 한 번 더 검강을 날렸다. 용보월강참이 허공에 궤적을 그렸다.

캉—! 방패에 검이 닿는 듯한 소리가 허공에서 울렸다. 그리고 카이의 검강이 실드에 맞고 튀었다.

반대 방향으로 날아간 그 거대한 반월 모양의 검강이 몇 채의 집 위를 반듯하게 갈랐다.

하늘 저 멀리로 날아가는 검강을 본 모든 사람들이 경악을 금치 못했다.

그러나 가장 놀란 건 카이였다. 그는 실드에서 눈을 떼지 못했다.

실드 안에 있는 타글라흐는 멀쩡했다.

"이, 이건……?"

카이는 잠시 타글라흐를 바라보았다. 실드는 푸른 기운을 내뿜으면서 아직도 단단하게 모습을 유지하고 있었다.

"어디 덤벼 보시지, 로인."

타글라흐가 차갑게 말했다.

"인간 주제에 위대한 숲의 종족에게 덤비겠다는 거냐?"

"너는 정도를 어겼다. 숲의 종족? 네가 지금 숲의 종족이라고 주장하려는 건가?"

카이는 그렇게 대꾸하면서도 타글라흐에게서 눈을 떼지 않았다. 이해가 가지 않았다. 드래곤의 마나를 이용한 검법을 막아낸다면 마법으로 따진다면 8클래스 이상, 어쩌면 9클래스의 수준이었다.

아니, 클래스 오버 클래스(Class over Class)였다. 드래곤 못지않는 경지의…….

'아니, 있을 수 없다.'

드래곤 외에 어떤 종족도 그런 마나를…….

카이는 그렇게 생각하다가 잠깐 마음이 흔들렸다.

타글라흐는 드래곤의 비늘을 먹었으며 엘프 이상의 마나를 섭취했다. 그 불균형이 타글라흐에게 어떤 변화를 가져왔는지 모를 일이었다.

이르엘이 카이의 곁으로 내려왔다. 그녀 역시 카이 못지않게 당황한 상태였다.

"……이럴 수는 없어."

"마법 말인가?"

"저건, 마법이랑은 조금 다른 것 같아. 마나의 운용이……. 모르겠어, 뭔가 이상해!"

인공적으로 증폭하고 어딘가 다른 요소들을 합친 것.

카이와 이르엘이 섣불리 공격을 하지 못하고 주춤거리자, 그러는 사이 타글라흐는 자신의 마나를 회복했다.

타글라흐는 품에서 다른 종이를 한 장 꺼냈다. 카이와 이르엘은 저도 모르게 한 발씩 뒤로 물러났다. 상대의 공격이 얼마나 무시무시할지 대비하려는 자세였다.

그것을 보고 타글라흐는 만족스러운 미소를 지었다.

"그래, 그래야지."

"저 천 년 넘은 괴물이 대체 무슨 짓을 벌이는 겁니까?"

벨하임이 질린 목소리로 외쳤다.

"지금 무슨 짓을 벌이느냐가 문제가 아니다."

카이는 이를 갈며 낮게 소리쳤다.

"저 녀석의 목을 따야 하는데, 저 거추장스러운 건⋯⋯!"

"문자의 정령입니다."

일행의 뒤에서 누군가 끼어들었다.

운다흐 자렌이었다. 그는 숨을 거칠게 쉬며 창백한 얼굴로 타글라흐를 바라보고 있었다.

"문자의 정령?"

"말에 실린 힘을 언령이라고 하고, 저 문서에 실린 힘을 문자의 정령, 문령이라고 합니다."

"그렇다면, 곧 언령과 같은 힘을 낸다는 건가!"

카이는 이르엘에게로 고개를 홱 돌렸다.

"소멸의 순리 주문!"

이르엘은 당장 그의 뜻을 알아챘다.

"창조신의 이름을 거슬러 태초의 혼돈 자체여⋯⋯ 신의 이름이 있기 이전에 존재하던 반(反) 신적인 혼돈⋯⋯!"

"자, 잠시만요! 이르엘 님, 안 됩니다!"

운다흐가 당장 이르엘의 앞을 가로막았다.

"언령과 문령의 충돌로 이 일대가 모두 폭발할 수도 있습니다—!"

"어디 한번 덤벼 보라고!"

타글라흐가 종이 한 장을 더 찢었다.

다음 순간 카이는 재빨리 주변 인물들을 이끌고 현관에서 비켜났다. 이르엘이 재빠르게 그들의 주변으로 정령을 불러내 실드를 펼쳤다.

그런 일행의 머리 위로 저택 전체로 불의 정령이 튀어나갔다. 수십이 훌쩍 넘어, 백이 넘는 숫자였다. 타글라흐가 탑이고, 불의 정령은 거기에서 공격을 퍼붓는 불화살 같았다.

"……800년 공작의 저택이……!"

리슨이 멍하니 중얼거렸다.

다음 순간 카이는 그 자리에서 벌떡 일어났다.

"타글라흐—!"

그의 검이 타글라흐의 실드를 향해 거칠게 검강을 쏘아 냈다.

텅—! 텅텅— 텅텅!

그러나 들리는 것은 실드에서 튕겨 나가는 거친 금속성의 소리였다.

"타글라흐으으으으!"

"크하하하하하하하핫……! 듣기 좋구나! 정말 듣기 좋아! 카이젤 아민 라 로인! 절규해라! 좌절해라! 크하하하!"

카이의 울부짖는 소리가 허공으로 퍼져 나가자 타글라흐는 크게 웃기 시작했다.

그 소리에 퍼뜩 이르엘이 정신을 차렸다. 그녀는 두 팔을 벌렸다. 그녀의 주변에서 정령들이 잠시 맴돌았다.

그녀가 입을 벌리자, 그 입에서는 상황에 어울리지 않는 너무나 고운 목소리가 흘러나오기 시작했다.

외성은 그때 한창 혼란의 도가니에 빠져 있었다. 불의 정령들이 일순간 소환되면서 곳곳에서 화재가 일어났다. 또한 타글라흐와 카이의 공격으로 난 소리가 외성까지 퍼진 것이었다.

반란이 일어난 것인지, 아니면 누가 쳐들어온 것인지도 분명하지 않았다. 불분명했기 때문에 오히려 더 혼란이 가중된 것이었다.

그런 혼란의 가운데, 이르엘이 노래를 부르기 시작했다.

오싹할 정도로 깨끗하고 아름다운 목소리가 혼란에 빠진 사람들의 귓가를 스쳤다. 비명을 지르고 울며 도망치던 사람들이 한순간 걸음을 멈췄다.

거대한 황도에 일순간 정적이 맴돌았다.

불꽃이 틱틱 타오르는 소리가 맴도는가 싶더니, 불의 정령들이 순간 형체를 감추고 다시 자연의 정령체의 모습으로 돌아갔다. 사람들이 그 모습을 볼 수 없게 되었다.

그것으로 끝이 아니었다. 불꽃 한가운데서 죽음을 각오했던 이들도, 뜨거운 열기에 발을 동동 구르던 이들 모두 그때 같은 것을 느꼈다.

서늘하면서도 차가운 기운, 깨끗한 물의 기운!

물의 정령이 곳곳을 누비면서 도성의 열기를 식혔다. 자연체 그대로의 모습이라 사람들이 느낄 수는 없었다.

이르엘의 노래에 따라 자연은 스스로 자연스러운 마나의 흐름을 되찾으려 하고 있었다.

하이엘프의 힘! 숲의 신이 보낸 대리인으로서 누리는 완벽한 조화의 힘! 무려 800년 만에 나타난 기적의 장소에 있게 된 사람들은 저도 모르게 그 자리에서 무릎을 꿇었다.

"사, 살았다……!'

"살았어……!'

불길이 잠잠해지기 시작했다. 그들의 주변에서 느껴지는 물의 정령의 기운에, 이윽고 사람들은 천천히 흐느끼기 시작했다.

타글라흐는 입술을 깨물었다.

"이럴 수는 없어……!'

그러나 그에게는 아직 문령의 주술서가 있었다. 마나를 회복시키거나, 혹은 공격을 증폭하는 등등!

그는 지금 최강이었다!

"이대로 물러날 수는 없어!'

타글라흐는 살기 어린 눈을 카이에게 돌렸다.

'로인!'

인간 주제에 엘프를 좌지우지한다. 인간이면서 드래곤 가까이에 머물 수 있다.

숲의 신이 만들어 낸 자신들보다 그깟 그림자의 신이 만들어 낸 종족이 이 대륙을 지배하다시피 번성했다는 것.

"용납할 수 없단 말이다! 감히 인간 주제에!'

그의 몸 주변을 에워싼 거대한 실드가 순간 그의 몸속으로 파고들었다. 그리고 실드가 사라진 틈을 카이는 놓치지 않았다.

"흐이앗—!'

그의 힘찬 소리와 함께 검강이 허공을 날아 타글라흐에게 정통으로 먹혀들었다.

"됐다!"

벨하임이 외쳤다.

타글라흐는 허공에 떠서 잠시 사지를 축 늘어뜨린 채 반응이 없었다.

모두가 하늘의 엘프를 바라보았다.

검은 하늘을 배경으로 축 늘어진 엘프는 시체 같아서 기분이 으스스했다.

그것이 갑자기 꿈틀거리다가 사지를 쫙 펼치자, 사람들은 제풀에 놀라 한두 발 뒤로 물러나고 쓰러졌다.

카이는 침착하게 그를 노려보고 있었다. 하늘에 머물러 있다는 것은 정령을 불러낼 마나가 있다는 것.

'안 먹힌 건가……?'

그렇지만 갑자기 사라진 실드가 이해되지 않았다.

'뭔가 다른 게 있다!'

카이가 그렇게 긴장했을 때.

벨하임과 리슨이 동시에 안도의 한숨을 내쉬었다. 팽팽하게 이어지던 긴장의 끈을 잠시 늦춘 것이었다.

순간 타글라흐가 눈을 번쩍 떴다. 동시에 그의 몸에서 빛이 뿜어져 나왔다. 화살처럼 그의 빛이 뭉쳐 일행에게로 달려오기 시작했다.

"막아—!"

카이가 외치면서 검을 들었다. 허공을 막고 마나를 모조리 끌어올렸지만, 금빛 불꽃은 마나처럼 강력하게 날아들었다.

"클레이, 시큐엘, 진!"

이르엘은 단번에 세 속성의 상급 정령을 불러냈다.

그러나 금빛 불꽃을 향해 가장 앞에서 달려들던 정령은 황금빛 불꽃에 닿자마자 까맣게 역소환되었다.

'통하지 않아!'

이르엘은 순간의 충격을 곧바로 중화시키고 더 많은 정령을 소환했다.

"크하하하하핫! 봐라, 이르엘! 누가 더 강한지!"

"제길, 저건 대체 뭐지……?"

퍼뜩 카이는 떠오르는 사람이 하나 있었다.

"리슨, 통신구를 연결해! 테엘을 불러라!"

"연결 되었습니다!"

—뭐야, 또! 바빠!

"테엘, 저건 대체 뭐지?"

이르엘이 펼친 정령의 실드가 연거푸 무너졌다. 그러면서 이르엘의 얼굴이 창백해졌다. 제 몸 하나만 피하자면 괜찮을 것을, 무리해서 일행을 지키는 것이었다.

—음?!

테엘의 기묘한 음성이 터져 나오더니, 통신구 속의 모습이 잠시 흐릿해졌다.

"테엘! 어떻게 막냐고!"

카이가 외쳤지만 테엘은 응답이 아예 없었다.

'……한 번 해 보자!

아까는 먹히지 않았지만, 그것이 끝이 아니잖은가.

이르엘이 연속된 공격으로, 정령들의 역소환 때문에 가쁜 숨을 몰아쉬기 시작했다.

카이는 머뭇거림 없이 앞으로 나섰다.

"뭐 하는 거야!"

이르엘이 외치자 카이는 씩 웃어 보였다.

'이 정도는 두렵지 않아!

카이는 저택을 돌아보았다. 이르엘 덕분에 불은 꺼졌지만, 전쟁의 한가운데 있던 것처럼 이리저리 상했다.

그 저택에서 카이는 가장 두려운 순간을 맛보았다. 좌절만이 가득하던 순간, 희망이라곤 보이지 않던 그 순간.

그의 두 어깨에 지워진 가문의 이름! 그 속에 그는 단 한 가지 희망을 걸고 드래곤에게 나가지 않았던가!

'난 이대로 무너지지 않아!

카이는 검을 들고 타글라흐를 향해 나갔다.

어떤 기술을 쓰느냐가 아니었다. 중요한 것은 자신의 모든 힘을 그 한순간 담아내는 것뿐!

검이 자연스러운 곡선을 그려 냈다. 다음 순간, 소름 끼칠 정도로 완벽한 검강이 솟구쳤다. 어둠을 베어 낼 듯 환한 빛이 났다. 그리고 카이는 타글라흐에게로 그 검강을 쏟아 부었다.

쿠쾅— 텅—!! 검강이 솟구치면서 타글라흐의 황금빛 불꽃과 부덮혀 엄청난 소리를 퍼부어 댔다. 그러나 카이는 물러서지 않았다.

"크헉!"

기세등등하던 타글라흐가 피를 뿜어냈다. 황금빛 불꽃을 튕기고 허공으로 솟구친 검강이 스치면서 그의 팔을 거의 잘라 내듯이 거덜을 내 버린 것이었다.

그의 다른 한 손이 품속으로 들어가는 것을 보고 카이는 머뭇거리지 않고 검을 다시 휘둘렀다.

검강이 순식간에 눈앞에 나타나자, 타글라흐는 놀라선 재빠르게 종이를 찢었다.

쿠쾅—!!! 주변을 휩쓰는 바람에 일행은 재빠르게 바닥으로 엎드렸다.

"제길—!"

카이는 저도 모르게 거칠게 외쳤다.

다시금 펼쳐진 문령의 보호막 안에서 타글라흐는 숨을 헐떡거렸다. 아까보다 크기는 작았지만, 언령의 보호막에 버금갈 정도의 절대 보호막이었다.

"검강으로는 깰 수 없을 거다!"

타글라흐는 외치면서 품 안으로 다시 손을 뻗었다. 또 어떤 공격 무기가 나올지, 일행은 순간 긴장해서 그를 바라보았다.

"……허, 문령이라니. 허허허……."

긴장을 깨 버리듯 여유 있는 목소리가 들렸다.

타글라흐는 갑자기 일행 한 사람이 불어난 것을 눈치 채지 못했다.

카이는 믿을 수 없다는 눈초리로 자신의 옆에 나타난 테엘을 바라보았다.

"어, 어떻게……?"

"저택에 바로 통하는 마법진이 있는 것, 몰랐나?"

"……."

테엘은 여유 있게 대답하고는, 한 손을 앞으로 뻗었다.

"로잉루의 이름으로, 모든 실드의 소멸을."

"무, 문령과 언령이 마주치면……!"

운다흐가 다시 뛰어들었지만, 테엘은 신경 쓰지 않았다.

"커헉—!"

타글라흐의 몸 주변에 처진 절대 방어의 실드가 테엘의 언령과 마주치자 순간 일렁거렸다. 그리고 그 충격을 받았는지 타글라흐가 숨을 거칠게 몰아쉬었다.

그리고 이어 그 충격파가 일렁거리면서 밖으로 내뿜어졌다. 푸른 파도처럼 일행에게 전해진 충격에 모두들 버티지 못하고 쓰러졌다. 테엘과 카이만이 버텼을 뿐이었다.

테엘의 입가에 가느다란 미소가 떠올라 있었다. 자신의 모습에 지극히 만족했다는 듯한 미소, 그리고 너무나 자신만만한 모습이었다.

"신께서 우리 종족에게 모든 것을 안기셨지. 그리고 그런 우리를 제어할 것을 남기셨다."

테엘은 느긋하게 중얼거렸다. 동시에 그의 몸 주변에서 파이어 볼 두 개가 둥그렇게 떠올랐다. 먼 들판 끝에서 날아다니는 반딧불

보다 더 작은 파이어볼이었다.

"바로 우리에게 주신 지성이다."

테엘은 그렇게 선언했다. 파이어볼 2개가 빠른 속도로 하늘을 가로질러 타글라흐의 몸 두 곳으로 작렬했다.

화르르르륵! 몹시 작은 파이어볼이었지만, 타글라흐의 몸에 지녔던 그 2개와 마주친 순간 거칠게 타올랐다.

"으헛─!"

일순간 그의 두 손에 들렸던 문령의 계약서가 불에 타올랐다. 실드가 흔들린 아주 짧은 순간을 테엘은 놓치지 않았던 것이었다.

다음 순간 실드가 일렁이더니 순식간에 잦아들었다. 타글라흐에게로 스며든 것이 아니었다.

그 틈을 놓치지 않고 카이가 검을 휘둘렀다.

"타글라흐!"

그는 그렇게 외치면서 전력을 다했다.

"용보월강참, 한번 받아 봐라!"

기운차게 솟구친 기운은 이제껏 펼쳐 본 적이 없을 정도로 거대하고 막강했다!

파도처럼 넘실거리는 거대한 검강이 하늘을 두 쪽으로 갈랐다.

타글라흐의 안색이 일그러졌다. 그 아래 모였던 자들은 그의 얼굴 표정을 똑똑히 알아볼 수 있었다.

검강이 타글라흐의 가슴, 심장이 있는 곳에 정통으로 박히기 시작했다. 그 순간을 카이는 두 눈으로 똑똑히 지켜보았다. 그의 몸에서 흐르기 시작하는 피를, 그리고 자신의 몸에서 역겨운 저주의 냄새가 풍기게 될 것도 카이는 똑똑히 알 수 있었다.

'……가 버려라, 타글라흐!'

그의 피가 흘리는 저주라면 천 년이라도 감당하리라고 카이는 이를 악물었다.

그러나 다음 순간이었다.

타글라흐의 모습이 순간 사라졌다.

모든 사람들이 어안이 벙벙해서 하늘을 두리번거렸다. 타글라흐의 찢겨진 옷자락 하나라도 없을까 해서 서로를 바라보다가, 이윽고 카이가 긴장한 표정으로 테엘에게 물었다.

"……그 문령이라는 거, 그게 대체 뭐지?"

"고대 마법이다. 인간들이 그걸 기억하리라곤 생각도 못했는데……. 수천 년 전에 잊혀 버린 마법이자, 인간들의 언령이라고 할 수 있어."

테엘은 이르엘과 운다흐를 돌아보았다.

"오직 이 세상에서 세 종족만이 언령을 허락 받았다. 엘프들에게는 노래의 형태로, 인간에게는 문자의 형태로, 드래곤에게는 언어의 본질 모습 그대로. 드래곤은 신의 허락을 받아 자질을 인정받은 자에게만 언령을 허락 받지만, 엘프들은 그 핏줄을 인정받은 자에게만 언령을 허락 받지. 그러나 인간들은, 언제나 그네들이 그렇듯이 들쑥날쑥하고."

"……인간의 언령……!'

"내가 헤즐링 시절에 언령을 사용하던 마법사가 하나 있었지만, 그 후에는 본 적이 없어. 삼천 년 만인가……."

카이는 그 말에 잠시 생각에 잠겼다. 이르엘이 조심스럽게 테엘에게 물었다.

"그렇다면 타글라흐가 사라진 건 이동의 언령 때문이라는 거예요?"

"그렇겠지."

"그 말은 곧……."

테엘은 고개를 끄덕였다.

"누군가 그에게 그 언령의 문서를 제공했고, 위급한 지경에서 구해 낸 거지. 손잡은 인간이 있어. 그것도 인간의 언령을 다룰 줄 아는 자가."

일행은 조용해졌다.

외성의 화재는 꺼졌다. 로인의 저택을 비롯해 파손된 건물이 한두 채가 아니었고, 인명 피해 역시 작지 않았다.

그러나 어쨌든 불은 꺼졌고, 생존자들도 있었다.

길고 긴 밤이 이제야 끝난 것이다.

〈『드래곤 킹덤』 제3권에서 계속〉